執愛王子の専属使用人

登場人物紹介
ラシェル
エルデワース王国の第二王子。
「氷の王子」と呼ばれるほど
いつも無表情で、人に厳しいと噂される。
しかし、エスティニアの事情を知ると、
彼女を気遣い、高給な自分専属の
使用人に指名して——?
エスティニア
銀の髪と瞳を持つ、
グランエルド侯爵家の令嬢。
家の借金を返すため王宮へ働きに出た
しっかり者だが、少し天然なところも。
以前、王宮の舞踏会で出会った男性が
気になっている。

マリー
王宮の使用人。エスティニアの
面倒を見てくれる、気のいい先輩。
ホルス
ラシェルの父親で、
エルデワース国の王。
穏やかで優しい性格。
ルイード
エスティニアの弟で、
グランエルド侯爵家の現当主。
オレッド
ラシェルの従兄。
エスティニアを気に入っていて、
なにかと構ってくる。

プロローグ

エスティニア・グランエルドは、自室の窓から、小さいながらも手入れが行き届いた庭を見ていた。穏やかな春の日差しは心地よく、庭で日向《ひなた》ぼっこをしているリスの姿についつい見惚《みと》れてしまう。

だが、そんな穏やかな時間も、騒々《そうぞう》しい足音で台無しにされた。

「姉さん、どこなの！　エスティニア姉さん！」

『貴族たる者、余裕を持って行動するべし』という家訓を守らず、声の主は廊下を慌ただしく走っているようだ。加えて大声で名前を呼ばれ、エスティニアは目を覆《おお》いたくなる。

「あの子ったら……」

エスティニアは、大きなため息をついた。

月の光のような銀色の髪と瞳を持つエスティニア。その容姿はかなり特徴的で、人目を引く。色白の肌もほのかに赤い唇も、見る者に清らかな印象を与え、天使かと見紛《みまが》うほどの美しさだ。

しかしながらエスティニアは、自身の外見をよく思っていなかった。他者と異なる外見のせいで、好奇の目にさらされてきたからだ。心ない言葉を投げられたこともあり、幼い頃、エスティニアはそのたびに泣いていた。そんなエスティニアを慰《なぐさ》めてくれたのは、決まって父だった。

だがその優しい父も、先月病《やまい》で亡くなってしまった。母もエスティニアが物心つく前に他界している。

エスティニアが応答する前に、扉が勢いよく開かれた。彼女は今度こそ、目を覆《おお》って俯《うつむ》いてしまう。

「姉さん！　入るよ！」

部屋へ入ってきたのは、現グランエルド家の当主であるルイード。エスティニアの弟で、姉の贔屓目《ひいきめ》を差し引いても、かなりの美少年だ。艶《つや》やかで青みがかったダークグレーの髪と、透明感のある薄い水色の瞳。ルイードはグランエルド家の末っ子としてちやほやされてきた一方、それに甘んずることなく、良き領主になるため努力してきた。とはいえまだまだ幼さを感じるところもある。

「ルイード。廊下は走らないようにといつも注意をしているでしょう。しかもノックもなく女性の部屋に入るなんて……いくら姉相手でも最低限の礼儀は弁《わきま》えなさい」

「そんなこと、今はどうでもいいよ！　姉さん、王宮へ働きに行くって、正気なの？」

問いつめられ、エスティニアはわずかにたじろいだ。

亡き父は侯爵の位を持ち、ここエルデワース国の北方を治める領主だった。だがその父が病《やまい》で亡くなり、十四歳になったばかりのルイードが家督《かとく》を継いだのは最近のことだ。

しかしルイードが家督《かとく》を継いで間《ま》もなく、グランエルド領は多額の借金で困窮《こんきゅう》していることが判明した。ここ数年続いていた冷害《れいがい》や干《かん》ばつ、嵐の影響で、領内の作物はほとんど収穫できていない状態だったのだ。これでは領民も飢《う》えるばかり。当然、税など納められるわけもない。父は借金をしてでも領民を守ろうと、食料配給や物資の支援をしていた。エスティニアもルイードも、領地が芳《かんば》しくない状況にあることは薄々察していたが、ここまで財政が悪化しているとは思っていなかった。

そんな状況で、エスティニアは弟を献身的《けんしんてき》に支え、彼の負担を減らすべく奮闘している。王宮へ行く件もその一つだ。

「なんだ、そのこと……。俸給《ほうきゅう》がもらえたら借金返済の足しにできるし、行儀見習いという名目で行ってこようと思って」

「だ、だったら僕も働くよ！　姉さんが働きに出るのに僕だけ屋敷にいるなんてできない」

正気を失っているのはどうやら弟のほうらしい、とエスティニアは苦笑した。

「ルイード？　一部の仕事を除いて、領主が副業をすることは認められていない。それはわかっているでしょう？　もしもそんなことをすれば、あなたは貴族社会から追放されてしまう」

「でも……！」

「私のことは心配しなくても大丈夫よ。王宮へ働きに行く貴族の女性は、結構多いんだから」

行儀見習いを名目に王宮で働くことは、花嫁修業になると考えられている。そのため、妙齢《みょうれい》の貴族の女性が王宮で働くのはよくあることなのだ。

結婚に有利になり、俸給《ほうきゅう》もそれなりの額がもらえる。エスティニアとしては願ってもない仕事だった。

ルイードは、まだ納得できないという表情を浮かべている。エスティニアはそんな彼を横目に、数日前のことを思い出す。

その日、エスティニアは父が生前親しくしていた男性の屋敷へ、借金について相談に行ったのだ。彼には父の葬儀でもとてもお世話になった。その男性から、父が借金をしていた相手は、あまりいい噂《うわさ》をきかない高利貸しだと聞かされた。

ひとまず彼が利子を肩代わりしてくれ、借金の返済日を延長してもらえることになった。しかしながら、次の借金返済日は、一ヶ月半後である。

借金を返済する方法として考えられるのは、二つ。一つ目は、現在売りに出している侯爵家の別荘十数軒すべてに買い手がつくこと。だが、近年の水害のせいで道中の橋が崩れているので、売れる可能性はほとんどない。

ならば二つ目の手段を取るしかない。それは、グランエルド家に援助してくれる男性とエスティニアが結婚することだ。父の友人はさっそく、財力のある結婚相手を探してくれると言っていた。だから相手が見つかるまでの間、エスティニアは少しでも借金を減らしておくためにも、募集があった王宮への奉公に行くことにしたのだ。

「姉さん。無理してない？　僕は、姉さんのことが心配なんだ。姉さんにまでなにかあったら……」

自分を気遣う弟の不安そうな声を聞いて、エスティニアは安心させるように彼の手を握《にぎ》った。

ルイードは領主になったばかりで、まだ仕事に慣れていない。しかも多額の借金があると知り、毎日金策に頭を悩ませている。不安で仕方がないのは彼のほうなのに、いつもエスティニアを心配してくれるのだ。

「ルイードこそ、昨晩も帳簿をチェックして遅くまで起きていたんでしょう？　少し休んだほうがいいわ」

「僕は鍛《きた》えているから平気だよ」

胸を張る弟にクスリと笑い、エスティニアは冗談まじりに返す。

「私も、鍛《きた》えているから平気。さ、仕事へ戻りなさい。私は王宮へ行く準備をしないといけないから。明日の朝にはここを発《た》たなければいけないし……」

「えぇ？　明日？　どうして一人で勝手に決めちゃうの！　僕、反対だからね。そもそも、ちょっと抜けたところがある姉さんが使用人《メイド》として働けるなんて思えないし、絶対にやめたほうがいいよ！」

「もう決めたの。用意をしないといけないから、邪魔をしないで」

エスティニアは少し強引にルイードを部屋から追い出した。可哀想だとは思ったが、辛気臭《しんきくさ》い雰囲気になるのは嫌だったのだ。

（姉の私がルイードを支えないと……）

近々国王に納めなければならない税のことが頭に過《よぎ》った。現状では支払える見通しが立っておらず、その上に借金もある。なにもしなければ、破綻《はたん》してしまうのは確実だった。

エスティニアは部屋を出ると、グランエルド家で長年家令をしている老齢の男性を呼び寄せる。隣接している衣装部屋へ入り、ドレスや箱型の収納家具を引っ張り出す。

「これとこれも全部売って」

大きなブラウンの長櫃《コファー》に詰め込んであるのは、亡き父に買ってもらったルビーや真珠などの高価な装飾品だった。家令は口から泡を噴きそうになって、首を横に振る。

「お、お嬢様、それは旦那様が買ってくださった、とても大切なものではありませんか。どうかもう一度よくお考えください。エスティニアお嬢様は十七歳なのですよ。もしも縁談がきたら、一体どのドレスをお召しになるおつもりですか」

「その時はその時よ。もう決めたの。これをすべて売って、借金の返済に回して。このことはルイードには絶対に言わないで」

自室の家具を売ることも考えつつ、エスティニアは次々と物を整理していった。一段落する頃には夕暮れ時になっていたが、部屋へ戻ったエスティニアは休むことなく王宮へ行く準備を始める。

（そうだ。あのブローチも持っていかないと）

箪笥《たんす》の引き出しから小さな宝石箱を取り出した。その中に敷かれた赤いベルベットの上に、銀のブローチが収められている。中央に菱形《ひしがた》のサファイアが埋め込まれ、その縁には艶《つや》のあるパールが円状に並ぶ。

「綺麗なブローチ……」

銀のブローチは、父が亡くなる少し前に出席した仮面舞踏会で、名も知らぬ男性から預かった大切なものだった。家をしばらく空ける以上、このブローチを置いていくわけにはいかない。エスティニアは銀のブローチも鞄の中へ入れたのだった。

第一章　恋をしてはならない

翌日、エスティニアは王宮へ向かう馬車に揺られながら、二ケ月前の夜に開催された、仮面舞踏会での出来事を思い出していた。

——その夜、エスティニアは賑《にぎ》やかな王宮のダンスホールを抜け出していた。そうしてやってきたのは、細部まで手入れが行き届いた長方形の庭園。金の獅子《しし》が二頭並んだ円形噴水があり、二段の水盤の中心から水が滔々《とうとう》と流れている。

水面《みなも》に映った大きな丸い月を覗《のぞ》き込んで、エスティニアは堪《こら》え切れずにため息を漏《も》らした。一人になったことで気が緩《ゆる》んだのか、涙まで浮かんできてしまう。

（……せっかくお父様の代理で出席したのに）

グランエルド家に王宮から仮面舞踏会の招待状が届いたのは、少し前のことだった。病《やまい》で床《とこ》に臥《ふ》せっている父のかわりに、エスティニアが参席することになったのだ。

仮面舞踏会では素性《すじょう》も身分もわからないのだから気楽に過ごせばいい、と父は言ってくれたのに、彼女は心から楽しむことができなかった。

先ほどの失敗を思い出し、エスティニアは憂鬱《ゆううつ》になった。なんとか涙を堪《こら》えようと口元を片手で押さえるが、嗚咽《おえつ》とともに涙が伝ってしまう。

（あんなところでぼうっとしていなければ……）

その夜のエスティニアは、美しく結《ゆ》い上げた金髪のかつらをつけ、ベルベットの仮面《カシュネ》で素顔がわからないようにしていた。パステルブルーの絹で作られたドレスは、裾が花飾りで縁取られた素敵なものだ。

しかしその背中部分は葡萄酒《ぶどうしゅ》で汚れており、かなり赤色が目立っていた。葡萄酒《ぶどうしゅ》を運んでいた使用人《メイド》が背後で転んだ際に、ぶつかって汚れてしまったのだ。客人への失態に、青ざめて震えていた使用人《メイド》が気の毒になり、エスティニアは自分の不注意でぶつかってしまった、と謝った。すると周囲から笑われたので、逃げるようにダンスホールを出てきたのである。

（仮面舞踏会だったから素性《すじょう》がバレなかったのは、幸いだったのかしら……）

しかし家名を傷つけなかったからといって、気分が晴れるわけではない。

「悲しい声で泣く小夜啼鳥《ナイチンゲール》は君か？」

突然聞こえた男の声に驚き、エスティニアは顔を上げた。

「あなたは……」

庭園の小径《こみち》より現れたのは、カンテラを持った男性だった。真珠や銀糸の見事な刺繍《ししゅう》が施《ほどこ》された、濃紺の長衣を纏《まと》い、ダークブラウンの長靴《ちょうか》を履いていた。目元が隠れる黒い仮面をつけており、素顔はわからない。唯一わかるのは、カンテラの光に照らされた彼の、鮮《あざ》やかな金髪くらいだ。

ダンスホールから遠く離れた庭園にいたので、エスティニアは周囲に誰もいないと油断していた。

面識のない相手に泣き顔を見られ、いたたまれない気持ちになる。

「先ほど使用人《メイド》が転んで君のドレスを汚す光景を、偶然見ていた。でも君は使用人《メイド》を庇《かば》っていたな。ドレスを汚されて泣くくらいなら、庇《かば》わなければいいものを」

彼の言葉に、エスティニアはすぐに首を振った。

「いいえ、私が落ち込んでいたのはそのせいではなくて……。父に申し訳ないことをしたと、悲しく思っていたのです」

「父上に？」

「はい。私の父は重い病《やまい》で、ベッドから体を起こすこともできないのです。だから今日は私が父の代わりに参加しました。このドレスは、そんな父が私のために新調してくれた大切なものなんです。……先ほどのことは、もっと私自身が気をつけていれば、未然に防げたはずだから、申し訳なくて」

「そうだったのか……。どうか気を強く持ってほしい。君の父上の病《やまい》がよくなるように、私も祈らせてもらうよ」

男性はエスティニアの隣へ移動すると、自《みずか》らが羽織《はお》っていた上着をエスティニアの背にかける。

「あ、あの……？」

「噴水のそばは体が冷えるから。それに、この上着があればドレスの汚れが目立たない」

「……親切にしてくださり、ありがとうございます」

初対面の相手だというのに、さりげない心遣いをしてくれる彼に尊敬の念を抱いた。

それからしばらく話していると、なんてことはない内容ばかりだというのに、まるで旧知の仲のように会話が弾《はず》んだ。今宵《こよい》の仮面舞踏会のルールどおり、お互いに名を告げないままだが、不思議と気にならない。

「君は、北方の出身か？　アクセントがとても綺麗だ」

北方の出身だと言い当てられて、エスティニアは目を丸くした。エスティニアの故郷は、現在用いられている言語の発祥地《はっしょうち》とされており、訛《なま》りのない綺麗な言葉を使う。貴族や王族の中には、わざわざ北方から家庭教師を招き、発音練習をしている者もいるほどだ。

「は、はい……」

「すまなかった。素性《すじょう》を詮索《せんさく》するのはルール違反だったな。どうか忘れてほしい」

「いいえ、どうかお気になさらないでください」

まるで夢のような楽しい時間は瞬《また》く間《ま》に過ぎ、街にある公共の塔から深夜を報《しら》せる鐘《かね》が鳴り響いた。エスティニアはハッとすると、慌てて立ち上がる。

「ごめんなさい、もう帰らないと。あなたと過ごせてとても楽しかったです。本当にありがとう」

急いで立ち去ろうとすると、男性はそっと手を握《にぎ》ってきた。

「これを、今度また会うときまで持っていてほしい」

手になにかを握《にぎ》らされる。なんだろう、と手を開くと銀色のブローチがあった。

「とても綺麗……ま、まさか、銀なんじゃ……」

銀は、幼い頃に父から何度か見せてもらったことがあった。それでも手が震えてしまう。というのも、銀は金やプラチナよりも高価だからだ。

エルデワース国内では銀を採掘できないことから、一〇〇パーセント輸入に頼っている。エスティニアが現在手にしているブローチがメッキでなく銀ならば、相当な価値を持つだろう。

「君とは必ずまた会える。私の勘《かん》は、昔から外れたことがないんだ。馬車を手配させよう。上着は、御者《ぎょしゃ》に渡してくれればいい」

男性は手で包み込むように再びブローチを握《にぎ》らせ、エスティニアの手首に優しくキスを落とした。

突然の行為に呆然としていると、彼は立ち去ってしまう。

「あ、あの、困ります！　せめて、お名前を……！」

その懇願《こんがん》に、返事はなかった。エスティニアは途方に暮れたまま、彼の手配してくれた馬車に乗り込むしかなかったのだ。


——あの夜、屋敷へ帰る馬車の中で男性に借りた上着を脱ぎ、エスティニアは驚くべきものを目にした。

それは、上着の裏地に施《ほどこ》されたエニシダの模様。エニシダは王家のシンボルマークで、王族に連なる者しか身に着けることが許されていない。

「あの人に、また会えるかしら……」

素性《すじょう》どころか、名前も素顔もわからない彼。わかったのは、金髪と王家に連なる人物だということ。だが、もし運よく出会えたとしても、あのときの彼だと見分ける術《すべ》はない。それでも、なんとか見つけ出して銀のブローチを返さなくてはならなかった。

高価なものだからというのはもちろんだが、エスティニアはその銀のブローチのデザインに見覚えがあったのだ。

エスティニアの父は豪胆《ごうたん》で、辛いことがあっても笑い飛ばすような性格だった。加えて細《こま》やかな作業や整頓《せいとん》は苦手だったので、父の部屋はいつも雑然としていた。そんな父に代わって片づけをしていたのが、エスティニアだ。

あの日もいつものように部屋の片づけをしていたら、古びた紙に黒インクで描かれた綺麗な図案を見つけたのである。菱形《ひしがた》や円が並んだ、なにかの模様——

それは、男性から預かった銀のブローチと同じデザイン図だった。なぜ彼が、父の所有していたデザイン図のブローチを持っているのかはわからない。できれば、その理由を聞いてみたい——

(せっかく行くんだから、ブローチの持ち主の情報を、王宮で調べてみよう)

王宮に向かう馬車の中、彼にもう一度会えるか不安に思いつつも、エスティニアはそう決めたのだった。


エルデワース国の王都ルミネリアは、エスティニアの故郷から低地の大草原を越えた先にある。商業が盛んで、良質な皮革製品《ひかくせいひん》や毛織物はもちろんのこと、異国の珍しい工芸品などが数多く売られている。街の道路は石畳できちんと舗装されており、石材と煉瓦《れんが》が組み合わされた街並みはとても優美だ。

そんなルミネリアの北東に、白百合《しらゆり》の如《ごと》き絢爛《けんらん》なエレンライン宮殿がある。宮殿の周囲は城壁で囲まれており、鳥や蔓《つる》の造形が施《ほどこ》された門を通り抜ければ、園庭が広がっている。宮殿は少し高台にあり、周囲には水路が張り巡らされていた。正面の石階段を上がっていくと、金のドアノッカーがついた黒い鉄扉《てっぴ》があった。

王宮へ到着したエスティニアは、人事権を持つ使用人《メイド》による面接を受けた。無事に採用され、オールドブルーと焦げ茶色が合わさったお仕着せを受け取る。

エスティニアは使用人《メイド》宿舎ですぐさま着替えた。白いレースのヘッドドレスで頭を覆《おお》い、留め具のない簡素な革靴を履《は》く。

着替えが済むと、王宮へ移動した。

これから使用人《メイド》の一人が、王宮内を案内してくれるという。

「あなたには家政担当の仕事をしてもらう予定よ」

指定の場所へ行くと、エスティニアと同じお仕着せに身を包んだ少女がそう言った。彼女はマリー・オールソン。エスティニアと同い年だが、三年前から王宮に勤めているとのことだった。男爵令嬢で、行儀見習いを兼《か》ねて王宮勤めをしているそうだ。赤茶色の柔らかな髪を若草色のリボンで結っており、頬にうっすら浮かんでいるそばかすと茶色の瞳が可愛らしい。

「どのようなお仕事でも、精一杯頑張ります。よろしくお願いします、マリーさん」

挨拶《あいさつ》を終えると、マリーは廊下を歩きながら王宮のことを教えてくれる。

「使用人《メイド》には、決められた規則があるの。例えば、高貴な身分の方に出会ったら、後ろに控《ひか》えるか脇に避けて道を譲《ゆず》ること。王侯や客人には必要以上に話しかけてはいけないし、できる限り会わないようにすること」

「会わないように？」

「ええ、そうよ。私たちは王族のプライバシーと生活空間を守る義務があるの。だから原則として、一部を除いてほとんどの使用人《メイド》は、姿を見られず声も聞かれないよう心がけなくてはいけないの」

「とても厳しいんですね。王宮勤めって」

エスティニアの家は侯爵位だが、使用人《メイド》との間にそこまで明確な線引きはされていなかった。むしろ全員家族同様の付き合いをしており、彼らは給金がきちんと払えない状況にある現在も、グランエルド家を支えてくれているのだ。

「ここは王宮だもの。当然のことよ」

「なるほど」

廊下を歩きながら説明を受けている間、エスティニアは覚えのある嫌な視線を感じ取っていた。

赤茶やダークブラウン、金髪などの髪色を持つ者たちばかりの中で、銀色の髪と瞳を持つエスティニアは人目を引くのだ。すれ違った見回りの騎士にはまるで老人のような髪色だと囁《ささや》かれ、他の使用人《メイド》たちからはあからさまに遠まきにされる。エスティニアは今すぐこの場から逃げだしたくなったが、これもすべては弟と領民のためだと耐える。

「そうそう。特に、絶対に破ってはならない規則があるの。王宮には色々な人がいるけれど、使用人同士の恋愛は禁止よ。もしも交際を知られたら、即解雇されるから気をつけてね」

「それはおそらく大丈夫だと思いますが、どうして解雇されるのですか？」

「秩序《ちつじょ》が乱れてしまうからよ」

確かに、使用人同士のカップルが王宮の至るところで見られるようになれば、色々とトラブルが起こりそうだ。

「この前も厨房《ちゅうぼう》の料理人の子供を身籠《みご》った使用人《メイド》の女の子が、家政婦長に解雇されていたわ。あなたも気をつけてね」

「はい。お仕事だけに集中し、他のことで現《うつつ》を抜かさないようにします」

回廊にやってくると、中庭では様々な色をしたグラジオラスの花が咲いており、楡《にれ》の大木の奥には果樹園が見える。回廊の石柱の陰からは、使用人《メイド》の女性たちが隠れるように中庭の方を見ていた。

マリーはすぐさま状況を察する。

「殿下がいらっしゃるようね」

エスティニアは女性たちの視線を追った。するとそこに、遠目からでもはっきりとわかるほど、見目麗《みめうるわ》しい長身の男性が立っていた。艶《つや》やかな金髪に、モスグリーンの瞳が美しい。鼻梁《びりょう》の線が綺麗で、固く結ばれた唇はとても形がいい。

「あのお方が？」

「そうよ。ラシェル・ウィングラー・セレスデン様。第一王子であるラシェル様の兄君は体が弱くて、南方の城で暮らしているの。順当にいけば王位継承権はラシェル様が第二位になるけれど、第一王子が権利を放棄するのではないか、という話があるわ。だから周囲はラシェル様が次の国王になるのでは、と噂《うわさ》をしているの」

エスティニアの記憶が確かならば、上の王子が二十七歳で、下の王子が二十二歳だ。二人のどちらかが王太子に指名されていてもおかしくない年齢だが、国王は未だ沈黙を守っている。

「王宮も複雑なんですね」

「そうよ。色々あるんだから」

使用人《メイド》の女性たちが色めき立つ中、彼女たちを夢中にさせているラシェルがこちらへ歩いてきた。先ほどのマリーの説明では、使用人《メイド》が姿を見せるのはよくないとのことだった。だが彼女たちは壁に寄って控《ひか》えるだけで、姿を隠そうとはしない。

「皆さん姿を見せているようですが、いいんですか？」

「あそこにいるのは、姿を見せることを許されているそこそこいい家柄の女性たちよ。殿下に見初《みそ》められないかと期待して、ろくに仕事もせずあんなことばかりしているの。色仕掛けをしても無駄だというのに……。ラシェル殿下は私たち使用人《メイド》に目もくれないし、笑うことも滅多《めった》にない。容姿はとびきり素敵だけれど、どこか冷淡な雰囲気があるの。……まぁ、そのドライなところがいいとか、蔑《さげす》んだ目がたまらないとか、周りの女性たちからは人気があるのだけれど……」

「へぇ……」

「あなたも妙な考えは起こさず、遠くから見るだけに留めておくほうがいいわ。くれぐれも、殿下に恋をしてはダメよ？」

そんな話を聞いている間に、マリーとエスティニアは隠れそびれてしまった。壁際に寄って姿勢を正し、目礼した状態で控《ひか》える。ラシェルの規則正しい靴音が近づいてきた。

（粗相《そそう》をしないように、じっとしていないと）

そのまま通り過ぎるかと思われたが、ラシェルはなぜか立ち止まって言う。

「初めて見る使用人《メイド》がいるな」

エスティニアは自分のことだとわかり、どきりとした。マリーはラシェルの問いかけに落ち着いた様子で答える。

「はい、ラシェル殿下。この者は本日より働くことになった、エスティニア・グランエルドです」

「グランエルド……。先日亡くなったグランエルド侯の息女か。父上のことは残念だったな。君の父上はエルデワース国に大きく貢献してくれた、立派な人物だった」

エスティニアは無礼にならないよう注意を払いつつ、ゆっくりと顔を上げた。彼は白い長衣の上から、濃紺の外套《マント》を羽織《はお》っていた。腰には鞘《さや》に入った剣を下げており、それがとてもよく似合っている。

普通ならば、権威を示すために過度に己《おのれ》を飾り立てたりするものだが、彼はそのようなことはしていない。加えて怜悧《れいり》な面差《おもざ》しや厳然たる高潔な態度に、エスティニアは自然と敬意の念を抱いた。

なにより、亡き父を知っていてくれたことに、エスティニアは目頭《めがしら》が熱くなる。

「ありがとうございます。ラシェル殿下にそう言っていただけて、父も無上の喜びでしょう」

心から礼を述べると、ラシェルと目が合ってしまった。慌てて目を逸《そ》らすのも失礼なので、エスティニアは微笑んでから視線を下げる。

「……それはそうと、まだ喪《も》が明けていないだろう。どうして王宮へ働きに？」

「……実は、故郷であるグランエルド領が度重《たびかさ》なる天災のせいで貧困に喘《あえ》いでおり、少しでも資金面で助けになれればと王宮へ働きにきたんです。領民たちは今も苦しい生活を余儀なくされていて、現在の状況を打開する光明が未だに見えません」

「近年の異常気象の被害は、北が最も酷《ひど》かったと聞いている。食料などの支援をするよう王に頼んでおこう。民《たみ》の困窮《こんきゅう》を放っておくことはできないからな」

「あ、ありがとうございます、ラシェル殿下」

エスティニアは深々と頭を下げた。なんと素晴らしい人柄なのだと、心を揺さぶられずにはいられない。

「私も君に協力できることがあればなんでもしよう。……そうだ。ちょうど今、私の身の回りの世話をしてくれる使用人《メイド》を探しているところだったんだ。簡単な面接をさせてもらうが、君さえよければやってみないか？　もしも、この私に仕える気があるというのであれば、君に支払う給金はそれなりの額を弾《はず》もう」

「喜んで面接を受けさせていただきます！」

気付けばエスティニアは即答していた。どんな大変な仕事でもすると心に誓い、唯一の家族である弟を残して王宮へやってきたのだ。借金返済のためならば、多少の苦労は覚悟している。

（あ……、思わず力《りき》みすぎちゃったかな……）

よりによって王子の前で素が出てしまったことに、カァッと燃えるように顔が熱くなってしまっ

た。そんな様子を見たラシェルは、口元に笑みを浮かべる。

「いい返事だ。では、このまま面接をしようか」

「え？　今から面接ですか？」

「そうだ。都合が悪ければ、後でも構わないが」

王子を待たせることなどできなかった。マリーを振り返れば、チャンスよ、とばかりに拳《こぶし》を握《にぎ》って応援してくれている。

「今で大丈夫です。どうか面接を受けさせてください。お願いします」

エスティニアがそうお願いすると、ラシェルは前を歩き始めた。エスティニアは遅れないよう、彼について行く。

(面接って、どんなことを聞かれるんだろう？)

回廊を抜け、手摺《てすり》の子柱《ピントップ》部分が鈴蘭《すずらん》の形をした大階段を上がった。二階に到着すると、西の突き当たりにある大きな二枚扉まで進む。

「ここが私の部屋だ」

ラシェルの部屋に通されるとは予想もしておらず、エスティニアは緊張した。

部屋の壁には、鹿《しか》の模様が描かれた赤いタペストリーが飾られている。隣にもう一つ部屋があり、そちらは寝室になっているようだ。

(あの鹿《しか》、可愛い)

壁のタペストリーを眺《なが》めていると、ラシェルが話しかけてきた。

「あれは私が個人的に所有する紋章《シンボルマーク》だ。なにか特別な式典の際は、衣服に鹿《しか》の刺繍《ししゅう》を入れたりしている。鹿《しか》の紋章《シンボルマーク》は私しか有していないから、あれが描かれているものには私が関わっていると思ってくれていい」

エスティニアの脳裏に浮かんだのは、舞踏会の夜に上着をかけてくれた男性のことだった。彼の上着にも個人を特定できる紋章《シンボルマーク》が入っていればよかったが、生憎《あいにく》、王家を示すエニシダの刺繍《ししゅう》しかなかったのだ。

「そうなのですか。とても品のある、美しい鹿《しか》の紋章《シンボルマーク》ですね」

ラシェルは、室内にあるカウチソファーに移動すると、ゆったりと腰かけた。

「さて、面接を始めようか」

エスティニアは気を引き締めた。

「はい。よろしくお願いいたします」

「君がこの私にどこまで仕える気があるのか、忠誠心《ちゅうせいしん》の程度を知りたい。秘密を簡単に漏《も》らすような者では困るしな」

「ラシェル殿下に信用してもらうために、私は何をすればよいでしょうか？」

「そうだな……君は何か弱みがないか？　それを知っておけば、私としても少しは安心できる」

エスティニアは慎重に考えた。

「知られて困るような弱みはありません。借金があることは、調べればすぐにわかることですし」

税を誤魔化《ごまか》すなどの悪事も行《おこな》っていない。自《みずか》らの地位や権力は領民や弱者を守るためにあり、私欲のために使うものではない、と父はいつも言っていた。幼い頃からそう教えられてきたので、エスティニアも身の丈《たけ》を超えた華美な生活はせずに、慎《つつ》ましく暮らしてきた。

「それは困ったな。こちらが安心できない」

困り顔になるラシェル。エスティニアは、なんとか王子の側仕えをさせてもらいたかった。けれども、秘密にしておきたいようなことは特に思いつかない。

（どうしたらいいんだろう……）

焦りと緊張のせいで、頭が働かない。

「難しく考えなくていい。たとえば王宮では使用人同士が恋人になることを禁止している。だが、実は恋人同士だということを隠して勤務している者も多い。私のもとで働くからには隠しごとはしないでほしいのだけれど、君にも何か隠しごとがあるのでは？」

「ありません。私には恋人もいませんし……弟が爵位を継《つ》いだので、私も早く生家を出ていかなければいけないと思っていますが、借金の問題もありますし、結婚どころか婚約者もなかなか見つからなくて……」

「君のような女性に婚約者すらいないとは……。世の男性はよほど見る目がないらしい」

エスティニアは苦笑した。

「仕方がありません。私は人とは違い、得体の知れない銀色の髪と目をしていますから。触れたら移る病《やまい》だと偏見を持たれたり、化《ば》け物《もの》や魔女だと謗《そし》られたりしてきました。小さい頃は本当に嫌で、いつもフードつきの外套《マント》をかぶって外へ出かけていたんです。今は昔ほど気にならなくなりましたが、人からじろじろと見られるのはやっぱり苦手で……」

「自分を卑下《ひげ》しなくてもいい。君はとても美しい容姿をしている。銀の髪も瞳も、光に当たれば虹色水晶《レインボークォーツ》のように神秘的に輝いている。間違いなく、神が与えた贈り物だろう」

エスティニアは、なんと心優しいお方なのだろう、と思った。自分でさえ不気味で嫌悪している髪や目のことを褒《ほ》められ、戸惑いながら答える。

「そんな……あ、ありがとうございます、ラシェル殿下」

「信じていないんだな。本心からの言葉だというのに」

「いいえ、きちんと信じています」

「ならば、私を信じているという証明をしてほしい」

「証明、ですか？」

エスティニアは当惑した。ラシェルは足を組み、悠然《ゆうぜん》と続ける。

「たとえば……、そうだな。服を脱いで君の肌を調べさせてほしい」

「……え？」

咄嗟《とっさ》になにを言われたのかわからず、エスティニアは硬直した。

「恋人がいないなど、口ではなんとでも言えるだろう？　今後、私が君の言葉を信じるために、君が絶対に嘘をついていないという証拠が欲しいんだ」

エスティニアは、彼がどういうつもりでそのような発言をしているのか、真意を見抜こうとした。だが彼の視線は非常に冷ややかで、冗談を言っているとは思えない。

「で、でも、裸になるのはちょっと……」

「人は嘘をつく。恋人がいないのであれば、肌をさらしても構わないはずだ」

「恋人はいませんが、恋人でも夫でもない異性を相手にそんなことをするのは、抵抗があります」

「それもそうだな。でもこれは身体検査の一環だ。言っただろう？　これは面接だと。恥ずかしく思う必要はどこにもない」

「で、でも……」

「君は私のことを信じてくれないのか？　ならば、私も君を信じることなど到底できない」

故郷にいる弟や苦しい生活を強《し》いられている領民たちを思うと、ぎゅっと胸が苦しくなる。ラシエルは先ほど、グランエルド領に食料の支援をしてもらえるよう、国王に話をすると言ってくれたのだ。彼の機嫌を損ねてその話が台無しになることだけは避けたい。

だがそれでも、エスティニアは素直に身体検査を承諾できなかった。

「そ、それ以外のことならいくらでもしますから、どうかご容赦《ようしゃ》くださいませんか？」

(殿下自《みずか》らが身体検査をするだなんて……)

目の前にいる麗《うるわ》しい彼に自分の肌をさらすなど、絶対に無理だ。想像しただけで失神しそうになってしまう。

「すぐ済むから、君はなにも不安に思わなくていい」

「あ、あの、私、身体検査を受けることは了承していません……！　そもそも、殿下が直々に検査をするなんて変です！」

「私のそばで働いてもらう者なのだから、私自身が調べてもおかしくはないだろう？　不自然なことはなにもないと思うが……」

やんわりと宥《なだ》めるように、ラシェルが言った。エスティニアは自分のほうがおかしいのだろうかと、困惑する。

「ラシェル殿下、身体検査はせめて女性の方にかわっていただけませんか？」

通常は同性である女性がチェックを行《おこな》うものではないのか、とエスティニアは暗《あん》に訴《うった》えた。これにラシェルは真剣に悩み始める。

「どうしても君が嫌ならば、やめても構わない。だがその場合、数人の監視下でチェックすることになる。もしもそちらのほうがいいというのであれば……」

数人に監視されながら自《みずか》らの体を調べられるなど、冗談ではなかった。かといって、今ここで身体検査を受けるという選択肢にも頷《うなず》けない。

「どうして、数人もチェックする人が必要なのですか？」

「不正を見逃《みのが》さないようにするためだ。……君は若いし、恥ずかしいという気持ちは理解できる。でもこれも仕事のうちだから、どうか諦めてほしい。できるだけ早く終わらせるように努力する」

ラシェルは席を立ち上がり、エスティニアに歩み寄った。エスティニアは後退するものの、徐々にその距離は縮まっていく。そうしてあっという間に壁際まで追い込まれ、逃げる場所を失ってしまった。

「あの、私、やっぱり大勢の監視下で身体検査を受けることにします。複数の人がいたとしても、全員が女性ならそう気にならないですし……。それにラシェル殿下がこんなことをされては、あらぬ噂《うわさ》が立つかもしれません」

エスティニアはきっぱり言い切った。だがラシェルはエスティニアの顔をじっと見入り、どこか陶然《とうぜん》としている。

「……すまない。君のあまりにも可憐《かれん》な表情に見惚《みと》れて、聞いていなかった。今、なんと？」

「だから、その……、身体検査のことですが」

「あぁ……。そうだったな。まずは、両腕を胸の高さまで持ち上げてもらえるだろうか？」

頼まれて、エスティニアはつい両腕を持ち上げてしまった。

「え？　こ、こうですか？」

「そのまま、動かないでほしい」

ラシェルはそう言うと、エスティニアが着用している胴衣《ボディス》の前紐を解き始めた。エスティニアは驚いてラシェルの手を握《にぎ》り、止めようとする。

「つぁ！　殿下……っ、なにを」

「怖がらなくていい。身体検査を始めるだけだ」

「いえ、だからそれはほかの方にお願いを……」

「やけに嫌がるんだな。もしや君は、私が妙な真似《まね》をすることを期待してくれているのか？」

にこりと妖艶《ようえん》に微笑むラシェルに、エスティニアはさらに動揺した。

「いえ！　まさか……！」

「では、いい子だからじっとしていてほしい」

エスティニアは逆らえず、ラシェルにお仕着せを脱がされてしまう。

腰のリボンや衣服が床に落とされ、あっという間に絹の下着《シュミーズ》姿にされる。それでも許されることはなく、エスティニアは気付けば一糸まとわぬ姿にされていた。

(こんなの、恥ずかしすぎる……)

胸を片手で覆《おお》い、羞恥心《しゅうちしん》を押し殺してラシェルを見上げた。彼はじっとエスティニアの体を確認し、そのまま首筋や胸元、脇腹のあたりなどを事務的に調べていく。

「キスの痕《あと》も、噛《か》み傷もないな」

「……いつも、こういう検査をしているんですか?」

「誤解のないように言っておくが、普段一般の使用人《メイド》の検査を私が直接することはない。だが抜き打ちで身体検査をしているという報告を受けている」

厳しい職場環境なのだと、改めて実感させられた。ラシェルはエスティニアの背中や腰を調べ、さらに臀部《でんぶ》も確認する。

「あの、もうよろしいでしょうか……?」

「まだだ。椅子へ浅く腰掛けて、足を広げてほしい」

絶望のあまり、悲痛な声が漏《も》れてしまった。初対面の男性の前でそこまでしなければいけないのかと、脳内が凍りつく。しかもラシェルは、もしも仕えることになれば毎日顔を合わせる相手だ。

「あの、それはさすがに……」

できませんと言い終わる前に、エスティニアは椅子に着座させられていた。半ば強引に両足を開かれ、か細い悲鳴をあげてしまう。

エスティニアは無理だと首を横に振ったが、聞き入れてもらえる状況ではなさそうだ。失神しそうな中、ラシェルはエスティニアの内股に手を触れ、さらにその先にある秘部に指をのばした。

（そ、そこは……！）

ラシェルの手に自分の手を重ねて、強引に阻《はば》んだ。

「なにもしない。調べるだけだ」

「こんなところまで、ですか？」

「そうだ。君が処女であることを確認しなければならないからな」

どのように確認するのだろうと、エスティニアの表情は強張《こわば》る。給料が上がると聞いてすぐに面接を申し込んだが、ここにきて本気で逃げ出したくなった。エスティニアの顔と耳は燃えるように熱くなり、目には涙が浮かんでくる。

だがそんなことには構わず、ラシェルはエスティニアの秘部を大胆に指で割り広げた。しかも、蜜口付近を指の腹で撫《な》で始める。

「っあ、なにを……っ」

体がピクンと反応し、それとともにとろりとした液体が流れ出た。エスティニアは初めての経験に唖然《あぜん》とし、恥ずかしさで眩暈《めまい》がしてしまう。ラシェルはその液体に触れて、そのままエスティニアの蜜孔に指先を入れてくる。

「……じっとして動かないでほしい。でないと、厳正《げんせい》に調べることができないからな」

ラシェルは、エスティニアの蜜孔に指先を入れたまま呟《つぶや》いた。

「こ、こんなことで、私が生娘《きむすめ》かどうか、わかるのですか？　ラシェル殿下は男性なのに……」

「それは暗《あん》に、生娘《きむすめ》との経験があるかどうかを聞いているのか？」

藪蛇《やぶへび》だった、とエスティニアは青ざめた。彼ほどの人物に余計なことを聞いてしまった。

（誰もが振り返るほどの端整なお姿をしているんだもの。女性とのお付き合いぐらい、たくさんあるに決まってるわよね。私ったら、なんて失言を……）

そう反省している間も、彼はエスティニアに触れ続ける。エスティニアはこれ以上は耐えられないと首を振った。

「……あ、あの、もう抜いて、ください……」

「なにを？」

問い返されて、冗談だろうかとエスティニアは困惑した。指のことだと訴《うった》えたいが、口に出すのは憚《はばか》られた。彼の顔を見ることもできない。

（この部屋から逃げ出したい……っ）

ラシェルはまだ指を抜く気配を見せない。指の先端しか入っていないのに、異物感があるのだ。

しかも、指先が少し動いている感じがした。指を動かさないでほしいと懇願《こんがん》しそうになるが、彼も仕事でしているのだと考えると、言うことができない。

（うぅ……っ、変な感じがする……）

蜜壁をゆっくりと撫《な》でられているような感覚があった。触れられているところがじんわりと熱を持ってきて、頭がぼんやりする。エスティニアは俯《うつむ》いたまま黙ることしかできない。次第に蜜孔より溢《あふ》れる液体の量は増し、椅子の座面部分をはしたなく濡《ぬ》らしていく。

「あ……っ……ラシェル殿下……抜いてくださ……」

「エスティニア。なにを抜いてほしいんだ？　きちんと言ってくれないとわからない」

本当にわからないといった口ぶりだった。エスティニアは足を閉じそうになる衝動を堪《こら》え、今にも消え入りそうな声で喋《しゃべ》る。

「ラシェル殿下の、ゆ……、指です……」

エスティニアは肩を震わせながら、なんとか言い切った。ラシェルは蜜孔の入り口付近の蜜壁をなぞり上げ、わずかに目を細める。

「……あぁ、すまなかった」

蜜孔から指がそっと引き抜かれた。エスティニアはラシェルが離れるのを待って、すぐに床に落ちている服を拾い上げて体を隠す。

「……私のこと、信じていただけたでしょうか？」

「君が純潔だということは確認できた。君のことを信じよう」

そう言ってもらえたことで、エスティニアはとても安心した。

「ありがとうございます」

ラシェルはエスティニアに背を向けると、服を着るよう促《うなが》した。エスティニアは急いで服を着る。

「本日より、君には私の専属使用人《メイド》を務めてもらう。基本的な仕事内容は、先ほど君と一緒にいた少女や、私の身の回りの世話をしている男性から学んでほしい」

「はい」

エスティニアはほっとして、先ほどまでの恥ずかしさも薄れた。部屋を退室してもよいという許可をもらうと、礼儀正しくそっと部屋を後にする。

（さ、さっきのことは、早く忘れよう……）

思い出すと顔が熱くなって泣きそうになるので、エスティニアはできるだけ考えないようにしながら廊下を歩いた。

第二章　不機嫌な雨

エスティニアは、マリーから指導を受ける際に、身体検査についてさりげなく聞いてみた。やはり定期的にそういった検査はあるらしいのだが、軽く質問をされたり、服の上からお腹を触られる程度だという。エスティニアは悶々《もんもん》としたが、相手は自国の王子だ。エスティニアが本当に信用のおける人物かどうか試していたのだろうと、納得することにした。

エスティニアが王宮に来て、数日が経ったある朝。

まだ日が昇って間《ま》もない時間に、エスティニアはラシェルの身の回りの世話をしている人物から説明を受けていた。アラン・ドゥレクという、落ち着いた物腰の二十八歳の青年だ。ラシェルよりも少し背が高く、黒髪と灰青《かいせい》の切れ長の瞳を持っている。

アランは国の東端にある伯爵家の末弟で、兄が爵位を相続してから家を出て王宮で働くことになったそうだ。元々はラシェルの補佐役だったが、ラシェルが専属の使用人《メイド》を置いていなかったため、必然的に身の回りの世話もするようになったらしい。今まで専属使用人《メイド》がいなかったことを奇妙に思って理由を尋ねると、いつもは無表情なアランが頗《すこぶ》る嫌そうに顔を顰《しか》めた。

「ラシェル殿下は大抵のことはご自分でなされますし、優秀な執事たちがいるので置いていなかったんです。殿下はプライベートな空間に踏み入られるのを酷《ひど》く嫌っており、ご自分が信用されている者しか決して近づけません」

「そうなのですか……」

エスティニアは相槌《あいづち》を打つが、なぜアランがこんな表情なのかわからない。すると彼は続けた。

「はい。朝は寝起きが悪く、家政婦長や執事にも絶対寝室に入るなと厳命しているほどです。でもそうすると政務が滞《とどこお》りますので、私が渋々、不本意ながら、強引に起こしています。……朝は基本的に機嫌が悪い上に、一度臍《へそ》を曲げると面倒なので、気をつけてください」

エスティニアは戸惑いを隠せなかったが、なんとか頷《うなず》いた。

「はい」

「この宮殿へ来たばかりのあなたには大変な重圧でしょうが、本来ヴァレットが行《おこな》う仕事の一部を担《にな》ってもらいます。ラシェル殿下の専属使用人《メイド》として、どうか真摯《しんし》に務めてください」

ヴァレットとは、自《みずか》らの主人に専属で仕えて世話をする男性使用人の役職だ。主人の身辺のあらゆる世話をするとても重要な仕事であり、エスティニアは完璧にこなせるのか、不安になってしまった。それを見抜いたのか、アランは続けて言う。

「ラシェル殿下がしてほしいと望んだことだけをしてください。あなたができないことは、すべて私がやります」

「はい。わかりました」

「では、さっそくですが、ラシェル殿下を起こしにいってくれますか？　顔を洗う湯と布をお部屋に運び、服の用意もしてください。あと、飲用水も持って」

ここ数日、エスティニアはマリーに掃除の仕方や使用人《メイド》としての基礎知識を教わっていたが、今日から本格的にラシェルの世話をさせてもらうことになるらしい。

（一日も早く仕事を覚えないと）

自分に仕事が務まるか不安はあるが、精一杯できることをするだけだ。

エスティニアは気合いを入れると、アランに言われたものをすべて準備し、ラシェルの部屋を訪れる。アランから預かっていた鍵を用いて中に入った。ワゴンをそっと運び入れた後、隣にある寝室へと向かう。

寝室には鹿《しか》の絵が飾られており、飾り棚には剣が置かれていた。寝台の天蓋《てんがい》からはアイスブルー色のカーテンがかかっている。銀糸を織り込んだ生地はとても優雅だ。

エスティニアは寝台のカーテンを、ゆっくりとめくった。そこで眠るラシェルを見て、息を呑む。

（なんて……綺麗）

寝顔でさえ、気品を感じさせる顔立ちだ。エスティニアは申し訳ないと思いつつも、ぐっすり眠るラシェルに声をかける。

「おはようございます、ラシェル殿下。お目覚めの時間です」

朝は機嫌が悪いと聞いていたので、おそるおそる言った。起きてくれるか不安だったものの、ラシェルはゆっくりと瞼《まぶた》を開ける。彼は少しぼうっとした後、エスティニアの姿を認めて、起き上がった。

「……おはよう、エスティニア。今日は君が起こしに来てくれたのか。朝から君の爽《さわ》やかな笑顔を見ることができて、とても嬉しいよ」

穏やかな声音で告げられ、エスティニアは頬が少しだけ熱くなった。怒鳴られるかもしれないと内心冷や冷やしていたが、杞憂《きゆう》だったと胸を撫《な》で下ろす。

「今、お湯をお持ちします。お着替えも手伝わせていただきますね」

一通りの手順は学んでいる。先に湯で顔を洗ってもらい、それが済むと一言断りを入れてからラシェルの両足を足置き台《オットマン》へ乗せた。彼の足を布で軽く拭《ふ》いてから室内用の靴を履《は》かせ、用意しておいた服を運ぶ。その様子を見て、ラシェルはとても感心する。

「慣れているな。正直驚いている」

「お褒《ほ》めいただき、ありがとうございます。……病気だった父の世話をずっとしていたので」

床《とこ》に臥《ふ》せる父のためになにかしてあげたくて、屋敷で働いている家令から世話の仕方を色々と教わったのだ。使用人《メイド》から仕事を奪ってしまうのは気が引けたが、彼らは嫌な顔一つせずなんでもさせてくれた。彼らの協力があったからこそ、父との最後の時間を穏やかに過ごせたのだろう。

エスティニアは、ラシェルの着替えも手伝った。支度が終わると、ラシェルにグラスを手渡す。グラスに入っている水を、彼は一気に飲み干した。

「正直、君にはあまり期待していなかった。侯爵家の令嬢が汗水流して働いたり、誰かに仕えるなどできるわけがないと。行儀見習いで働きにきた者は、王宮で働いた証《あかし》がほしいだけで掃除さえまともにできない者もいるんだ。でも、君は違った。謝罪するよ」

「そんな……。もったいないお言葉です」

「恐縮しなくていい。私は心から、君を専属にしてよかったと思っているんだ」

真正面から言われ、恥ずかしくなる。平常心を保とうとするが、彼は追い打ちをかけるように、エスティニアの頭を撫《な》でる。それはまるで幼子《おさなご》を相手にするみたいな褒《ほ》め方だったが、エスティニアの鼓動を速くさせるには十分だった。

（……っ、ラシェル様に頭を撫《な》でられるなんて）

エスティニアの頬が熱くなる。

「……だとすれば、マリーさんやアランさんのご指導のおかげです。お二人にはよくしていただいているので。これからもより一層、ラシェル殿下に喜んでいただけるように、努力いたします」

エスティニアはラシェルからグラスを受け取り、ワゴンの上へ置いた。

「もっと気楽にしてもいいものを……。君は真面目だな」

彼に好印象を抱いてもらえて嬉しいが、それを表情に出さないようにするのに苦労した。エスティニアは次に、今日の予定を伝える。

「本日は国王の慈善係の指名について、司祭との話し合いが予定されています。その後ミラーユ大公を招いての昼食会があります」

すると、ラシェルはどこか億劫《おっくう》そうにため息をついた。

「あぁ、そうか。今日はミラーユ大公が来る日だったな。すっかり失念していた。昼食会のために購入したものを、事前に確認しておこうと思っていたのに……」

ミラーユ大公は、現国王の妹が嫁《とつ》いだ先だと、アランから説明を受けた。エスティニアも一応知識では知っていたが、もちろん面識があるわけではない。

「本日の昼食会のために購入した物は、リストにしておきました。どうぞご確認ください」

エスティニアは父のかわりに仕事をしていたこともあり、必要な確認事項については大体の見当がついた。彼が必要とするかもしれないと思い、事前にリストを用意しておいたのだ。ラシェルはエスティニアから紙を受け取ると、ざっと目を通す。

「羊が三頭、ワインが八十本、卵五十個、ガチョウが五羽、小麦が二十袋……。新規で購入が追加されている物があるな。これらは？」

「飼葉《かいば》や酵母《こうぼ》、それからチーズのことですね。飼葉《かいば》は大公やその付き人たちの馬用です。食事内容のリストを拝見したところ、かなりの人数がいらっしゃるようだったので、それに見合った量の飼《かい》葉《ば》を追加注文しておきました。パンを作る酵母《こうぼ》も、料理長の依頼で頼んであります。チーズはミラーユ大公の好物だということで、アランさんと相談をして購入しました。……一応予算内に収めましたが、ダメでしたか？」

不安になったエスティニアに対し、ラシェルは瞠目《どうもく》していた。

「君の父上が病《やまい》で床《とこ》に臥《ふ》している間、グランエルド家がなぜ無事に回っていたのか、その一端を垣間《かいま》見《み》た気がする。……なるほど。君がそうやって細《こま》やかに機転を利《き》かせ、家を取り仕切っていたのか」

家令に相談を受けることが多かったために、手配の方法などを知っていただけなのだが、エスティニアは照れてしまう。

「……他に、なにか御用はございませんか？」

用がなければ退室しようと思って尋ねた。すると突然、ラシェルはエスティニアの手を取って甲に口づけを落とす。

「食事部屋まで同伴してほしい。陰鬱《いんうつ》な気分も、君と一緒にいれば払拭《ふっしょく》されるだろうから」

まるで口説《くど》き文句だ。エスティニアは目を丸くして、堪《こら》え切れずに笑みをこぼす。

「ふふ、わかりました。お食事部屋までご一緒いたします」

マリーの話を聞く限りでは、ラシェルは随分と淡白な性格なのだと思っていたが、そんなことはなかった。褒《ほ》め上手で、相手を気分よくさせる方法を心得ている。

（優しい人で、よかった）

顔を上げると、ラシェルと視線が交わった。未だ手は離してもらえておらず、むしろしっかり握《にぎ》られてしまう。

「仕事は大変だろうけれど、これからよろしく頼む。エスティニア」

「はい。誠心誠意、お仕えさせていただきます」

一介の使用人《メイド》に対しても気配りを怠《おこた》らないラシェルに、エスティニアは心を打たれた。

「……あぁ、そうだ。言い忘れていた。君が暮らすグランエルド領への食料援助の件だが、国王はすぐに支援物資を送ると明言してくれた。これで君の憂《うれ》いも少しは晴れるだろうか」

エスティニアは片手で口元を覆《おお》う。感激のあまり言葉を忘れてしまった。だがすぐに我に返り、頭を下げる。

「ありがとうございます、ラシェル殿下。どうお礼を言っていいのか……、グランエルド領を代表し、感謝を申し上げます」

「気にしなくていい。君が気持ちよく仕事ができるようにするのも、私の務めだ。それに、私だって困窮《こんきゅう》している民《たみ》を放ってはおけない」

「ラシェル殿下……」

彼のために精一杯尽くそうと、エスティニアは心に決めた。

ラシェルが公務に行った後、エスティニアはマリーとともにラシェルの衣装部屋を訪れていた。アランに儀礼用の深紅《しんく》の外套《マント》を探してきてほしいと頼まれたのだ。

「どこにあるのかな……」

衣装部屋はとても広く、衣装箪笥《だんす》や長櫃《コファー》も多かった。マリーも一緒に手伝ってくれているが、なかなか見つからない。

「こっちも見当たらないわ。もっとわかりやすい場所に片づけておいてくれたらいいのに」

マリーの困り声を聞いて、エスティニアは申し訳なくなる。

「マリーさんも忙しいのに、手伝ってもらってごめんなさい」

「新人はそんなこと気にしないの。それにラシェル殿下の専属使用人《メイド》だなんて、大変でしょう？他の使用人《メイド》たちと違って相談できる仲間もいないだろうし……。私でよければ力になるから、気軽に声をかけてね」

マリーの言うとおり、エスティニアは他の使用人《メイド》たちと接する機会が少なかった。例えば洗濯を専門にする使用人《メイド》は、洗濯使用人《メイド》同士で相談や協力ができる。掃除を専門にする使用人《メイド》や庭師たちも同様だ。しかしラシェルの専属使用人《メイド》はエスティニアだけなので、相談できる仲間がいないのだ。

「ありがとうございます、マリーさん」

マリーは掃除を専門にする使用人《メイド》なので働く場所などは違うが、エスティニアのことをとても気にかけてくれていた。王宮で心細い思いをしないでいられるのは、彼女のおかげだ。

「どういたしまして。さて、こっちには入ってるかなー……？」

エスティニアも、大きな長櫃《コファー》を開けて中を確認した。深紅《しんく》の外套《マント》ではなく、青い衣装が入っている。目的のものではないと蓋《ふた》を閉じようとしたのだが、ふと気になるものを目にした。

（これは……）

見覚えがあった。黒地に小さな宝石が飾られた仮面と、その下に濃紺の衣服が入っている。そっと取り出して広げてみて、エスティニアは硬直してしまった。なぜなら、それはエスティニアが仮面舞踏会の夜に出会った男性が着用していたものだったからだ。セットになっていたであろう上着は見当たらないが、間違いない。

「それって、ラシェル殿下が仮面舞踏会で着ていた服じゃない？」

マリーが横から覗《のぞ》き込んできた。

「え？　ラシェル殿下が……？」

「うん、そうよ。すっごく素敵だったんだから。普段はラシェル殿下に興味がない私でさえ、あのお姿には惚《ほ》れ惚《ぼ》れしてしまったわ」

その話をもっと詳しく聞きたい、と思った。ラシェルがもしもあのときの男性ならば、預かっている銀のブローチを返さなければいけない。

エスティニアは無意識のうちに、お仕着せの腰のあたりに触れていた。そこには仮面舞踏会の夜に出会った男性から預かった、大切な銀のブローチがある。腰のリボンの裏側にブローチをつけて、いつでも返せるように持ち歩いているのだ。

「ラシェル殿下、そんなに素敵だったの？」

「ええ。艶《つや》やかな金髪がとても眩《まぶ》しくてね」

ラシェルも仮面舞踏会で出会った男性の髪も、金色だ。エスティニアは、もしも彼があの夜に出会った男性だったら……と想像し、ドキドキした。しかし、ラシェルに直接聞いて確かめようと思ったところで、はっと冷静になる。

(言えない……。もしも私があの夜に出会った者だと知られたら、きっと幻滅《げんめつ》されてしまう……。だって私は、他人《ひと》から疎《うと》まれやすい銀髪銀目だし、美人でもない)

もしラシェルがあの夜に出会った人物だとすれば自分のことは絶対に知られたくないと、エスティニアは怖気《おじけ》づく。

あの夜は本当に楽しく、今も色濃く記憶に刻まれているのだ。コンプレックスの銀髪や銀の目も気にせず、ただ一人の普通の少女のように過ごせた。だからラシェルがあの男性なのだとすれば、彼にも綺麗な思い出のまま覚えていてほしい。

今のエスティニアは、表向きは貴族の令嬢だが、実態は借金まみれで着飾るドレスさえない身だ。ドレスを売ったことに後悔はないし、これからも胸を張って生きていけるだろう。だがあの夜のことは、綺麗な思い出のままにしておきたい。

(……どうにかして銀のブローチの持ち主がラシェル殿下かどうか、調べてみないと。もしもあの夜の男性だとわかったら、私だとばれないようにこっそりお返ししよう)

自分の正体を告げるつもりは、絶対になかった。エスティニアは心の中で固く決意すると、仮面や衣装が入っていた長櫃《コファー》の蓋《ふた》を閉める。それとほぼ同時に、横にいたマリーが歓喜の声を上げた。

「あった！　もう、こんな場所に収納しているなんて」

どうやら目的の深紅《しんく》の外套《マント》が見つかったようだった。

「マリーさん、ありがとうございます」

「いいのいいの、お礼なんて。さ、これを運びましょう？」

エスティニアは頷《うなず》くと、深紅《しんく》の外套《マント》を手にしてマリーとともに衣装部屋を出た。


昼を少し過ぎた頃、エスティニアは中庭にある薬園へカモミールとローズマリーを摘《つ》みに来た。カモミールの花弁とオレンジの皮を一緒に煮《に》ると、手を洗うのに適した香りのよい水ができあがるのだ。ローズマリーは、顔を洗う水を作るのに必要なハーブだ。

エスティニアは庭師に許可を得ると、それらを必要な分だけ取って籠《かご》に入れていく。円形の花壇には様々なハーブが植えられており、見たことのないものも多い。

（カモミールはこれぐらいあればいいかな……？　あとはローズマリーを……）

エスティニアが花壇から立ち上がると、向こうから見知らぬ男性が歩いてくる。男性は目鼻立ちが非常にくっきりとしており、漆黒《しっこく》の髪と鮮《あざ》やかな緑の瞳をしている。がっしりした体型をしていて、年齢は二十代前半ぐらいに見えた。羽根のついた紺色の帽子をかぶっており、金糸で刺繍《ししゅう》がされた白い衣《ころも》に、グレーの外套《マント》をつけている。

（お客様かしら？）

使用人《メイド》は王侯やその客人にできる限り会わないようにすること、という決まりを思い出し、エスティニアは身を隠せる場所を探した。だが適当な場所が見当たらない。

そうこうしているうちに、黒髪の男性はエスティニアの前まで来てしまった。その華やかな姿はかなり存在感があり、圧倒されずにはいられない。

「君が、つい最近ラシェル殿下の専属使用人《メイド》になったという女の子？」

彼は人当たりのいい笑みを浮かべて話しかけてきた。緊張していたエスティニアは、少しだけ気分を落ち着かせる。

「はい。ラシェル殿下のお世話をさせていただいている、エスティニア・グランエルドと申します」

「グランエルド？　へぇ……、君が噂《うわさ》で度々《たびたび》耳にする、あの銀のご令嬢か」

「え？」

男性はエスティニアの髪と瞳を、興味深げに注視《ちゅうし》していた。

「いや、失敬。グランエルド領には銀の髪と目を持つ、人ならざる姿のご令嬢がいるという噂《うわさ》を聞いたことがあってね。……なるほど、噂《うわさ》はあてにならないな。私は君以上の美少女には、お目にかかったことがない。君ほどの容姿ならば、数多《あまた》の男が放ってはおかないだろう」

エスティニアは反応に困ってしまった。コンプレックスに触れられるのは非常に苦手だ。

しかし、笑って誤魔化《ごまか》すぐらいの処世術は持っている。エスティニアは微笑んだ。

「お褒《ほ》めにあずかり、光栄です」

「あぁ、すまない。そんな顔をしないで。気を悪くさせるつもりはなかったんだ。ごめんね？」

心から申し訳なさそうに謝られ、エスティニアは慌てて首を横に振る。

「いえ、気にしていないので平気です」

「本当にごめんね。見ず知らずの男から不躾《ぶしつけ》に外見のことを言われて、嫌な気分にならないわけがないのに……。私は思ったことをつい口にして、よく失敗してしまうんだ」

彼は表情をくるくると変え、見ていて飽きない人物だった。彼の人好きのする雰囲気に、エステイニアは自然と警戒を解いていた。

「私もよく失敗をします」

「えぇ？　そんな風には全然見えないけれど……」

「実は結構ドジなんですよ？」

お互い顔を見合わせて笑った。

「いい子だね。……あ、薬草を摘《つ》んでいたの？　手伝うよ」

「あ、そんなことをお客様にさせるわけには……」

男性はエスティニアの口元に人差し指を当てると、言葉を遮《さえぎ》った。

「私に任せなさい。これぐらいはできるから。で、どの薬草を摘《つ》めばいいのかな？」

彼に強引に押し切られる形で、手伝ってもらうことになってしまった。

「そこのローズマリーです」

いくつも枝分かれした低木のローズマリーは、花壇の奥でとても立派に育っていた。少し離れた場所からでも、清涼感のある香りが感じられるほどだ。

「これか」

男性はローズマリーの枝をいくつか折ると、エスティニアが持っている籠《かご》に入れた。

「ありがとうございます。えっと……」

そういえば、彼が何者なのかまだ聞いていなかった。男性もそれを思い出したのか、はにかんだ様子で自己紹介をした。

「まだ名前を言っていなかったね。私はオレッド・ミラーユ。よろしくね」

エスティニアはミラーユという姓にすぐさまはっとした。

「ミラーユ大公のご子息様だったとは……。知らなかったとはいえ、失礼をいたしました」

現国王の妹が嫁《とつ》いだ先が、ミラーユ家だ。さらに、ラシェルとオレッド大公子は、いとこ同士にあたる。

「そんなに畏《かしこ》まらなくてもいいよ。父のラニエルとは違って、私は堅苦しいのは好きではないんだ。どうかオレッドと呼んでほしい。私も君をエスティニアと呼ぶから」

「でも……」

「オレッド大公子、なんて呼んだら、私は拗《す》ねてしまうよ？」

抵抗がないわけではなかったが、エスティニアは逆らうこともできない。

「では、オレッド様とお呼びします」

「君は素直でいい子だね。でも、あのラシェルがどうして君を専属の使用人《メイド》にしたのか、気になるな。二人はもしかして恋仲とか？」

とんでもない、とエスティニアは首を横に振った。

「まさか。私とラシェル殿下の間には、誓ってなにもありません」

「そうなの？　ラシェルはこれまで見合いをすべて断ってきたし、意中の女性もいない様子だった。王子という立場を考慮し、無闇《むやみ》に女性を近づけないように気をつけていた節もある。だというのに、専属の使用人に選んだのは男ではなく、君みたいな可愛らしい女性だ。周囲も不思議がっているよ？」

エスティニアはそのことか、と苦笑した。

「やましい理由があって、ラシェル殿下は私をそばにおいているわけではないんです。……実はここ数年立て続けに起きた天災のせいで、グランエルド領の財政が逼迫《ひっぱく》していまして。私は少しでも領地の助けになりたくて王宮に働きに来ました。そのことをラシェル殿下にお話ししたら、私を専属の使用人《メイド》にしてくださったんです。ただの使用人《メイド》でいるよりは俸給《ほうきゅう》も多くもらえるので、ラシェル殿下にはとても感謝しています」

エスティニアが正直に告げると、オレッドは同情的な表情を浮かべた。

「随分と苦労しているんだね。でもあいつ、尊大で態度も冷たくて、気難しいだろう？　いつもなにを考えているかわからない鉄面皮《てつめんぴ》だし、冗談の一つも言わないから面白みもない」

それは一体誰のことかとエスティニアは不思議がる。少なくとも、彼女の知るラシェルではない。

「いいえ、ラシェル殿下は気さくで親しみやすいお方ですよ？　ただの使用人《メイド》である私に、とても心を砕《くだ》いてくださります」

「へー……、そうなんだ？」

エスティニアの言葉を、オレッドはまるきり信じていないようだった。話をしている間にローズマリーの収穫が終わり、エスティニアは改めて彼にお礼を言う。

「オレッド様、手伝ってくださり、ありがとうございました」

「いや、私もいい退屈凌《たいくつしの》ぎになったよ。ごめんね？　仕事中なのに、相手をしてもらって」

「いいえ。オレッド様とご一緒できて、とても楽しかったです」

オレッドはにこりと笑うと、立ち去っていった。

エスティニアも王宮へ戻ろうとして、ふと視界の端にラシェルらしき人物が映る。中庭の先にある塔へ向かっているようだ。

（ラシェル様、一体どうしてこんなところへ……？）

エスティニアはラシェルのことが気になったが、彼の私生活に干渉してはならない。王宮へまっすぐ戻ろうとして、先ほどまで晴れていた空に雨雲が立ち込めていることに気がついた。遠雷《えんらい》も聞こえてくる。どしゃぶりになったら、ラシェルが王宮に戻れなくなるかもしれない。

「一言だけ、声をおかけしよう」

彼を追いかけて、小走りで進んだ。しかしそれとほぼ同時に、雨が降り出してきてしまう。

「ラシェル様！」

ラシェルの背に向かって呼ぶと、彼が振り返った。彼は追いついたエスティニアの手を取り、そのまま木が鬱蒼《うっそう》と生《お》い茂《しげ》る細道へ走りだす。

その先にある東屋《ガゼボ》へと駆け込んで、ラシェルはエスティニアの手を離した。

途端、激しい雨音が響く。のんびりと歩いていれば、びしょ濡《ぬ》れになっていたところだ。

東屋《ガゼボ》はタイル張りの建屋になっていた。ガラスのはめ込まれていない大きな窓からは、しっとりとした空気が流れ込んでくる。中には木製のテーブルとガーデンチェアが置かれており、壁には鉄製の燭台《しょくだい》がある。窓の外には蔓《つる》の這《は》った柵があり、人目を遮《さえぎ》っていた。

「エスティニア。なぜ追いかけてきたんだ」

どこか冷たい声音だった。

「雨が降ってきそうだったので、室内へ戻られたほうがいいとお伝えしようと思って……。間に合わず、雨は降ってきてしまいましたが……」

雨はますます勢いを増し、地面にはあっという間に水溜りができていた。

「……先ほど、オレッドと楽しげに会話をしていたな。君も、ああいう男が好みなのか？」

ラシェルの奇妙な質問に、エスティニアはどう返していいのか迷った。

「好みの問題以前に、オレッド様のことはよく存じ上げません……」

「あの男は危ないから無闇《むやみ》に近づくな。でないと、泣かされることになるぞ」

エスティニアは不服に思い、つい態度に出してしまう。

「オレッド様とは、別になんでもありません。それに、私のお仕事を手伝ってくださった、親切なお方です。どうか悪《あ》し様《ざま》に言うのはおやめください」

そう述べてから、エスティニアははっとした。ラシェルの目が非常に冷ややかな輝きを帯びている。彼を怒らせてしまったことに気付き、エスティニアは手にしている籠《かご》をぎゅっと握《にぎ》りしめた。

それとともに脳裏に過《よぎ》るのは、昼間見つけた仮面舞踏会の衣装だ。ラシェルが仮面舞踏会で出会った男性かもしれないと考えると、変に意識してしまう。

そうして会話がないまま時間だけが流れ、エスティニアは次第に沈黙に耐えられなくなった。

「あの……、私、先に王宮へ戻ります……」

エスティニアは激しい雨が降りしきる中、東屋《ガゼボ》を飛び出そうとする。だが踏み出した足が地面につく前に、エスティニアの体は、背後からラシェルにしっかりと抱きしめられていた。

(――え?)

一瞬遅れて、ハーブを入れた籠《かご》を落としたことに気がつく。だがラシェルに抱きしめられているため、拾えない。

エスティニアはなにが起こったのかわからず、混乱した。

「話はまだ終わっていない」

耳元で囁《ささや》くラシェルの声に、エスティニアはぞくりとした。

「ラシェル、殿下……?」

背中で彼の体温を感じる。まったく身動きがとれず、体をよじることさえできない。

「君は、いけない子だ。オレッドと楽しげに会話をしている姿を、私が一体どんな気持ちで見ていたか知りもしないで……。どれほど私が内心穏やかではなかったか、ちっとも理解していない」

熱を孕《はら》んだ彼の言葉は、エスティニアを責めている。叱られているのはわかっているのに、彼の艶《つや》のある声にくらくらしてしまう。

「あ、の……」

「ほら、今だって君は子羊のようにとても無防備だ。悪い狼《おおかみ》が狙っていることにさえ気付かぬまま、食べられてしまうだろう。……こんなにもおいしそうなご馳走《ちそう》を前にして、我慢できる狼《おおかみ》はいないというのに」

ラシェルの吐息《といき》を感じ、エスティニアはますますのぼせたようになる。彼の真意はわからないが、男性に対する態度について注意を受けていることは、なんとなく理解する。

「オレッド様への礼節が足りなかったということでしょうか？」

「いいや、もっと距離をとって関わらないように、と注意しているんだ」

エスティニアの左手を持ち上げ、その甲に口づけをするラシェル。

「あ、あの、やっぱり私、王宮へ……」

エスティニアはなんとか身をよじって、ラシェルの体から離れた。彼の顔からは笑みが消えており、彼女は射竦《いすく》めるような視線を向けられてしまう。

「こんな雨の中、焦って戻る必要はない」

「でも……」

「私がいいと言っている。それに君は私専属なのだから、互いをよく知るための交流がしたい」

ラシェルに一瞬で距離を詰められたかと思うと、顎《あご》を持ち上げられた。そのまま指の腹で唇をなぞられ、エスティニアはぞくりとする。

「……ラシェル殿下と親しくなることは、私も望むところですが、一体どうやって……？」

「やはり、スキンシップが一番ではないだろうか？」

「頭を撫《な》でたりする、ということですか？」

場を和《なご》ませようと、冗談っぽく言った。これにはラシェルも楽しそうに笑う。

「そうだな。では、そうするとしよう」

ゆっくりとラシェルが手を持ち上げ、エスティニアの頭に巻かれている白いレースのヘッドドレスを外した。髪は邪魔にならないように一つに束ねて焦げ茶色のリボンで結《ゆ》い上げていたのだが、彼はそれもほどく。絹糸のごとくさらりとした銀髪が肩に落ちた。

ラシェルはエスティニアの頭を、ゆっくりと撫《な》で始める。指を髪に差し込んで梳《す》いてみたり、側頭に優しく触れたりする。それはエスティニアが思っていた撫《な》で方ではなかった。

「あ、あの、ラシェル殿下……？」

「なんだ？」

「ヘッドドレスをはずす必要が感じられないのですが、これにはどういう意味が……」

「雨音が大きくてよく聞こえないな」

ラシェルはエスティニアの耳を、指でなぞった。こんなことを異性からされたことがないエスティニアは、どうしていいのかわからない。

（ど、どうしよう……。なんだか余計にまずい空気になっているかも……）

耳朶《じだ》を円を描くように捏《こ》ねられた。それだけなのに、エスティニアの顔は熱くなる。からかわれているのだろうかと思って彼を見たが、その気配はない。

「ん……っ」

耳の後ろ側もなぞられ、無意識に声が漏《も》れた。

(我慢しないと……。さっきみたいな声を聞かれたら、変に思われてしまう)

耳を触られているだけだというのに、奇妙な気持ちになっていった。なぜか目が潤《うる》んでくる。

「エスティニア。どうした？　どこか苦しいのか？」

「いえ……、違うんです。そういうわけではなくて……」

「無理はよくない。ほら、そこへ横になるといい」

両脇に手を差し込まれ、エスティニアはテーブルの上に座らされた。そのまま、押し倒されてしまう。

「わ、わざわざテーブルに横にならなくても、椅子に座らせてもらうだけで十分ですよ？」

「いや、こうしたほうがいい。……あぁ、そうだ。具体的にどのあたりが悪いのか、私が調べてみよう」

「そ、そんなにお気遣いいただかなくても……！」

「君は私のものなのだから、君の体調はよく知っておいたほうがいいだろう？」

自分を労《いた》わってくれるラシェルの申し出を、エスティニアは断ることができなかった。ラシェルはエスティニアの頬に手を添えると、顔を覗《のぞ》き込んでくる。

(長い睫毛《まつげ》……。近くで顔を見つめられると、どうしていいかわからなくなってしまう)

顔を背《そむ》けようとしたが、頬に手を当てられているので、できなかった。

「顔がやけに赤いな。熱でもあるのか？　口の中に湿疹《しっしん》などができていないか、確認しよう」

そう言うなり、ラシェルはエスティニアの唇に自《みずか》らの唇を重ねた。エスティニアは驚き、体を竦《すく》ませる。ラシェルの肩に両手を当てて、そっと押しのけた。

「……っ、ラシェル殿下、今のは、キスじゃ……」

「口の中を調べるのに、指よりも唇のほうがいいと思っただけだ。……まさか君は、この私が具合が悪そうな女性を前に、不埒《ふらち》な真似《まね》をしたと疑っているのか？」

「い、いえ、そんな……、滅相《めっそう》もございません……」

「よかった。君に信用されていなかったら、ショックのあまり寝込むところだ。……では、調べるから我慢しろ。いいな？」

優しく諭《さと》され、エスティニアは頷《うなず》くしかなかった。ラシェルはエスティニアの唇を啄《ついば》み、それを幾度か繰り返す。くすぐったくも心地いい柔らかさに、頭の中がくらくらした。

（仕方がないとはいえ、ラシェル殿下に口づけをされてしまうなんて……）

エスティニアは目をぎゅっと閉じていた。だがそこで、唇に何かが触れる。それはエスティニアの固く閉じられた唇をなぞり、中央を強引に割って入り込んできた。

「んっ」

自《みず》らの咥内《こうない》へ入ってきたものがラシェルの舌だと、すぐには理解できなかった。彼の舌は肉厚で、熱を帯びている。

（どうして舌を……っ）

驚きのあまり、エスティニアの頭の中は真っ白になった。そんなエスティニアの戸惑いには構わず、ラシェルは縮こまっている舌を探《さぐ》り当てて絡ませようとする。

「エスティニア、力を抜いてほしい。でないと、君の舌を念入りに調べられない」

ラシェルに注意されて、エスティニアは焦った。

「ご、ごめんなさい」

ラシェルは再び唇を重ねると、エスティニアの舌に自身の舌を絡ませた。力を抜いていたエスティニアの舌は、あっさりと捕らえられる。

（くすぐったい……）

擦《こす》りつけられたかと思えば、舌を軽く吸われた。それは今までエスティニアが味わったことのない未知の感覚であり、意識がぼうっとしてしまう。しかも彼の舌は貪欲《どんよく》に、エスティニアの口蓋《こうがい》や歯肉をなぞるのだ。

（ん……、ラシェル殿下の舌、とても熱い……）

ラシェルはエスティニアの髪に指を差し込み、頭を撫《な》でた。そうされているうちに、エスティニアは唇を重ねあう行為にもゆっくりと慣れていく。

「君の唇はおかしい。甘くて中毒になりそうだ」

ラシェルの発言に、エスティニアは胸を上下させながら問い返した。

「わ、私の唇は、おかしいのですか？」

「あぁ。まるで私を誘惑するためだけにあるみたいな、可愛らしい唇だ。あまりに腹立たしいから、もっと塞《ふさ》いでしまいたくなる」

エスティニアの唇は再度、彼に奪われた。深く舌を入れられ、その感触を堪能《たんのう》するかのように幾度も舐《な》め上げらる。

「……っふ」

どちらのものともわからぬ唾液が、エスティニアの口の端からこぼれ落ちた。ラシェルは角度を変えては唇を押し付け、口づけを繰り返す。エスティニアの頬を両手で包み込んで、より一層深く舌を挿《さ》し込んだ。

「ん……！　う……んっ」

ほんの少し息苦しかったが、それを上回る心地よさに全身を支配される。

（本当に、調べているだけなの……？）

そうしてラシェルが顔を離すと、エスティニアは瞼《まぶた》を開けた。とろんとした目でラシェルを見上げ、彼の反応を待つ。

「かなり、具合が悪そうに見える。熱があるのではないか？」

首筋を撫《な》でられた。

「そんな、ことは……」

「脈も速い。……あぁ、エスティニア。君が心配だ。こんなにも心臓が速く打つなんて、きっと病気に違いない」

それはラシェルに口づけ紛《まが》いのことをされたからだ、とエスティニアは言いたかった。こんなことをされて、平常心でいられるわけがない。

「あ、あの、私、平気です。もう、治りました……」

エスティニアは息を荒くしながら言った。だが肝心のラシェルは窓の外を眺《なが》めている。

「……それにしても、雨が酷《ひど》いな。やむ気配がない」

どうやらエスティニアの声は聞こえていないようだった。

「ラシェル殿下、あの」

自分は平気だと再度言おうとするが、ラシェルは気にも留めず、エスティニアの腰についているリボンをほどいた。コロンという音がし、彼女ははっとする。リボンには、例の銀のブローチがついているのだ。ラシェルも音に気付いたのか、リボンに視線を落としていた。

エスティニアは咄嗟《とっさ》にテーブルに落ちたリボンを掴《つか》むと、銀のブローチを覆《おお》って隠す。

(借金のある私がこんな高価なブローチを持っているだなんて、絶対に怪《あや》しいわよね)

しかも、明らかに不自然な態度をとってしまった。彼からの追及は免《まぬか》れないだろうと、エスティニアは冷や汗をかく。

(あ……そういえば、ラシェル殿下がこのブローチの持ち主かもしれないんだった)

別の意味でも緊張したエスティニアだったが――

「エスティニア。君の肌を調べて、異常がないことを確認したい」

ラシェルの何事もなかったような態度に、エスティニアは目を見開いた。彼は銀のブローチを見たはずなのに、それについてなにも触れてこない。

(反応がない。ラシェル殿下はあのときに出会った男性ではないの?)

エスティニアは、舞踏会の夜に出会った男性に恋心を抱いているわけではない。確かにあんな男性とずっと一緒にいられたら楽しいだろうという想像はした。生まれて初めて普通の少女みたいに扱われ、恋をするならばこんな男性がいいと、憧れたのだ。しかし、家のことを考えれば、簡単に誰かに恋をできるわけがない。

だがもう一度彼に会えるならば、話をしたかった。そしてもしもあのときの彼がラシェルだったら嬉しいと、期待していたのだ。ラシェルはエスティニアに偏見を持つどころか、銀色の髪や瞳を美しいと言ってくれたから。

エスティニアは自分でも不思議なほどに落胆してしまい、己《おのれ》を恥じた。そして彼が服を脱がせようとしている手を強く握《にぎ》る。

「こ、これ以上はダメです。たとえやましいことなどなくても、こんなところを誰かに見られたら勘違《かんちが》いされてしまうかもしれません」

「どうしても？」

「はい。それに私は……、家の立て直しを支援してくれる男性と結婚しなければいけないんです。その相手を探してくれるよう、知人にもお願いしています。だから、どうかお許しください」

それが、精一杯の抵抗だった。前回服を脱いだときは、面接に必要ならばと仕方なく承諾した。だが今は具合など悪くないし、体を調べてもらう必要はない。

（ラシェル殿下は私を心配して体に触れてくださっているのよね？）

エスティニアはラシェルを聡明な人物だと思う。しかし彼は、心配の仕方が世間と少しずれている気がするのだ。

とはいえこんな拒み方をしては、彼の機嫌を損ねただろうとつらくなる。

そんなエスティニアの心配をよそに、ラシェルはエスティニアの髪を一房取ると、その毛先にキスを落とした。

「我々王侯貴族に、好きな人と恋に落ちて結ばれるなんていう夢物語はありえない」

エスティニアの胸がずくんと痛んだ。家にとって有益な人と結婚することは、貴族には当たり前のこと。たとえ気に入らない相手であっても、家のために結婚しなければいけない。

「そうですね……」

声がくぐもってしまった。

「私も運命などという言葉は信じていなかったが、君がもう一度目の前に現れた。これを運命と呼ばずして、なんと呼ぶ？」

「え……？」

もう一度とは一体どういうことだろう。ブローチには反応を示さなかったが、彼はやはりあの夜に出会った男性なのだろうか。エスティニアは疑問に思ってラシェルの顔を見つめた。だが、彼はエスティニアの頬を優しく撫《な》で、微笑みかけるだけだ。

「わかった。服を脱がせるなど、君の矜持《きょうじ》を傷つけてしまうな。私も君を案じるばかりに、少々強引すぎた。すまない」

「いいえ！　いいんです。心配してくださり、ありがとうございます」

エスティニアはほっとした。ところが、ラシェルの手はエスティニアの服から離れない。

「服をすべて脱がなければいいということだな？　それならば、君も恥ずかしくないだろう？」

エスティニアはテーブルから起き上がりかけて、動作を止めた。着用していたお仕着せをラシェルに脱がされ、絹の下着姿《シュミーズ》にされてしまう。絹の下着《シュミーズ》は脹脛《ふくらはぎ》より下にある丈《たけ》の長いもので、金盞花《カレンデュラ》の花の刺繍《ししゅう》が施《ほどこ》されていた。

「下着姿《シュミーズ》の君は、扇情的《せんじょうてき》だな」

ラシェルはエスティニアの首筋に顔を埋めて、ゆっくりと舌で舐《な》め上げた。ぞくりとした快感が体に走り、エスティニアは体を仰《の》け反《ぞ》らせる。

「っぁ」

鼓動が速くなるのがわかった。ラシェルの吐息《といき》が首筋を撫《な》で、体が熱くなる。彼はエスティニアの胸に手を当てた。布を一枚隔《へだ》てた先には、豊かな膨《ふく》らみを持つ乳房がある。

「ラ……シェル、殿下、んぅ……っ」

「エスティニア、どうした？　脈がとても速いようだが……」

それはラシェルが胸を触っているからだと言いたかった。けれどもラシェルに布ごしに胸の頂《いただき》をそっとつままれ、エスティニアは声にならない声を出してしまう。彼の手はとても大きく、体温が伝わってきた。

（ラシェル殿下が、私の胸を触ってる……）

自分でさえあまり触ったことのない胸に熱を感じ、エスティニアは恥ずかしさが頂点に達した。

動けないでいると、ラシェルがエスティニアの胸を両手で包み込むようにして揉《も》み始めた。

「胸が苦しいだろう？　こうすれば、少しは楽になるんじゃないのか？」

余計に胸が苦しくなっている。初めは控《ひか》えめに揉《も》まれていた胸は、次第に大胆な揉《も》み方へと変わっていく。

「や……っん、だめ……っ」

少し暗くてわかりにくいが、ピンク色の胸の頂《いただき》がエスティニアの下着《シュミーズ》から透けて見えていて、それが余計に羞恥心《しゅうちしん》を煽《あお》る。

(揉《も》まないでほしいのに……)

ラシェルは真剣な表情をしており、とてもふざけているようには見えなかった。だから、エスティニアも下手《へた》に止めることができない。

「胸の突起が随分と腫《は》れ上がっているな。こんなになっていては、さぞ痛むだろう」

下着《シュミーズ》の上から、ラシェルはエスティニアの胸に顔を寄せて吸いついた。胸の頂《いただき》を口に含んだまま、舌で転がし始める。

「あぁ……、ん……やっ」

胸の頂《いただき》だけを執拗《しつよう》に攻められ、エスティニアは腰が痺《しび》れるような、深い官能を与えられた。反対側の胸も揉《も》まれ続け、なぜか下腹部が段々と熱くなってくる。

「ラシエ、ル殿下、もういい、です……っ、や、ぁ……」

彼の唇で胸の頂《いただき》が扱《しご》かれ、巧《たく》みに転がされた。

「あぁ、可哀想に。そんなに苦しいのか？　待っていろ。すぐに、もう片方の胸もほぐしてやる」

エスティニアは、そんなことは望んでいないと首を横に振るが、ラシェルに反対側の胸も吸われてしまった。胸の頂《いただき》を甘噛《あまが》みされ、目尻に涙が浮かんでくる。彼は胸の頂《いただき》のみならず、乳房も舐《な》め上げた。それがなんとも淫靡《いんび》で、エスティニアの感度を高めていく。

（ラシェル殿下は真面目に調べてくださっているのに、どうしてこんなにも淫《みだ》らな気持ちになっちゃうんだろう）

エスティニアは、どうしようもない背徳感に悩んだ。やがてラシェルが顔を上げ、彼女はほっとする。

「んぅ、も、もう……平気です。ふ、服を着ても、あ……っ、よろし……でしょう、か？」

「いや、まだだ。ここを確認していない」

いつの間《ま》にか下着《シュミーズ》がめくれ上がり、エスティニアの白い両足が丸見えになっていた。ラシェルはエスティニアの足の内側を撫《な》で上げ、やがて付け根にある秘所へ到達する。

「ラシェル殿下、そ、そこは……」

エスティニアは足を閉じようとしたが、それを許すまいとするラシェルに強引に割り広げられた。彼の眼下に大切な部分が露《あらわ》にされ、エスティニアは両手で自分の口元を覆《おお》う。

「どうしたことだ。随分と濡《ぬ》れているではないか」

「ぬ、濡《ぬ》れ……？」

「安心しろ。私が見てやる」

ラシェルの声はとても優しく、そこに悪意など感じられなかった。だからエスティニアは彼を信用し、素直に頷《うなず》いてしまう。彼の指先は容赦《ようしゃ》なくエスティニアの秘所を暴《あば》き、淫猥《いんわい》な動きで秘部を触り始めた。花弁の襞《ひだ》を捏《こ》ね上げたかと思えば、中央を何度も往復してそっと擦《こす》る。

「っ、あぁっ、や、そこは、いや……っ」

エスティニアは首を振って懇願《こんがん》した。だがラシェルの指は絶妙な動きで彼女の秘部を翻弄《ほんろう》する。言い知れぬ甘美な感覚はどんどん高まり、体の奥からなにかが溢《あふ》れてくるのがわかった。

「あぁ、なんということだ。また溢《あふ》れてきている……。もっと触って解《ほぐ》したほうがいいのかもしれないな」

その言葉に、エスティニアは耳を疑った。これ以上触らないでほしい、とラシェルに目で訴《うった》える。しかしラシェルはその視線を受けて、エスティニアの秘部にある最も敏感な部分に触れた。

「ひゃっ」

なにが起きたのかわからなかった。下半身がジンジンとし、余計に体の中から液体が溢《あふ》れ出してしまう。

「おや……、とても腫《は》れている部分があるな。ここが原因かもしれない。柔らかくなるよう、試しに撫《な》でてみよう」

ラシェルは真顔だというのに、どこか楽しげな声音だった。彼は、エスティニアの花芽に触れて、丹念に指で揉《も》み始めた。エスティニアの全身に恐ろしいほどの悦楽が駆け抜ける。

「あ、っ、や、だめっ、……あぁっ、ん……ぅ」

堪《こら》えきれずに嬌声《きょうせい》が出た。目尻に浮かんでいた涙がこぼれ落ち、下腹部が震える。

「エスティニア。先ほどと比べて、具合がよくなってきたのか？」

ぐしょぐしょになっている秘部の粘液を、ラシェルは花芽にも塗った。そして花芽に緩《ゆる》やかな振動を与え、エスティニアをより一層強い快楽で攻める。

これにはエスティニアもたまらず、腰を引いて逃げようとした。だがラシェルはそれを許さず、エスティニアの体の上へ覆《おお》いかぶさると口づけてくる。そのままエスティニアの舌を絡めとって蹂躙《じゅうりん》しながら、花芽を愛撫《あいぶ》し続けた。

（だ、め……、なにも、かんがえられない……っ）

口づけだけでも頭の芯がぼうっとするというのに、花芽に与えられる淫猥《いんわい》な刺激によって下腹部が熱くなる。エスティニアは意識が判然としなくなり、次第に彼から求められるまま口づけを返していた。それはとても心地よく、もっとと強請《ねだ》ってしまいそうだった。

「君のことが心配だ。君の純朴《じゅんぼく》さにつけ込んで悪いことを企《たくら》む男がいないか、私は不安でたまらなくなる」

そんな言葉とともに唇を啄《ついば》まれた。

「っう……ん、そんな、の、……っ、あ、ありえません……」

「エスティニア。君は自分の魅力《みりょく》をちっともわかっていない。君の優艶《ゆうえん》な雰囲気やまるで誘っているかのような無垢《むく》な瞳と唇。その目でオレッドを見て名を呼べば、間違いなくあいつを虜《とりこ》にしてしまうだろう」

エスティニアは申し訳なくなった。

「ご、ごめんな、さ……っ、ひぁあっ」

花芽に与えられる振動が強くなり、エスティニアは腰を少し浮かせた。あまりの快感に秘部がひくつき、蜜孔からこぽりと液体が溢《あふ》れる。彼の指は、エスティニアが気持ちいい部分を探《さぐ》り当て、そこだけを的確に攻めてくるのだ。

(こんなの、もう、むり……っ)

それと同時に、ラシェルはエスティニアの唇を堪能《たんのう》しており、口づけを繰り返していた。エスティニアは彼に求められるままに口づけを返そうとするが、下半身に与えられる愉悦《ゆえつ》に呼気を乱す。

「エスティニア、約束しろ。私しか見ず、私にだけ心を捧げると」

彼が求めているのは、使用人《メイド》としてのエスティニアのはずだ。だが、それ以外の意味もあるように感じてしまう。

「は、はい……、ラ、シェル殿下にだけ、んぅ……っ、お心、を、ささげま……す」

花芽が充血し、息が上がって苦しかった。だがそれ以上に抗《あらが》えない感覚に苛《さいな》まされ、されるがままになる。これまで味わったことのない強すぎる快楽は、エスティニアから抵抗する気さえ奪ってしまった。

(なにか、おかしい)

体の昂《たかぶ》りが大きくなっていき、下半身の熱が膨《ふく》らむような感じがした。ラシェルが花芽へ振動を与えるたびにその熱量が増え、エスティニアは理解ができていないままに絶頂を迎えてしまう。

「あぁっ……！」

ラシェルはエスティニアの花芽への振動を止めて、どこか蠱惑的《こわくてき》な表情で見下ろしていた。

エスティニアは陶然《とうぜん》とした様子で瞬《まばた》きする。熱が弾《はじ》けたことで心地のいい満足感が体を支配しており、動く気になれない。

「エスティニア。気分はどうだ？」

「は、はい……、なんだか、フワフワ、しています……」

「そうか。……雨が上がったことだし、そろそろ一緒に宮殿へ戻ろう。君も疲れただろう？」

ラシェルに言われて気付いた。雨はいつの間《ま》にか上がり、雲間から夕陽が射し込んでいる。

エスティニアは彼に抱き起こされ、テーブルの上から下ろされた。頭がぼうっとして動けずにいると、ラシェルが彼女に服を着せ始める。彼はエスティニアの乱れた髪を手で整えると、一束にまとめてリボンで結んだ。

「……あ、ありがとうございます、ラシェル殿下……」

お礼を言うと、ラシェルはエスティニアの腰を抱き寄せて、唇に口づけをした。

「君のことがとても大切だ。だから、徐々に慣れたら私のことを受け入れてほしい」

ラシェルに抱擁《ほうよう》されながら告げられ、エスティニアは返事に困る。

「あ、あの、さっきのは、私の具合が悪そうだから、介抱してくれていたんですよね？」

そう質問をしたが、ラシェルは爽《さわ》やかな笑みを浮かべただけで、なにも答えてはくれなかった。

第三章　心惹《ひ》かれて

ラシェルは執務室《しつむしつ》で、アランから受け取った報告書を読んでいた。それに目を通すと、ため息をついて手にしていた紙を置く。

「かなりの金額だな……」

思わず声が険《けわ》しくなった。それはグランエルド領に関しての資料で、これによると借金はかなりの額に達していた。そばに控《ひか》えていたアランは恭《うやうや》しく答える。

「はい。グランエルド領は穀倉地帯が多く、麦や亜麻《あま》などの繊維《せんい》作物を栽培することで栄《さか》えてきた場所です。しかしながら、ここ数年の干《かん》ばつや冷害《れいがい》、そして一年前の嵐で起きた大洪水の影響で、収穫量は通常の三割以下に激減しています」

「それは壊滅的な状況だな」

予想していたよりも遥《はる》かに悪い結果だった。

「前領主が有能だったおかげで、借金がその程度の額に収まっているようです。一番被害が酷《ひど》かった村落の復興状況が概《おおむ》ね良好なのも、前領主が迅速《じんそく》な対応をした結果だと、報告を受けています」

「なるほど」

アランはさらに報告を続ける。

「領主が代替わりした後のことですが、大きな混乱は起きていないようです。食料配給も滞《とどこお》っていないので、領民たちによる暴動なども起きていません。ただ、春に植えられた大麦やオート麦などは種麦が不足していたらしく、今年の秋の収穫量もかなり低いと見ていいでしょう」

税収が見込めず、それどころか食料がますます不足し、今以上に困窮《こんきゅう》することが予想された。

「農業以外に、毛織物などの工業はどうだ？」

質問されたアランは、資料を読み返した。

「……ほとんど行《おこな》われていません。ですが、小規模ながら金属加工業による収入がありますね」

「金属加工業？」

「はい。前領主が作らせた製錬所があるのだとか。彼が亡くなったので、一部の製錬所は閉鎖されたようですが、甲冑《かっちゅう》などを作る工場はそのまま残っているそうです」

「そうか……」

ラシェルは憂《うれ》いに満ちた表情でため息をついた。

◇

エスティニアがラシェルに仕え始めて、十日ほどが経過したある日。

彼女はマリーとともに、先日ハーブを摘《つ》んだ薬園のある東の中庭にいた。エレンライン宮殿の中庭は東西に分かれており、かなり広大な敷地を有している。果樹園、厩舎《きゅうしゃ》や倉庫などがあるのは西の中庭。礼拝堂や獅子《しし》の噴水があるのが東の中庭だ。東の中庭には薔薇《ばら》が咲き乱れており、ふくよかな香りに満ちていた。薔薇《ばら》は元々薬草として栽培されていたらしいのだが、現在は礼拝堂の庭にも観賞用にたくさん植えられている。

「倉庫へ椅子を運ぶのを手伝ってくれて、ありがとうね」

マリーが申し訳なさそうに言った。エスティニアはすぐに首を振る。

「マリーさんにはいつも手伝ってもらっていますから……」

「まぁ、一応面倒を見てと言われているしね。……それはそうと、ラシェル殿下とはどうなの？　うまくいってる？　怒られたりしていない？」

「はい。ラシェル殿下にはとてもよくしていただいています」

ただ、東屋《ガゼボ》で口づけをされて以降、彼からのスキンシップが増えた気がしていた。手の甲や頬への口づけはもちろん、ソファーへ座るように命じられて、肩を抱かれることもある。そういうときは普通に楽しくお喋《しゃべ》りするのだが、彼も多忙なので長い時間一緒にいることはない。

「へー、そうなんだ？　昨晩も宿舎への帰りが遅かったみたいだけれど、お説教されているんじゃないかってハラハラしたわ」

「そんな……、むしろ過保護なぐらいに心配性で、私が重い物を持つのも禁止するほどです。足の上に落としたら危ないから、と」

「それって、あなたに気があるってことじゃないの？」

エスティニアは、そんなまさか、と驚いた。だが、ラシェルに東屋《ガゼボ》でされたことが脳裏に過《よぎ》り、動揺してしまう。

「ありえません……」

「どうかしら？　私の勘《かん》は結構当たるのよ。……それはそうと、あなたは隙が多いから、気をつけなさい？　あまりに鈍《にぶ》いと、変な男に言い寄られて大変なことになるわよ。ラシェル様の専属使用人《メイド》だからほかの男たちも遠巻きにうかがっているけれど、そのうちちょっかい出されたりして」

「その心配をするなら、マリーさんのほうです。マリーさんは、凄《すご》く美人だから……」

お世辞抜きで言ったのだが、マリーは本気にせず、エスティニアの鼻先を指で軽く弾《はじ》いた。

「もう。先輩におべっかを使うなんて、百年早いんだから。……あ、話は変わるんだけれど、先日の昼食会のこと、知ってる？」

「先日の昼食会、というと、ミラーユ大公を招いて行《おこな》われた……？」

「そうそう。今の国王様は双子の妹と仲が悪いらしくてね。で、その子供であるラシェル殿下とオレッド大公子にも影響が及んでいるらしいいの。しょっちゅう対立しているそうよ」

「ラシェル殿下と、オレッド大公子が……」

エスティニアがオレッドと話しているのを見たラシェルは、どこか様子がおかしかった。エスティニアはずっとその理由がわからなかったのだが、そういう事情だったのかと納得する。

「ラシェル殿下とオレッド大公子は年齢も近いから、幼い頃から周りによく比較されて育ったそうよ。剣の腕前はラシェル殿下のほうが上だの、弓の腕前はオレッド大公子のほうが上だの。そんな経緯があって、今では親よりも子のほうが険悪みたい」

それはさぞや大変だろう、とエスティニアは思った。

「なるほど……」

「お二人とも素敵な男性だから、使用人《メイド》の間でもラシェル殿下派とオレッド大公子派に、分かれるのよ。ラシェル殿下は高圧的で冷淡なところに人気があって、オレッド大公子は誰にでも友好的なところや女性に対して特別優しいのがいいって言われているわ」

高圧的で冷淡、と聞いて、エスティニアは愕然《がくぜん》とした。少なくとも、エスティニアが知っているラシェルはそんな人ではない。

(ラシェル殿下はとってもお優しくて、決して冷たい人なんかじゃない。いつか周囲の誤解が解けたらいいのに……)

エスティニアはしょんぼりと落ち込んでしまった。マリーはぐっと背伸びすると、エスティニアを振り返る。

「それじゃあ、私はそろそろ行くわ。エスティニア、またね」

マリーはそう言って、西の庭園がある方に走っていった。エスティニアもラシェルの部屋を掃除しに、王宮へ歩き出す。

(どうすればラシェル殿下が冷たい人じゃないって、わかってもらえるんだろう……？)

彼は真面目で、ただの使用人《メイド》であるエスティニアに対して、とても心を砕《くだ》いてくれている。だがそれは、エスティニアにだけではない。ラシェルは、孤児のための養育院の建設や、貧民救済活動などにも積極的だ。

そんな下々の民《たみ》にまで目を向ける人物だというのに、なぜか周囲が抱くイメージと大きな隔《へだ》たりがある。

（ラシェル殿下が慈悲《じひ》深いお方だとみんなに伝わるよう、私が頑張らないと）

グランエルド領のためにも、色々と手を尽くしてくれているラシェル。エスティニアは彼に少しでも恩返しがしたくて、ラシェルへの悪い心証を払拭《ふっしょく》しようと決意する。

しかし、彼が今以上に女性たちからうっとりした眼差《まなざ》しで見つめられる様子を思い浮かべたら、なぜか胸がちくりと痛んだ。エスティニアは胸元を押さえ、首を傾《かし》げる。

（ん？　どうして胸が痛いんだろう……）

不思議に思って胸元を軽くさすっていると、背後から声をかけられた。

「そこの君。もしも手が空《あ》いているのなら、少し手伝ってくれないか」

エスティニアが振り返ると、金髪に少し白髪《しらが》が交じった中肉中背《ちゅうにくちゅうぜい》の男性が立っていた。美しいミルク色の生地に銀の飾りボタン《フロッグ》がついた上衣を着ており、黒色の靴を履いている。口元と顎《あご》には髭《ひげ》をはやし、えも言われぬ威厳を漂《ただよ》わせていた。

だがその見た目にそぐわず、彼が手にしているのは、なぜか麻の袋だ。

（誰かな……？　高貴な装いだから、身分がある人だろうけれど……）

エスティニアが躊躇《ちゅうちょ》していると、再度呼びかけられた。

「警戒しなくても大丈夫だから、早くこちらへおいで」

柔和《にゅうわ》な笑顔で催促され、すぐにそちらへ向かう。

「はい、なにをお手伝いすればよろしいでしょうか？」

「少し買いすぎてしまったんだ。どうか食べるのを手伝ってほしい」

そう言って男性が麻袋から取り出したのは、デーツだった。ナツメヤシを干した茶色いお菓子で、とても甘くておいしい。干してあるので日持ちがする上、栄養価も高い贅沢品《ぜいたくひん》だ。

「これは……、デーツですね」

「そうなんだ。私はこれに目がなくて、この前食べ過ぎて具合を悪くしてしまったんだ。以来みんなに見つからないようにこっそり食べていたんだが、今回は少々量が多くてね」

二人は楡《にれ》の木の下にあるベンチへ移動し、並んで座った。男性は麻袋から取り出したデーツを、エスティニアに渡す。エスティニアは彼に勧《すす》められるままにそれを口に含んだ。

「凄《すご》く甘くて、おいしいです」

デーツやイチジクといった一部の果実はとても貴重なのだ。久方ぶりに味わう甘い食べ物に舌鼓《したつづみ》を打っていると、男性は朗《ほが》らかに笑った。

「食べたね？　これで君も共犯だ。みんなには秘密だよ？」

「はい」

空は晴れわたり、ちょうどいい気温だ。

「仕事はどうだ？」

「とても楽しいです」

「楽しい……？　君はグランエルド嬢だね。噂《うわさ》で聞いているが、ラシェルのそばで働いているのだろう？　さぞや大変に違いない。あれは気難しい上に頑固で、ユーモアの欠片《かけら》もないし」

エスティニアは不思議そうに首を傾《かし》げてしまった。

「いいえ？　ラシェル殿下はとても寛容《かんよう》なお方で、よく私を笑わせてくれます。昨日はお仕事が終わった後、短詩《レー》の貴重な写本を見せてもらったんですが、そこに描かれていた挿絵《ミニアチュール》が綺麗で感動したんです。私があまりにも喜んだためか、ラシェル殿下が私に絵を描いてくださいました。でも私に審美眼《しんびがん》がないばかりに、『前衛的な兎《うさぎ》の絵ですね』と言ってしまったんです。本当は鹿《しか》の絵だったのに。ラシェル様は笑って許してくださったのですが……」

活版印刷が主流になった今、写本はわずかとなってしまっていた。そのため、カラーの本はとても珍しく、時間を忘れてラシェルと一緒に眺《なが》めたのだ。

「ほう……。とても仲がいいのだな」

「ふふ。王宮へ来て間《ま》もない私を、気遣ってくださっているだけです」

「失敗して叱られたりはしないのか？」

「叱られることはあります。先日ラシェル殿下の部屋の窓を開けたら、強風のせいで花瓶《かびん》が棚から落ちて割れてしまったんです。そのときに……」

「なんと……。それはさぞ、怖かっただろう。あれが本気で怒ったら、私も怖いからな。だが、ラシェルも存外、心が狭いな。花瓶《かびん》が割れたぐらいで怒るとは」

ブルブルと震える男性に、エスティニアは慌てて訂正した。

「あ、怒ったのは花瓶《かびん》を割ったことではなく、私が割れた欠片《かけら》を素手で拾おうとしたからです。怪我をしたらどうするのだと、優しく注意して、とても心配してくださりました。その後も私に欠片《かけら》を触れさせないよう、ラシェル殿下自《みずか》ら箒《ほうき》と塵取《ちりと》りで片づけてくださって……」

それを聞いて、男性は目を丸くして絶句した。

「……わ、私の知っているラシェルではない！　誰だ、その男は……！　ラシェルといえば、恐ろしい奴なのだぞ。厩舎長《きゅうしゃ》が馬を怪我させたのに、馬丁《ばてい》に責任を押しつけて罪を逃れようとしていたのを、あいつだけが見抜いて罰したことがあった。その時の冷えきった目といったら――」

「とても優秀なお方ですね。ラシェル様がこの国の王子であることを誇りに思います」

「う……、うむ……。ラシェルは、凄過《すごす》ぎるんだ。私が霞《かす》んでしまうぐらい……」

その後も、名も知らぬ男性と穏やかな時間を過ごした。やがて麻袋が空《から》になる。

「デーツを分けてくださり、ありがとうございました。とてもおいしかったです」

男性はゆっくりと立ち上がった。

「また、なにかおいしいものが手に入ったら一緒に食べよう。……あぁ、そうそう。デーツのことは秘密だよ。とくに、息子には絶対に内緒にしてほしい」

「はい。お約束します」

答えながら、息子とは誰のことかと考え、エスティニアははっとした。

眼前にいる男性の表情は、どことなくラシェルに似ている。髭《ひげ》があるせいでわかりにくいが、目元なども似ていた。しかも、男性の上衣に刺繍《ししゅう》されている模様は孔雀《くじゃく》。孔雀《くじゃく》の紋章《シンボルマーク》を持つのはエルデワース国の王であるホルス・ラニーク・セレスデンただ一人で、他の誰かがその模様を身に纏《まと》うことはない。

「じゃあ、私は先に行くよ」

エスティニアは立ち上がって姿勢を正すと、国王を丁重に見送った。


エスティニアが洗濯の済んだシーツを持ってラシェルの部屋へ戻ると、どういうわけか部屋の前に人が集まっていて騒がしかった。衛兵や使用人《メイド》たちが深刻な顔をしており、彼らはエスティニアに気付くと不審に満ちた目を向けてくる。

（なに……？　どうしてみんな、怖い顔をしているんだろう……？）

エスティニアの前を塞《ふさ》いでいた者たちが廊下の端に寄って道を空《あ》けた。ラシェルの部屋の両扉は開かれていて、エスティニアは室内を見て言葉を失う。

部屋は荒らされて滅茶苦茶《めちゃくちゃ》になっていた。テーブルや椅子は倒れて散乱し、壁にかけられていた鹿《しか》のタペストリーやベルベットのソファーは無残に切り裂かれている。チェストの上にはエスティニアが作った室内香《ポプリ》の入ったガラスの容器も置いてあったのだが、それも床で割れていた。

「なにこれ……」

血の気が引き、手にしていたシーツを落としそうになる。

そこへやってきたのは、王宮を守る騎士団の面々だ。重たい甲冑《かっちゅう》で全身を包み、腰に剣を下げている。

「エスティニア・グランエルドはお前か。ラシェル殿下の部屋を荒らし、装飾品を盗んだ疑いでお前を連行する」

冷たい声ではっきりと告げられ、エスティニアは怯《おび》えた。

「ま、待ってください。私ではありません」

謂《いわ》れのない疑いだった。エスティニアは部屋を荒らした覚えもなければ、装飾品を盗んでもいない。

「ラシェル殿下の部屋の鍵を預かっているのは、お前とアラン様だけだ」

「本当に、私じゃありません!」

「ならば、お前は今までどこにいた? アラン様はラシェル殿下のご用命で、宮殿から出ていることを門番が確認している。部屋へ入れたのはお前しかいない」

騎士たち二人がエスティニアの左右を陣取り、腕を取って無理やり連れていこうとした。

(どうしてこんなことに。私じゃないのに)

乱暴に腕を掴《つか》まれて、シーツを落としてしまう。

「大体こんな不気味で得体の知れない姿をした女の言うことなど、信用できるはずがない」

エスティニアは騎士の心ない言葉に傷ついた。

そこへ現れたのは、ミラーユ大公の子息であるオレッド。付き人を伴っている。

「ラシェルの部屋が荒らされたんだって?」

エスティニアは、彼ならば話を聞いてくれるかもしれない、と希望を持った。だが騎士の一人がオレッドに事情を説明すると、彼は眉尻を下げる。

「……そうだったのか。彼女の家は借金があるし、つい魔がさしてしまったのかもしれないね」

「ちが……」

オレッドはエスティニアへと大きく頷《うなず》いた。

「心配しなくても大丈夫だよ。罪が大きくならないように、取り計らうから。私に任せてほしい」

エスティニアは動くこともできない。オレッドがそう言ったことで、エスティニアの立場はますます追い込まれてしまった。

周囲の者たちはエスティニアが犯人であると決めつけ、誰も庇《かば》ってくれない。騎士たちもエスティニアを乱暴に扱い、耳を貸そうとさえしない。

このまま犯人に仕立て上げられたらと想像すると、エスティニアは泣きそうになる。震えが止まらず、ちゃんと立てているのが奇跡なぐらいだ。

（私はやっていない。お願いだから、誰か信じて……っ）

涙がこぼれかけたそのとき、ラシェルが現れた。彼はエスティニアの姿を見て、表情を険《けわ》しくする。

「部屋が荒らされたというから来てみれば……。待て。一体誰の許可を得て彼女を連れていこうとしている」

「彼女には、君の部屋を荒らし、装飾品を盗んだ疑いがかけられているんだよ」

ラシェルの問いかけに答えたのは、オレッドだった。

二人は互いに嫌悪感を剥《む》き出しにし、辺りに緊張感が走る。

「証拠はあるのか？」

「いいや？　それはこれから取り調べをするところだ。今日部屋に入ることが可能だったのは彼女だけみたいだし、彼女には盗みを働く動機がある」

「なに？」

「彼女の家は多額の借金を抱えていて、大変なことになっているそうだ。部屋を荒らしたのもおそらく、賊《ぞく》がやったのだとカモフラージュするためだろう」

とんでもない推理だった。確かに借金はあるが、亡き父や弟に顔向けできなくなるような行《おこな》いをするわけがない。なにより、そんなことは自分自身が許せない。

エスティニアはラシェルをおそるおそる見た。彼も自分のことを疑っているのでは、と不安になったからだ。

「エスティニア。今日は朝に私と別れた後、なにをしていた？」

そう問いかけられ、エスティニアは記憶を辿《たど》った。

「他の使用人《メイド》に交じってシーツの洗濯をして、その後はマリーさんと一緒に、倉庫へ必要のない家具類を片づけに行きました。それからは……」

「どうしていた？」

エスティニアは国王の顔を思い浮かべた。王はデーツのことを内緒にしてほしいと言っていた。

エスティニアにデーツを分けてくれた上に、寛大な態度で接してくれたのだ。

「……言えません」

　エスティニアの答えに、騎士が乱暴に声を荒らげた。

「無礼者が！　殿下の問いにお答えしろ！」

「言えません」

　国王との約束を違《たが》えるわけにはいかなかった。エスティニアは絶対に話すことができない。これに、ラシェルは不可解そうに眉を寄せた。

「エスティニア。この私の命《めい》でも言えないのか？」

「はい……。申し訳ありません、ラシェル殿下……。言うことができないのです」

　体が震えた。ラシェルに隠し事をするのはつらいが、これればかりは言えないのだ。ラシェルを見れば、彼は深く息をついている。

「そうか、わかった。ここで私が戻るまで、しばし待て」

　踵《きびす》を返し、どこかへ行くラシェル。これを見て周囲は『やっぱりあの娘が犯人なんだ』と口々に言い始めた。エスティニアは絶望し、目の前が真っ暗になる。彼に心を捧げると約束したのに、破ってしまった。

（ラシェル殿下の信頼を裏切った）

　おそらく彼はとても落胆したことだろう。自分の専属使用人《メイド》が命令に逆らったのだから。しかもラシェルが使っている部屋を荒らした挙句《あげく》、窃盗《せっとう》をしたという疑いまでかけられている。

（このまま疑いが晴れることなく、捕まるのかな。もしも捕まったらどうなるんだろう……？

やっぱり、死罪とかになってしまうのかな……？）

故郷にいる弟まで咎《とが》められたらどうしよう、と悪い想像が膨《ふく》らむ。エスティニアが悲嘆《ひたん》に暮れているると、ラシェルが急ぎ足で戻ってきた。

「エスティニアの疑いは晴れた。彼女をすぐに離せ」

彼は戻ってくるなり、そう言った。だが騎士たちは怪訝《けげん》そうにする。

「ラシェル殿下。どういうことです。この者しか部屋には入れないのですよ。犯人はこの者しかありえません」

「貴様の耳は飾りか？　同じことを二度言わせるな。エスティニアを解放しろと言った」

低い声で威圧するラシェルに、騎士たちのみならず、周囲にいた者たち全員が慄《おのの》いた。彼の表情はまるで氷のように冷たく、怒りが滲《にじ》んでいるのがわかったからだ。屈強《くっきょう》な騎士たちだが、酷薄《こくはく》な表情を浮かべるラシェルを恐れているらしい。彼らはエスティニアから離れ、それとともに支えを失ったエスティニアは床にぺたりと座り込んでしまう。しかしそれでも彼女は、顔だけはきちんとラシェルへ向けていた。

（いつものラシェル殿下じゃないみたい……）

これほどまでに、彼が冷然とした態度を取る姿は見たことがなかった。

周囲の者たちも粛然《しゅくぜん》としており、咳払いの一つさえ聞こえてこない。

「ラシェル殿下……、私の疑いが晴れたとは？」

ラシェルの様子に畏縮《いしゅく》しつつも、エスティニアは質問した。

「私の父と一緒だったのだろう？　君が私にも話せないと言うから、思い至った。私より上の命令で縛られていて、発言できないのではないかと。私より上の者は、国王だけだからな。国王に確認を取ってきた。もう君が犯人ではないと立証されたから、安心していい」

「で、でも、鍵は……」

「部屋の鍵はそう堅固なものではない。知識があれば簡単に開けられる。おそらく、どこからか賊《ぞく》が入り込んだのだろう。詳しく調査させるから、案ずるな」

「ラシェル殿下……」

周囲がエスティニアを犯人だと決めつける中、彼だけは味方をしてくれていた。このような状況だというのに、エスティニアの胸は熱くなり、彼から視線を逸《そ》らせない。

「誰が疑おうとも、私だけは君が犯人ではないとわかっている。君は清らかで心根の優しい女性だ。決して泥棒などするような人ではない」

このとき、エスティニアの脳裏にはホルス国王が教えてくれた話が蘇《よみがえ》っていた。馬丁《ばてい》に罪を着せようとした厩舎《きゅうしゃ》長の嘘を見抜いたという彼。公正な立場で物事を判断できる彼だからこそ、できたことなのだろう。

（なんて凄《すご》いお方なんだろう……。こんな男性、見たことがない）

ラシェルはエスティニアの前へ移動すると、体を支えて立ち上がらせた。エスティニアは感極まって、ぼろぼろと涙を流してしまう。

「ありがとうございます、ラシェル殿下……」

「部屋は別の者に片づけさせる。君は私と一緒に来い。……すまなかったな。父のくだらない頼みのせいで、随分と怖い思いをさせてしまった」

「いえ……」

涙声になってしまい、うまく喋《しゃべ》ることができなかった。

（ラシェル殿下だけは、私を信じてくれた……）

そのことが、なによりも嬉しかった。


エスティニアはラシェルとともに空《あ》き室へ移動した。

エスティニアが落ち着いたのは小一時間ほど経ってからで、その間に新事実がわかったのだ。まず、ラシェルの部屋から盗まれた装飾品が納屋の裏で見つかった。さらに鍵穴になにかで引っ掻いた跡が残っていたことで、何者かがこじ開けて侵入したと判断されたのだ。王宮内では兵が巡回しているが、ラシェルの部屋の前には護衛兵を置いていなかった。ラシェルが自分の生活する空間に、兵を置くのを好まないためだ。

「申し訳ありません……。私がお部屋にいたら、こんなことにならなかったのに……」

エスティニアは泣き腫《は》らした目でラシェルに言う。二人はソファーに並んで座っており、彼はエスティニアをずっと抱きしめて慰《なぐさ》めてくれていた。

「私は、君が部屋にいなくてよかったと思っている。賊《ぞく》と鉢合わせしていたら、君が襲われていただろうから。装飾品ぐらい、君の無事に比べたら安いものだ」

彼は非難するどころか、優しい言葉をかけてくれる。

「先ほどは助けてくださり、ありがとうございました。このご恩は決して忘れません」

ラシェルはエスティニアの頬を両手でそっと支えた。だがエスティニアは彼に泣いた顔を見られるのがつらく、視線を逸《そ》らしてしまう。

「気にしなくていい。それよりも、今は君を慈《いつく》しんで、たくさん慰《なぐさ》めてやりたい」

エスティニアが落ち着くまでそばにいてくれた上に、まだ心配してくれるラシェル。エスティニアは余計に申し訳なくなった。

「あの、もう平気です。ラシェル殿下のおかげで、とても元気になりました」

「エスティニア。私の前では強がらなくていい」

「強がってなんて……」

これ以上、王子であるラシェルに甘えるわけにはいかなかった。彼が優しすぎるために、つい立場を忘れてしまうが、エスティニアはただの使用人《メイド》にすぎないのだ。本来ならば、こうやって一緒のソファーに座ることも許されない間柄。

（ラシェル殿下のおそばは居心地がよすぎるから、ずっといたいと望んでしまう。私はなんて愚《おろ》かなんだろう……）

王宮には働きに来ているのだ。そして今は王子のために骨身《ほねみ》を惜しまず働くのが、エスティニアの役目。使用人《メイド》として身分を弁《わきま》えて王子と接しなければいけないのに、まったくできていない。

「エスティニア、どうした？　なぜそんな憂《うれ》いに満ちた表情をしている？　困りごとがあれば気兼《きが》ねなく相談をしてほしい。私が喜んで力になる」

「い、いえ、困りごとなんてありません」

「私では頼りにならないか？」

とんでもない、とエスティニアは首を横に振った。

「私のほうがラシェル殿下をお支えしなくてはいけないのに、ちっともできていなくて……。それどころかラシェル殿下にご迷惑をおかけしたり、慰《なぐさ》めていただいたり……。私は、ラシェル殿下のおそばにいる資格がありません。ラシェル殿下には、もっと相応《ふさわ》しい使用人《メイド》がいるはずです。だから……、どうか私を側仕えからお外しください」

エスティニアは今回のことに責任を感じていた。もしもエスティニアが部屋にいれば、賊《ぞく》は気配で侵入を諦めたかもしれない。それに結局ラシェルに助けられてしまい、自分の無力さを痛感した。

（給料に目がくらんでラシェル殿下に仕えると言ってしまったけれど、間違いだった。ラシェル殿下のご厚情に甘えたばかりに、面倒をおかけして……）

グランエルド家の令嬢としては、領地や民《たみ》を守るためにこのまま王子のそばで働くべきなのだろう。だがエスティニアは、きちんと仕事もできていないのに、高額な俸給《ほうきゅう》をもらうことなどできなかった。なにより、目をかけてくれているラシェルに対して申し訳ない。

「エスティニア。なぜそんなことを言うんだ。私になにか落ち度があったのなら、教えてほしい」

「ちが……。私は、つらいんです……。もっとちゃんとラシェル殿下のお役に立ちたいのに、私が未熟なせいでラシェル殿下に助けてもらってばかりで……」

「エスティニア。君は、自分がどれだけ私に貢献してくれているか、少しもわかっていない。毎朝心地よく目覚めることができるのは、君が起こしてくれるおかげだし、仕事に励めるのも君が笑顔で見送ってくれるおかげだ。君が丁寧に掃除してくれる部屋はとても居心地がいいし、さりげなく飾ってくれる室内香《ポプリ》も気に入っている」

「そ、そんな大したお仕事では……。どれも、高給をもらうに値する内容ではありません……」

エスティニアの表情は晴れなかった。ラシェルはエスティニアの手を取り、指先に口づけをする。

「ならば、どうすれば満足する？」

「え……？」

「私は、君を側仕えから外すつもりはない。どうしても気が引けるというのであれば、なにか別の役割をしてもらおう。給金に見合う仕事が増えれば、君の憂《うれ》いはなくなるだろう？」

その提案に、エスティニアは目を見開くと、すぐに頷《うなず》いた。

「はい。もしも他にもできることがあるのなら、なんでもします」

「そうか。では、これからは毎日、君に触れさせてほしい」

そう言われ、エスティニアは当惑した。聞き間違えただろうかと、瞬《まばた》きをする。

「あの……、失礼ですが、それはどういう……？」

ラシェルは悩ましげに目を伏せると、深刻な表情をした。

「私は責任のある仕事をしているだろう？　それが重圧になって苦痛に感じるときがあってね。だから宮殿で飼っている犬にでも触って和《なご》みたいんだが、噛《か》まれると危ないからとなかなか触らせてもらえないんだ」

宮殿で飼っている犬とは、おそらく猟犬《りょうけん》のことだろう。

「まぁ……」

「先日、東屋《ガゼボ》で君に触れただろう？　あのとき、日々の鬱屈《うっくつ》が晴れて、心がとても癒《い》やされたんだ。だからもしも君さえ嫌でなければ、これからも触れさせてもらえないだろうか？」

「それは……」

東屋《ガゼボ》での出来事を思い出して、頬が熱くなった。あの日の雨音はまだ耳に残っており、忘れることができない。

「もしや、君も犬のように私を噛《か》むのかな？」

「そ、そんなことはいたしません……！」

「よかった。なら、問題はないな？」

楽しそうに笑うラシェル。エスティニアとしては、笑っていいのか判断に困るところだ。

「あの……、冗談でおっしゃっているんですよね？」

ラシェルは笑いを引っこめ、至極真面目な顔になる。

「エスティニア。私は冗談でこんなことを言う人間ではない。君ならば信用できると思い、悩みを打ち明けたんだ。……だが、君に軽蔑《けいべつ》されてしまったな。どうか、さっきの言葉は忘れてほしい」

悲しげに顔を背《そむ》け、ラシェルはエスティニアの手をそっと離した。エスティニアは失言だったと、狼狽《ろうばい》してしまう。

(ラシェル殿下に救われておきながら、彼を傷つけてしまった。私はなんてことを……)

エスティニアはすぐに考えを改めた。

「ラシェル殿下。私に触れることで癒《い》やされるのでしたら、いくらでも触ってください」

「だが……、君は嫌だろう？」

「そ、その、少し恥ずかしいですが、ラシェル殿下に触られるのは嫌ではありません……」

「本当に？」

「はい。……だから、どうか触ってくださ……」

語尾は羞恥《しゅうち》のあまり、掻き消えてしまった。まさか、異性に触ってほしいなどとお願いする日が来ようとは。貞節を求められる女性にとって、なんとはしたない発言をしているのかと逃げ出したくなる。

「そうまで言われては、私も男として引き下がるわけにはいかないな。もしも触らなければ、君に恥をかかせることになる。ここは君の意思を尊重して、存分に触れさせてもらおうか」

ラシェルはまるで詩でも朗読するみたいな、軽やかな口調で語った。

エスティニアは、なにかがおかしいと思う。だがなにがおかしいのかわからない。

(ラシェル殿下、微笑んでる……？)

まるで、彼の手のひらの上で転がされているような錯覚に陥《おちい》った。だがそんなはずはない、と自分に言い聞かせる。

「エスティニア。どうか、私のために囀《さえず》ってほしい。君と触れ合うこの瞬間《とき》だけが、私の悦《よろこ》びなのだから」

あっという間にラシェルに体を引き寄せられ、顎《あご》を持ち上げられて唇を奪われた。甘く、それでいて官能的な口づけだ。エスティニアは頭の芯が痺《しび》れ、ぼうっとなってしまう。

（これは、キス……？）

東屋《ガゼボ》では、エスティニアの口内《こうない》に異常がないか調べる目的で口づけをされた。ならば今受けている口づけは、なんのためなのか。

「ん……ふ……」

柔らかな唇が押しつけられるたびに、エスティニアの心臓がドキドキと大きく打った。芳醇《ほうじゅん》な果実を味わうよりも甘く、同時に切なさが込み上げてきてしまう。

「エスティニア、どうした？」

鼻先や頬、そして目元にも口づけをされた。彼の唇が触れた部分に熱が残り、少しくすぐったい。

「今のは……、キスですか？」

躊躇《ためら》いがちに尋ねた。ラシェルの顔がすぐ近くにあり、否《いや》が応《おう》でも緊張する。彼の整った顔立ちは何度見ても慣れることなく、あまりの美しさに見惚《みと》れてしまう。

「キスだ」

額《ひたい》へ口づけされ、エスティニアは不思議な気持ちになった。夫でも恋人でもない男性から口づけを受けているのに、少しも嫌だと感じない。それどころか、幸せな気分で満たされている。

「どうして……、私にキスをするのですか？　おかしいです」

「それを言うなら、おかしいのは君のほうだろう？　君があまりにも可憐《かれん》な顔をしているから、私はキスをせずにはいられない。その潤《うる》んだ瞳も、少し赤くなった目元も、涙で濡《ぬ》れた頬も、すべて愛《いと》おしく感じる。だが、君を泣かせていいのも、その涙を見ていいのも、私だけだ」

ラシェルがキスをするのはエスティニアのせいだと言わんばかりだった。それなのに、エスティニアは先ほど彼が助けてくれたときのことを思い出して、胸がドキドキしてしまう。あの瞬間に、彼に対する心証がこれまでとは明らかに大きく変わったのだ。ただ一人エスティニアが無実だと信じてくれた彼。こんな人物に、心惹《ひ》かれないほうが無理だった。

（……それに、まるで独占欲を露《あらわ》にしているみたいに聞こえるのは、気のせい？）

ラシェルは味わうようにゆっくりと唇を重ねながら、エスティニアのヘッドドレスを外す。

「ラ、ラシェル、殿下……」

「ラシェルだ。殿下はいらない」

彼の熱い舌がエスティニアの咥内《こうない》をねっとりと掻き回した。それとともに、下腹部と腰に痺《しび》れる感覚がじんわりと広がっていく。これまでは彼に触れられると戸惑いが大きかったのだが、今は嬉しいという気持ちのほうが強い。

「ラシェル……、さま？」

エスティニアが名前を呼ぶと、ラシェルはソファーの上に押し倒してくる。そしてまるでご褒美と言わんばかりに濃厚な口づけを与えてくれた。軽く吸いつくように互いの唇を合わせ、かと思えば舌を絡められ、ぼうっとせずにはいられない。彼はエスティニアを怖がらせないために上品にしながらも、時折獰猛《どうもう》な口づけをしてくるのだ。脳髄《のうずい》が蕩《とろ》けてしまいそうなほどの多幸感となり、彼女の思考力を奪い取っていく。

「エスティニア。今日も、肌を見せてはくれないのか？」

以前、服を脱がされそうになった際、拒んだからだろう。ラシェルの問いかけに、エスティニアは黙り込んでしまう。

（ラシェル殿下にお見せするなんて……）

答えないことを拒否と受け取ったのか、ラシェルはエスティニアの頭を撫《な》でて微笑んだ。

「見せたくないのなら、構わない。私も無理強《むりじ》いはしない」

「そ、そういうわけでは……。あの、平気です！　私、大丈夫です」

咄嗟《とっさ》に口に出していた。それとともにエスティニアの体は一気に熱くなり、泣きそうになってしまう。

「わかった。ならば、君の肌を見せてほしい。君のすべてが知りたい」

エスティニアがほんの少し前までラシェルに抱いていた感情は、尊敬と憧れだけだ。しかし今は、それ以上の特別な感情があった。

エスティニアは自分で服を脱ごうとするが、指先が震えてうまくできない。すると見かねたラシェルが手伝ってくれる。以前はかろうじてつけていた絹の下着《シュミーズ》も、今回はしゅるりと音をたてて脱がされる。

（恥ずかしい。ラシェル殿下にお見せできる体じゃないのに……）

ラシェルは言わずもがな、エスティニアの裸体を目に焼きつけるようにじっくりと見入っていた。エスティニアの肌は透き通るように白く、絹よりも滑《なめ》らかだ。ラシェルはエスティニアの腰に触れ、かすかに目を細める。

「……君がとても綺麗だということは十分に知っていたつもりなのに……。君は見るたびに美しくなっていくな」

ラシェルはエスティニアの首筋へ顔を埋め、鎖骨から耳朶《じだ》まで舐《な》め上げた。そして耳朶《じだ》を軽く食《は》み、舐《ねぶ》る。エスティニアは体を震わせた。

「ぁ……、ラシェル、さま、やめ……」

「そんな可愛らしい声で懇願《こんがん》されては、もっといじめたくなってしまう。それとも、私にいじめられたくて、わざとそんな声を出しているのか？」

そんなわけがないと小さく首を横に振るが、ラシェルはエスティニアの耳の穴に舌を押し込んでくすぐった。

「ちが……」

その時、ラシェルがエスティニアの片方の胸を包み込むようにして揉《も》み始めた。エスティニアの豊満な胸は彼の手にしっかりと収まっており、淫《みだ》らに形を変えている。ピンク色の突起は勃《た》ち上がり、なんとも卑猥《ひわい》だ。彼に胸を揉《も》まれるとぞくぞくするような快感が生まれる。

「君の胸は雪のように清らかだ。その清らかな胸を私が乱しているのだと思うと、たまらなくなる」

ラシェルは体を起こし、エスティニアの上に跨《また》がり両方の胸を揉《も》みしだいた。彼の手の中で乳房が淫《みだ》らに躍《おど》り、それとともにエスティニアの感度は高まっていく。

「や、……んぅ、そこ……、んく……」

両方の胸の突起を指で軽くつまれ、コリコリと転がされた。エスティニアはびくんと体をしならせ、ぎゅっと目を閉じる。

（ラシェル殿下が、私の胸をいじってる……っ）

全身にビリビリするような感覚が走った。

「君は、胸が弱いみたいだな。そんなに感じているのを見ると、もっと感じさせたくなってくる」

ぼんやりした頭でラシェルを見ていると、彼がエスティニアの胸の突起を口に含んだ。これに驚いたのはエスティニアだ。東屋《ガゼボ》でも彼に胸を舐《な》められたが、そのときは布越しだった。だが今は、直接彼の舌の感覚が伝わってくる。

（うそ……、ラシェル殿下が私の胸を舐《な》めてるなんて……！）

信じられなかった。だが彼は淫猥《いんわい》な動作でエスティニアの胸の突起を舐《な》めており、その証拠に胸の突起は唾液で濡《ぬ》れ光っている。

「だ、め、……ん……っ、そこ、舐《な》めないで、くださ……」

下腹部が妙に疼《うず》き、股の間から蜜がこぼれ落ちる。胸の突起は彼に舐《な》め上げられるほどに、敏感になっていく。空気に当たるだけで、ぞくりとするほどだ。

ラシェルはエスティニアの胸の突起だけをひとしきり舐《な》めて愉《たの》しんだ後、今度はさらに深く口づ

けるように胸を吸った。すると、舐《な》められて敏感になっていた胸の突起部分が感度を増し、泣きそうなほどの悦楽が襲ってくる。

（ラシェル殿下にこんなことをされてしまうなんて……）

反対側の胸も同様にいじられ、エスティニアは身をよじった。

「エスティニア。君は、私に舐《な》められるのが嫌なのか？」

「そ、それは……」

決して嫌ではないが、恥ずかしさでどうにかなってしまいそうだった。できるならばやめてほしいと思って、エスティニアが小さく頷《うなず》くと、ラシェルは残念そうにする。

「君に拒まれると、私はとても辛い。だが、君への配慮が足りない私に非があるな」

「ちが……。私が、悪いんです。私が……」

「君が私に舐《な》められることに慣れるよう、努力をしなければ。君はなにも心配しなくていい」

「え？」

ラシェルはエスティニアの胸から腹部へゆっくりと口づけをしていき、エスティニアの両足を開いた。エスティニアは足を閉じようと一応は抵抗したものの、彼に敵《かな》うはずもない。

「どうか力を抜いていてほしい。目を閉じていても構わないから」

そう告げられ、エスティニアは恐怖心に負けて目を閉じる。ラシェルはエスティニアの花弁へ指を当て、そっと開く。すると、とろりとした蜜が溢《あふ》れ出て肌を伝った。

（また、足の間に触られてしまうのかな……）

目を閉じてじっとしていると、温かいなにかが花弁の中央に当たる。それはそこをなぞるように何度も往復し、エスティニアは体を仰《の》け反《ぞ》らせてしまう。

「ふ、ぁあ！」

動けないように両足を固定され、襞《ひだ》にも入念に刺激が与えられる。一体なにが起こっているのだろうとエスティニアは瞼《まぶた》を開いて、絶句した。

（ラシェル様が私の足の間に顔をうずめて……？）

エスティニアはすぐに自分の身になにが起きているのかを察した。ラシェルがエスティニアの花弁や襞《ひだ》を舌で舐《な》めているのだ。それがわかった途端、生々しい舌の感触が伝わってくる。

「エスティニア。君のここはどうしてこんなにも甘いのだろう」

「いや……っ、ラシェ、ルさま……っ、おやめくださ……っ」

エスティニアの言葉など無視して、ラシェルは彼女の花弁の中央にある小さな孔《あな》へ、舌を尖《とが》らせて刺激を与えた。

「なぜ、やめなければならない？　君は私に触ってほしいとお願いしたはずだろう？」

「そこ、は、ラシェル様のようなお方が触れていい場所じゃないんです……っ」

「とても綺麗だから、取り乱さなくていい」

ラシェルは花芽にもキスし、唇で挟んで愛撫《あいぶ》をした。それだけでエスティニアは喋《しゃべ》れなくなってしまう。彼はゆっくりと唇で花芽に刺激を与え、膨《ふく》らませた。ぷくりと赤くなった花芽は小さいながらも勃《た》っており、それを見たラシェルは愛《いと》おしそうに目を細める。

（ラシェル様の舌が、すごく感じるところに当たって……）

以前は指でいじられた部分が、今はラシェルによってねっとりとしゃぶられていた。

「ひっ、ん、……そこ、……あんっ、だめ……ぇっ」

「なんて愛らしい啼《な》き方をするんだ。君の奏でる声をもっと聞きたい」

花芽を彼の舌先で嬲《なぶ》られるだけでもつらいというのに、それ以上のことが起きた。ラシェルはエスティニアの蜜孔へと、ゆっくり指を挿入してきたのだ。狭い蜜道は指の太さでも圧迫感があり、エスティニアは半泣きになる。

（ラシェルさま、なにを……）

ラシェルは指を付け根まで挿《い》れると、今度は膣内《なか》を広げながら動かし始める。

「エスティニアの中はとても熱いな。私の指はとろとろになっているよ」

蜜を掻き出すように動かされ、下腹部に溜まった熱が、エスティニアを苛《さいな》んだ。

「ラ、シェ……ルさま、なんで、そんなところに……っ、んっ、うぅ」

蜜孔の上部分を圧迫する動きが加わった。エスティニアは声にならない悲鳴を上げ、腰を浮かせてしまう。得《え》も言われぬ淫靡《いんび》な感覚に支配され、まともに思考することさえできない。ラシェルは蜜孔に入れている指に力を入れては、腹側の壁を何度も圧迫する。

（おなか、熱い……っ）

同時にラシェルが花弁の中央を嗜虐的《しぎゃくてき》に舐《な》め上げたことで、より感度が研ぎ澄まされた。蜜壁は彼の指をぎゅっと締めるように収縮する。

「いい子だ、エスティニア。もっと力を抜いて、ただ快楽だけを味わえばいい」

ラシェルはエスティニアの蜜壺に入れている指を、出し入れし始めた。これまでなにも受け入れたことのなかった部分に初めての刺激が与えられ、エスティニアの背中が跳ねてしまう。

「ぁあん……っ！　ふ……、んぅう……っ」

ラシェルの指はエスティニアの中央へ突き刺さっており、甘い責め苦をもたらす。逃れようとしたものの、それを咎《とが》めるようにラシェルが花芽を吸った。エスティニアに激しい快楽が生じ、目から涙がこぼれ落ちてしまう。

「駄目だろう？　誰が逃げてもいいと許した？　ちゃんとじっとして私に舐《な》められるんだ」

足の間に、彼の舌が当たっているのがわかった。

「っふ……、そんな……」

「まずは、気持ちいいことを体に覚えさせなければな。そうすれば、君も嫌がらなくなるだろう？」

蜜壁を抉《えぐ》るように抽挿《ちゅうそう》を繰り返されながら、ラシェルの舌によって執拗《しつよう》に花芽を愛撫《あいぶ》された。くちゅりくちゅりと淫猥《いんわい》な音が室内に響いており、たまらなくなる。

「は……ぁん……、も、う、むり……っ」

次第にエスティニアは快楽の波が高まっていき、下腹部にも力が入った。秘部はラシェルの唾液とエスティニアの淫液でぐしょぐしょに濡《ぬ》れている。頭がおかしくなりそうなほどの快楽だというのに、全身が歓喜していた。下腹部を蝕《むしば》んでいる疼《うず》きは出口を求めて暴《あば》れだす。そして彼が大きく指を動かした瞬間、蜜孔からいやらしい液が大量に溢《あふ》れた。それとともに達してしまい、エスティニアは脱力する。

「……絶頂を迎えたようだな」

エスティニアはわけがわからない状態だった。彼にとても恥ずかしいことをされた上に、なにもわからないまま、高みへ昇らされてしまったからだ。

「わ、私……」

まだ彼の指が体の中に入っていた。蜜壁の痙攣《けいれん》が収まってくると、ラシェルはゆっくりとエスティニアから指を引き抜く。そこでまた、ぞわりとするような感覚が駆け抜けた。蜜がとぷりと溢《あふ》れるのもわかり、エスティニアは戸惑ってしまう。一方のラシェルは悠揚《ゆうよう》たる物腰で、穏やかに微笑んでいた。

「エスティニア。今日はこれぐらいにしておこうか」

「は、はい……」

呼吸を整えつつ、エスティニアは返事をした。ラシェルはそんなエスティニアの頬を撫《な》でる。

「また明日、君に触れさせてもらう。いいな？」

そう告げられ、エスティニアはなぜか体の奥が熱くなるのを感じた。

第四章　好きになってはいけない人

エスティニアは夜明け前に目を覚ますと、仕事へ行くために寝台から体を起こした。室内にある小さな机の上には、昨晩書いた弟宛ての手紙がある。手紙には、王宮の仕事に慣れ、段取りなどが少しずつわかるようになってきたという近況報告を書いていた。

ラシェルの専属使用人《メイド》ということで破格の報酬ではあるものの、借金を全額返済するには、凡《およ》そ五年は勤務しなければならない。

弟から届いた手紙には、エスティニアの縁談について軽く触れられていた。だが特に進展はないようだった。弟のルイードは詳しく教えてくれなかったが、エスティニアの銀髪と銀目が敬遠されているのは想像に難《かた》くない。

国王がしてくれた援助についても教えてくれた。薬や食料が配給され、しばらくは保《も》つだろうという所見だ。相当に心配しているであろう弟を安心させるために、エスティニアは手紙を出してから行くことにした。

◇

ラシェルはエルデワース国の王である父に呼び出しを受け、王の間を訪れた。床には花柄の深紅《しんく》の絨毯《じゅうたん》が敷《し》き詰められており、大理石の棚の上には鉛色《なまりいろ》をした孔雀《くじゃく》のオブジェが飾られている。王は金で彩《いろど》られた椅子へ腰かけており、黒檀《エボニー》に象嵌《ぞうがん》が施《ほどこ》されたテーブルの上を眺《なが》めている。そして一度静かに咳払いをすると、徐《おもむろ》に口を開いた。

「ラシェル。お前が最近気に入ってそばに置いている、専属使用人《メイド》のエスティニアのことだが……」

王であるホルスが用件を言い終える前に、ラシェルは口を開いた。

「彼女とは真剣に結婚を考えています。どうか彼女を妻にすることを、お許しいただけないでしょうか」

ホルスは驚いて顔を上げると、ラシェルを見た。

「それは、エスティニアも了承していることなのか？」

「いいえ、まだ私の一方的な片想いです」

「あれほど結婚を避けていたお前が積極的に検討してくれるようになったことは喜ばしいが、彼女はダメだ。一時の関係ならば私もなにも言わないが、グランエルド家は多額の借金を抱えている。そんな家の娘を王家に迎えるわけには……」

ラシェルはぴくりと眉を動かすと、ホルスを睨《にら》みつけた。将来を考えている相手を、間髪容《かんはつい》れず反対されてしまったからだ。

「では、借金がなくなれば結婚してもいいと、そういうことですね？」

淡々と、だが明らかに険のある声で告げたラシェル。これにホルスはびくりと肩を揺らし、目を逸《そ》らしてしまった。

「ま、まぁ……、そういうことになるな。グランエルド家は古くから続く名門で、お前の結婚相手として家柄は申し分ない。あの子自身も驕《おご》ったところはないし、愛嬌があって親切だ。だが先ほども言ったとおり、グランエルド家には多額の借金が……」

「お話はよくわかりました、父上。今の発言、どうかお忘れなきようにお願いいたします」

ラシェルに言質《げんち》をとられたと知り、ホルスは冷や汗をかいた。

「言っておくが、お前が借金を肩代わりするのは認めんぞ」

「承知の上です。用件は以上ですか？　よろしければ、私は退室します」

背を向けたラシェルに対し、ホルスは即座に引き止めた。

「待て。……ブローチはどうした？　いつも身につけていただろう」

「ええ。今は諸事情でつけていませんが……。あれがどうかしましたか？」

ホルスは少し悩むような仕草を見せると、ため息をついた。

「あのブローチは元々、先代のグランエルド侯爵が私と亡き王妃の結婚祝いにと献上してきたものだ。お前には母の形見としてあれを持たせていたが……」

「……そうだったのですか」

「あの銀のブローチを売れば、相当な額になるだろう。お前にやったものだし、お前の好きなようにするといい」

暗《あん》に、銀のブローチを売ってもいいと告げていた。ホルスは国王としては反対しているが、ラシエルの父としてはエスティニアのことを認めているのだ。ラシェルは目礼した後、王の間を出た。


その頃エスティニアは、使用人《メイド》を統括する立場にある、家政婦長に呼び出しを受けていた。家政婦長は使用人《メイド》たちの全統括と責任を負っているため、とても厳しい人物だ。

「あなたとラシェル殿下がふしだらな関係にある、という噂《うわさ》がたっています。それは事実ですか？」

エスティニアはその質問に驚愕《きょうがく》した。

「ふ、ふしだら？　どうしてそんな噂《うわさ》が……」

「質問に答えなさい。ラシェル殿下と性の営《いとな》みを行《おこな》いましたか？」

「それって……、夫とする行為のことですよね？」

おそるおそる聞き返せば、家政婦長は頷《うなず》いた。

「ええ、そうです」

「いいえ、していません……」

エスティニアは内心の動揺を押し隠して答えた。同時にラシェルに口づけされ、体に触れられたことを思い出す。一線は越えておらず、エスティニアの純潔は保たれたままだ。しかし、いくら鈍《にぶ》いエスティニアでも、先日の行為が不純なことだというのはもうわかっていた。本来ならば許されないことも。

「念のために身体検査をします。お仕着せを脱ぎなさい」

エスティニアはそう命じられ、緊張した面持《おもも》ちで言われたとおりにした。家政婦長はエスティニアが嘘をついていないかどうか、近づいてじっくり調べる。だが肌に直接触れることはなく、あくまで目視《もくし》での確認のみだった。

(大丈夫よね……?)

どこにも異常がないことを祈りつつじっとしていると、家政婦長が離れた。

「……もう、いいのですか?」

「えぇ。気になる点は見られませんでしたから」

エスティニアはすぐに服を着た。家政婦長は両腕を組むと、さらに厳しい表情をする。

「あなたの仕事は、ラシェル殿下に真摯《しんし》にお仕えすることです。くれぐれも、道を誤らないように気をつけなさい。ラシェル殿下はあなたに対して特別お優しいみたいですが、きちんと身分を弁《わきま》えるように」

「はい」

「ラシェル殿下に恋をしてはいけませんよ」

わかっています、とエスティニアは答えたものの、酷《ひど》く傷ついてしまった。その理由を考えようとして、エスティニアはすぐに思い至る。恋をしてはいけないと言われて辛くなるのは、もう自分が既《すで》にラシェルへ恋をしているからだ。恋をしていなければ、傷つくはずがない。思い出すのは、ラシェルの部屋を荒らして装飾品を盗んだと疑われた日のことだ。彼だけがエスティニアが犯人ではないと信じ、無実を証明をしてくれた。その後も、泣きじゃくるエスティニアを抱きしめ、ずっと慰《なぐさ》めてくれたのだ。あのときエスティニアがどれだけ救われたことか、ラシェルは知らないだろう。

（……ラシェル様に恋をしてはいけないって、ちゃんとわかってる。でも、どうしたらいいの？）

自分を戒《いまし》めようとすればするほど、心が苦しかった。

エスティニアは薬園にてコストマリーという白い花が咲くハーブを収穫していた。入浴剤や麻の衣類に香りをつけるのに用いるためだ。薬園を管理している庭師も一緒に作業しており、彼は食用のハーブを摘《つ》んでいる。おそらく今夜の夕食に使われるのだろう。

「エスティニア。言うのを忘れていたんだが、薬園の外にまで根を張っていた木苺《きいちご》を引き抜いたから、地面が荒れているんだ。帰るとき、気をつけて歩くようにな。まだ土の中に根が残っているから、ぼやっとしていると足を引っ掛けて転ぶぞ」

庭師の男性の注意に、エスティニアは素直に返事をした。彼は食用のハーブを摘《つ》み終えると、厨房《ちゅうぼう》へ運びに行ってしまう。エスティニアも黙々と籠《かご》の中にコストマリーを入れ、いっぱいになったところで手を止めた。

（これぐらいでいいかな……？　ラシェル様のお部屋に持っていこう）

エスティニアは、彼のためならばなんでもしたかった。彼がどうすれば喜んでくれるのか、どんなことをすれば笑ってくれるのか、ことあるごとに真剣に悩んでいる。先日の窃盗《せっとう》騒ぎ以来、エスティニアは頻繁にラシェルのことを考えるようになっていた。少しでも恩返しができるようにとはりきる一方で、決して報《むく》われぬであろう想いに落ち込んでしまう。

（ラシェル様のことで、こんなにも一喜一憂《いっきいちゆう》してしまうなんて……）

もはや憧れなどという言葉では片づけられないほど、自覚症状が出ていた。この感情は間違いなく恋なのだろう。流石《さすが》のエスティニアも、それがわからぬほど愚《おろ》かではなかったのだ。

薬園を出ると、面識のある男性が歩いてきた。オレッド大公子だ。エスティニアはすぐに姿勢を正して顔を伏せる。通り過ぎるだろうと思いきや、なぜか彼はエスティニアの前に立ち止まった。

「やぁ、エスティニア。元気だった？」

気さくに声をかけられ、エスティニアは丁寧に頷《うなず》いた。

「はい」

「今日は王宮には仕事で来てね。……そういえば、この前はごめんね。犯人ではないのに、君を疑ってしまって」

「いえ、あの状況では仕方がなかったですから……」

「あの後、大丈夫だった？　君にとっては辛い出来事だっただろう？」

エスティニアの無実は証明されたものの、犯人は未だ見つかっておらず、有力な手掛かりもない。そんな中、事件に関して箝口令《かんこうれい》が敷《し》かれた。理由は、王子の部屋に簡単に忍び込めるなどと想起させぬようにするためだ。安全を考慮すれば、当然のことと言えた。

「はい。なんとか身の潔白が証明されたので、あのことを引きずったりはしていません」

「そうか……。お詫びというわけでもないのだけれど、もしもこれから困ったことがあったら、遠慮なく私に相談してほしい。必ず君の力になるから」

「え？」

「私は女性には優しくする、というのが信条なんだ。だからね、困っている女性を捨て置くのは私の主義に反してしまうんだよ」

エスティニアが泥棒だと疑われた際、オレッドは勘違《かんちが》いをしていたとはいえ、エスティニアの罪が重くならないように取り計らおうとしてくれたのだ。

(優しい人ではあるのよね……)

マリーの話では、ラシェルとオレッドの仲は悪いとのことだった。だがオレッドはエスティニアがラシェルの専属使用人《メイド》だと知りながらも、大人げない態度をとるようなことはしない。そのあたりは、きっと割り切っているのだろう。

(ラシェル様とあまり仲がよくないみたいだけど、私も変に構えたりしないで、オレッド様と普通に接しよう)

使用人《メイド》として礼儀正しく相手をすると決めた。

「今日も、薬園でなにかを摘《つ》んでいたの？」

「はい。コストマリーを少々……」

「へー。どんな薬草？　見せてもらってもいい？」

オレッドはエスティニアが持っている籠《かご》へ着目すると、近づいてきた。エスティニアは彼が踏もうとしている地面が荒れているのを見て、はっとする。

「あ、オレッド様！　そこは足場が悪いので、歩かないほうが」

「え？　うわ……！」

木苺《きいちご》を引き抜いた場所を歩いていたオレッドは、運悪く地面に残っていた根に足を引っ掛けてしまったようだった。エスティニアは咄嗟《とっさ》に彼を庇《かば》うように抱きしめ、背中から倒れこんだ。

「……大丈夫ですか？」

背中の痛みを我慢しつつ、エスティニアはすぐさまオレッドの無事を確認した。彼はゆっくりと顔を上げ、なにがどうなったのかを確かめる。

「ご、ごめんね。転んでしまって。私は大丈夫だ。君は？　私を受け止めてくれたせいで、どこか痛めたんじゃないか？」

「平気です」

そこで、エスティニアは呼吸を止めてしまった。というのも、まるでオレッドに押し倒されたかのような体勢になっており、彼の目と鼻がごく間近にあったからだ。オレッドもエスティニアに見入っており動こうとない。

「……綺麗な顔立ちの女性だとは思っていたけど、君の美しさはどんな名画や宝石にも勝《まさ》る」

「あ、あの、そんなことは……」

「エスティニア。君には、好きな男がいるのか？」

その問いかけで真っ先に脳裏に浮かんだのは、ラシェルだった。

(私は狡《ずる》い。こんなにも不純な気持ちで、ラシェル様にお仕えをして……)

エスティニアは決して悟られてはならないと、気を張りつめた。

「申し訳ありません。そういう個人的なご質問には、お答えできません……」

好きな男性などいない、と言うことができなかった。曖昧《あいまい》に言葉を濁《にご》せば、いらぬ詮索《せんさく》を受ける可能性がある。だから、いないと言えば良かったのだ。しかし、いないと告げようとするとちりちりと焼け焦げるような胸の痛みが、エスティニアを苛《さいな》む。

「ごめんね、急に不躾《ぶしつけ》な問いをしてしまって」

オレッドはエスティニアの上から離れると、手を引っ張って立つのを手伝ってくれた。

「い、いいえ。立たせてくださり、ありがとうございます」

「秘密めいた君も、魅力的《みりょく》だな。その心の内を暴《あば》きたくなった」

「え?」

オレッドはエスティニアの左手を持ち上げると、手の甲に唇を落として口づけた。

「また、君に会いに来るよ。今度はゆっくり話そう」

そう告げて、彼は立ち去った。


「……っう」

エスティニアはラシェルの部屋の壁にもたれかかり、か細い悲鳴を上げた。

オレッドを庇《かば》って倒れたときに左足を怪我してしまい、歩くたびに痛みが走った。だが休むわけにもいかず、エスティニアは痛みを我慢して仕事を続ける。部屋の掃除はもちろんのこと、衣服の手入れなども既《すで》に終え、あいた時間で鏡を磨く。家政婦長より働きに応じて特別手当を支給すると言われたので、繕《つくろ》い物や食器洗い、掃除や洗濯など臨時の仕事はなんでも請け負っているのだ。

（今はたくさん、弟や家のために働かないと。借金がなくならないことには、私は前に進めない……）

ラシェルは早朝に王領の視察へ出かけており、そろそろ帰ってくる時間だった。エスティニアはラシェルの部屋を出ると、出迎えのために正面玄関へと向かった。王宮で働く使用人《メイド》として不格好な真似《まね》はできないため、怪我をしていることが誰にもわからないように振る舞う。

（そうだ。ラシェル様は就寝前に読書をされるから、本を用意しておかないと）

考えごとをしながら使用人専用の階段を下りていると、つい怪我をしているほうの足に力を入れてしまった。エスティニアは最後の一段で足を踏み外して転んでしまう。

「あぁ、もう……。今日はよく転ぶ日ね……」

すぐに立ち上がって服を整えると、正面玄関へ続く通路を進んだ。正面玄関は三階まで吹き抜けになっており、大理石の床の上に赤い絨毯《じゅうたん》が敷《し》かれていた。通路の外側には出迎えにやってきた数人の使用人《メイド》たちが整列しており、エスティニアもそこへ加わる。そうしてしばらくすると、馬車が停止する音が聞こえた。正面玄関の扉が開かれると同時に、赤い絨毯《じゅうたん》の上をラシェルが歩いてくる。

「おかえりなさいませ、ラシェル殿下」

エスティニアが挨拶《あいさつ》すると、ラシェルはほっとしたように表情を和《なご》ませた。

「ただいま、エスティニア。出迎え、ご苦労」

彼が笑うと、エスティニアもつい嬉しくなって微笑んでしまった。だがすぐに表情を引き締め、使用人《メイド》としての分を越えないように心掛ける。

「お部屋までご一緒します」

着替えの手伝いや、お茶の用意などをしなくてはならない。他にもやるべき仕事はたくさんある。

「エスティニア」

唐突に、ラシェルが険《けわ》しい表情でエスティニアへ声をかけた。エスティニアはびくりと過剰に反応してしまう。

「は、はい。どうなさいましたか？　ラシェル殿下」

「その足はどうした」

エスティニアが下を向くと、足に血が伝っていた。どこで怪我をしたのかと逡巡《しゅんじゅん》し、階段で転んだ際に擦り剥《む》いたのだと気付く。

「申し訳ありません！　お見苦しいものをお見せしてしまって……」

「怪我をしているのか」

「いえ、大した怪我ではないんです。痛くもないですし」

「そんなに血が出ているのに、どうして嘘をつく」

ラシェルに凄《すご》まれ、エスティニアは泣きそうになってしまった。

「ほ、本当に、大した怪我じゃありません……」

彼の笑顔を見たときはとても元気になったというのに、彼の怒った顔を見た途端、悲しい気持ちになってしまった。

「もういい」

不機嫌そうに言われ、エスティニアはますます消沈する。

「すみませんでした。すぐに下がります」

ラシェルの前から走って逃げだしたいほど、辛かった。だがエスティニアが動こうとする前に、ラシェルは人目を憚《はばか》ることなく、エスティニアを強引に両腕に抱き上げてしまう。

（——え？）

周囲にいた使用人《メイド》や兵士たちも流石《さすが》に驚きを隠せない様子だ。だが最も混乱していたのはエスティニアだった。

「すぐに手当てをしよう。揺れると響くかもしれないが、我慢をしてほしい」

そう告げられ、エスティニアはようやく状況を理解した。

（わ、私、ラシェル様に体を持ち上げられて……？）

全身が熱くなった。頬が赤く染まり、取り乱してしまう。

「あ、あのっ、自分で歩けます！　大丈夫ですから、おろしてください！」

「なにを言っている。そんな怪我をしていて、歩けるわけがないだろう？」

「で、でも……っ！　このようなことをラシェル殿下がされてはいけません！」

「他の誰にも任せられないから、私が運ぶんだ。恥ずかしいかもしれないが、今は我慢してほしい」

ラシェルはそう言って歩き始めた。彼は、できるだけ振動を与えないように気をつけながら、そっと前へ進む。エスティニアはぐっと黙り込むが、目尻に涙が浮かんでしまう。

(私は、ラシェル様の専属使用人《メイド》なのに……、これじゃあ役に立つどころか足手まといじゃない)

仕事で疲れているラシェルに負担をかけている自分が、許せなかった。だがそれと同じぐらいに、彼に抱き上げられていることに喜びを感じずにはいられない。

(……こんなことをされたら、他の誰よりも大事にされていると、錯覚してしまう。……ラシェル様のことを好きになってはいけないのに)

余計に頬が熱くなってしまった。あまりに心臓がドキドキし、彼に伝わるのではないかと緊張する。

「エスティニア。私の肩にしっかり掴《つか》まっていろ」

「は、はい……」

控《ひか》え目に肩へ腕を回せば、すぐ間近に彼の顔があった。エスティニアは呼吸することすらままならず、鼓動が速くなってしまう。

(こんな風に優しくされたら、ますます好きになってしまう。……どうしたらいいの?)

エスティニアが悶々《もんもん》と悩んでいるうちに、ラシェルの部屋へ到着した。中央のソファーまで進むと、エスティニアはそこへ座らされる。部屋が荒らされたとき傷つけられた家具類は撤去され、別のものと交換されていた。破かれた鹿《しか》のタペストリーも修繕されており、以前と同じく壁にかけられている。

「エスティニア。怪我を見せろ」

ラシェルはエスティニアのスカート《ジュップ》の裾《すそ》をまくりあげた。右膝に擦り傷があり、そこから血が流れていた。さらに左足の太腿《ふともも》は赤く腫《は》れており、内出血で青くなっている。

「け、結構血が出ていますが、痛くはないんです」

「やせ我慢も大概にしろ。すぐに医者に傷の手当てをさせる」

常駐している医師がやってきた。どうやらアランが呼んだらしく、医師の後ろに控《ひか》えている。ラシェルは医師と場所を交代した。エスティニアは少し大げさではないかと思えるほどに包帯を巻かれてしまう。ラシェルは離れたところでアランと話をしているが、どういう内容かは聞き取ることができなかった。手当てが終わって医師が退室すると、エスティニアのところへラシェルが戻ってくる。アランも、静かに部屋を出ていった。

エスティニアは、不機嫌極まりない様子のラシェルと二人きりにされてしまう。

「一体なにをしてこんな怪我をした?」

「転んだんです……」

「転んだ?」

「はい。庭で……」

「誰かと一緒だったのか?」

まるで尋問をされているかのようだった。エスティニアは彼に隠し立てすることなく、話をする。

「オレッド様がいらしたので、少し話をしたんです。でも途中でオレッド様が転びそうになって、それを庇《かば》って怪我をしてしまいました。……足の擦り傷は、さっき階段から落ちて怪我をしたものです」

「偶然その様子を見ていた庭師の報告では、倒れこんだ後、しばらく見詰め合っていたと聞いたが？」

庭師に現場を目撃されていたことに、エスティニアは焦った。だが本当にやましいことなどなく、彼とはなんの関係もない。ラシェルに勘違《かんちが》いをされるのだけは、嫌だった。

「み、見詰め合ってなんていません。……好きな男はいるのかと聞かれたので、お答えできませんと言っただけです」

その言葉にラシェルが敏感に反応した。

「どうして答えられない？　もしや、特別に好意を寄せている相手でもいるのか？」

「まさか……っ！」

「なら、なぜ答えなかった。思わせぶりな態度をして、あいつが君に懸想《けそう》したらどうするんだ」

ラシェルの顔が浮かんだから答えられなかった、とは流石《さすが》に本人には言えなかった。

「そんなの、ありえません……」

「君は隙が多すぎる。……もういい。とりあえず、足の怪我が完治するまでは、私の世話をしなくていい。しばらく仕事を休め」

そうはっきりと言われ、エスティニアは呆然となった。まさかそんな風に宣告されるとは、夢にも思わなかったからだ。以前まではラシェルに迷惑をかけるぐらいならば、専属使用人《メイド》を潔《いさぎよ》く辞《や》めたほうがいいと思っていた。だが今は彼と離れなければならないと考えただけで心が引き裂かれてしまいそうになるのだ。

「ラシェル様、お願いです！　どうか、使用人《メイド》からはずさないでください！」

ラシェルは苛立たしげに舌打ちをすると、エスティニアの顔を持ち上げて、強引に口づけをした。だがその口づけは、以前のように甘く優しいものではない。どこか熱情的で、欲を孕《はら》んでいる。

「よりによって、あのオレッドを庇《かば》ってできた傷だなんて……。君の体に傷痕《きずあと》が残るかもしれないと想像しただけで、おかしくなりそうだ」

「ラ、ラシェル、さま……？」

「専属からはずしはしない。怪我が治るまで、しばらく仕事はしなくていいと言っているだけだ」

エスティニアは我に返ると、首を振った。

「ラシェル様のお世話がしたいんです。ラシェル様のおそばにいさせてください……。怪我なら、大丈夫です。きちんとお仕事はできます。決してご迷惑はおかけしませんから……！」

鼻声になり、目元に涙が滲《にじ》んだ。頭の中が混乱し、どうしていいのかわからなくなってしまう。

「無茶を言うな。怪我をしている君を働かせるわけにはいかないだろう。悪化したらどうするつもりだ」

エスティニアは自分の怪我のことなど、どうでもよかった。ラシェルに世話をしなくていいと言われたことのほうが、ずっと胸が痛くてたまらないのだ。エスティニアは、堪《こら》えきれず涙を溢《あふ》れさせた。

「私が、ラシェル様と一緒にいたいんです……」

無意識のうちに、そう吐露《とろ》していた。それを聞いたラシェルはエスティニアの前で膝を折ると、彼女の両手を握《にぎ》る。

「どうして、私と一緒にいたいんだ？」

予想外の質問をされてしまった。しかしエスティニアとしては、自分の感情の正体はわかっているものの、正直に述べるわけにはいかない。だから、誤魔化《ごまか》すことにした。

「えっと……、わ、わかりません……。でも、一緒にいたいんです。ラシェル様のおそばにいると、心が温かくなって、とても満たされた気持ちになります。今はラシェル様に少しでも喜んでいただきたくて、どんな仕事をするのも楽しいんです。だから……」

ラシェルはエスティニアの手を撫《な》でた。涙の粒がはらはらと落ち、エスティニアの服を濡《ぬ》らす。

「足を怪我しているのに、私のために部屋を掃除してくれたり、衣服の手入れをしてくれたりしたのだろう？　君は無理をしすぎるんだ。もしも君になにかあったら、私は一生後悔するだろう」

そんな風に言ってくれるラシェルだからこそ、エスティニアは役に立ちたいと思う。

「無理なんて、していませんっ。それにたとえ私になにかあったとしても、ラシェル様が気に病《や》む必要はありません」

「なぜだ」

「だ、だって、私は使用人《メイド》です。ただの道具と思ってください」

「悲しくなることを言ってくれるな」

足を怪我してしまったのは、自《みずか》らの不注意のせいなのだ。彼には気にしてほしくない、というのがエスティニアの本音だった。そもそも、オレッドを受け止めたときにもっとうまく転ぶことができていれば、怪我などしなかったのだ。

(どうして私はこういうミスをしてしまうんだろう……)

けれど、いくら後悔しても今となっては詮無きことだ。

「ラシェル様。これまで通り、仕事をさせてください。私のことは絶対に大丈夫ですから」

「本当に？」

「はい、本当です。私、やわそうに見えて結構力持ちですし、とても頑丈にできているんです」

「なにを言っている。頑丈なら怪我をするわけがないだろう」

即座に矛盾を指摘され、エスティニアは『あっ』と口を開いた。だがすぐに恥ずかしそうに顔を赤らめて笑ってしまう。

「ふふ。やだ、私ったら……」

羞恥《しゅうち》のあまり、頬が紅潮してしまった。ラシェルも笑っており、空気が和らぐ。

「ようやく、泣き止んだな」

「え？　あ、ごめんなさい……」

「構わない。君の泣き顔も気に入っている」

それはどういう意味なのか、エスティニアは大いに悩んだ。喜んでいいのか、落ち込めばいいのか、それすらもわからない。

「あの、話を元に戻しますが、先ほども言ったとおり、仕事をさせてください」

ラシェルは逡巡《しゅんじゅん》し、頷《うなず》いた。

「エスティニア。君の気持ちはよくわかった」

「じゃあ……」

「だが、働いてもいいかどうかは別だ」

「そんな！」

ラシェルはエスティニアの頭を撫《な》でた。

「……どうしても働きたいというのであれば、本当に君が頑丈なのかどうか試してもいいか？」

「え？」

「体が丈夫なのか、それともただ強がりなだけか。君は、どっちだ？」

そう問いかけられた後、エスティニアはラシェルによって再び抱き上げられた。突然のことに戸惑っていると、なぜか寝室へ運ばれてしまう。

（え？　ラシェル様？）

ラシェルの寝台を覆《おお》う白い絹のシーツの上へ、エスティニアはゆっくりと下ろされた。

「あのっ、ラシェル様の寝台で横になるわけには……っ。休むなら、自分の部屋で休みます」

すぐに体を起こし、エスティニアは寝台から下りようとした。しかしラシェルも寝台に上がると、エスティニアを押しとどめて隣に腰を下ろす。

「エスティニア。やはり、仕事ができないほど足が痛むのか？」

「いいえ、違います！　仕事はできます！　足も痛くありません！」

「そうか。なら、私に君の体を触らせてくれるな？」

「え！　それは……」

体を触るというのは、みだりに口にしてはならない行い《おこな》のことを指すのだろうとすぐにわかった。

ラシェルはエスティニアの頬をくすぐるように撫《な》でる。

「なぜ困った顔をする？　もしも触った程度で痛むのなら、仕事をさせるわけには……」

「平気です！」

咄嗟《とっさ》にそう言っていた。ラシェルは苦笑すると、ほんの少し視線を鋭くする。

「強情だな。なぜそう意地を張る？　もしどうしても仕事がしたいというのであれば、私の話相手をする仕事はどうだ？　君はこの部屋でのんびり過ごし、私と話をしたり、一緒にお茶や食事をしてくれるだけでいい。それならば、私も仕事の許可を出そう」

「ラシェル様。怒りますよ。一体それのどこが仕事なのですか」

どうして真面目に取り合ってくれないのかと、エスティニアはつい頬を膨《ふく》らませてむっとしてしまった。だがラシェルはまったく動じておらず、それどころか興味深そうに見入る。

「そんなふうに怒った君も新鮮で愛らしいな」

「え？」

エスティニアは内心、戸惑った。そんなエスティニアの顔へ、ラシェルは自《みずか》らの顔を寄せる。

「もっと怒ってくれて構わない。君の気が済むまで、私は叱られよう」

「なにを言って……」

「どうした。怒ってくれないのか？　君のその可憐《かれん》な唇で、一体どのように叱ってくれるのか、興味がある」

「お、怒りません……」

もしも怒れば余計に彼が喜ぶのが目に浮かび、エスティニアは気持ちが萎《な》えた。ラシェルは残念そうにしつつも、エスティニアを抱きしめる。

「なんだ、つまらないな。君にならばいくら説教されても、かまわないというのに」

「説教をされて喜ぶなんて、おかしいです……」

「他者にどれだけ詰《なじ》られようと気にもしないが、君には叱られてみたい。……せっかく君にどうやって許しを請うかを考えていたというのに、残念だ」

楽しそうに笑いながら、エスティニアの耳の後ろを食《は》むラシェル。

「きゃ……っ」

ちろちろとくすぐるように、耳を舐《な》められた。逃げようとするが、腹部へ手を回されて固定されてしまう。

「エスティニア。なぜ逃げようとするんだ？」

首筋に舌をゆっくりと這《は》わされ、髪の生え際に口づけをされた。ぞくりとするような甘美な刺激に、エスティニアの思考は麻痺《まひ》しかける。だがこのままいつものように流されてしまうのはいけないと、なんとか踏みとどまった。

「ラシェル様、こ、このようなこと、もうやめませんか……？　私、今のお仕事を失うわけにはいかないんです……」

「どういう意味だ？」

「今日、家政婦長から呼び出しを受けたんです。そのときに、身体検査を受けました。ラシェル様から、その……、大っぴらに言えないことをされていないかどうか……」

「そうか」

ただその一言だった。エスティニアとしては、自分で言い出したことながら酷《ひど》く傷ついてしまう。もしもラシェルと口づけなどをしたことが知られればエスティニアは解雇されてしまうのに、彼の反応は淡白だったからだ。だがそれでも、話を続けるしかなかった。

「困るんです。私の一存で勝手なことをしたら、弟やみんなに迷惑をかけてしまいます。だから、どうかお許しいただけないでしょうか」

「君が本心から言っているのなら、部屋を出て行っていい」

エスティニアはおそるおそる彼を見た。彼がどういうつもりでいるのか、わからなかったからだ。

「ええと……」

「エスティニア。本来ならば君は、私などが触れることも許されない清らかな女性だ。雲の上の人に等しい存在だったのに、どういう運命の悪戯《いたずら》か、今私の目の前にいる」

「そんな……。ラシェル様のほうが、雲の上の存在です」

買いかぶりすぎだった。エスティニアはどこにでもいるような、普通の貴族の娘だ。突出した特技があるわけでもなく、性格も地味で冴《さ》えない。

「君の美しい銀の瞳に映すのはいつだって私でありたいと願っているし、その輝かんばかりの銀の髪に触れるのも、私だけでありたい。だから、どうすれば君を独占できるか、いつも悩んでいるよ」

予想外の言葉に、一気に体が火照《ほて》った。

(どうして、ラシェル様は私にそんなことを言うの？　勘違《かんちが》いしてしまいそうになる)

そうして思い出されるのは、先ほど彼が両腕で抱き上げて運んでくれたことだ。必要以上に過保護に甘やかされているのがわかるため、戸惑ってしまう。

彼のほんのちょっとした言動に、感情が左右された。彼に本心を気取られてはいけないというのに、それができないのだ。

「ラシェル様……」

「私のことは、嫌いか？」

「嫌いになんて、なれるわけがありません。ラシェル様のことはその……、とても敬愛しています」

「敬愛？　なんだか社交辞令のように感じるよ」

「ちが……っ、ラシェル様のことは本気でお慕いしています！　も、もちろん、使用人《メイド》として……！」

うっかり飛び出た言葉に、なにを口走っているのだろうと、恥ずかしさで消えてしまいたくなった。部屋から出ていきたい衝動にかられるが、痛む足で走れば転ぶのが目に見えている。

（でも、たとえそうなったとしても、部屋を出て行ったほうがいい）

エスティニアが寝台から下りようとすると、ラシェルが背後から抱きしめて引き留めた。

「エスティニア。私のことが嫌いではないのなら、私のそばにいろ」

「む、無理です。私にはそのように言っていただく資格がありません。それに……、借金の問題も未だ解決の糸口が見つかっていませんし……」

そう口にしたことで、自《みず》らの立場を改めて強く認識した。誰も大きな声では言ってこないが、グランエルド領が困窮《こんきゅう》していることは知れ渡っているのだ。泥棒だという嫌疑をかけられたのも、借金があるせいだった。

「エスティニア。君の家の借金については、私も一緒に考える。だから、君は一人で悩んだり苦しんだりしなくていい。私が君の支えになる。……自分を追い詰めるな」

「無理です……。それに、ラシェル様を頼るわけには……」

「私は君のためならなんだってする。どうすればいいか、一緒に考えよう。君は、安心して私に甘えていいんだ」

彼から離れなければいけないのに、離れられなかった。使用人《メイド》として礼節を弁《わきま》えて接しなければいけないのに、それもできていない。

(甘えるだなんて、そんなこと許されるわけがないのに……)

これまで自分がしっかりしなければいけないと思っていた。弟にも弱みなど見せず、屋敷にいる使用人《メイド》たちを不安にさせないように、常に明るく振る舞っていたのだ。けれどもラシェルの前だと、一人で立てなくなるような感覚に陥《おちい》ってしまう。

「優しく、しないでください……。それ以上優しくされたら、私……」

「エスティニア」

ラシェルによって顔を振り向かされ、強引に唇を奪われた。エスティニアはなにも考えられなくなってしまい、彼の体に身を預ける。

「ラシェル、さま……」

熱い吐息《といき》が混じり合い、何度も唇を重ねた。ラシェルの形のいい唇は心地よく、ずっと触れていたいくらいだ。彼はエスティニアの唇を慈《いつく》しむように触れるのに、咥内《こうない》へ入り込ませた舌は情熱的だった。腰が痺《しび》れるほどの、官能的な口づけ。互いの舌を擦《こす》り付けあい、存在を確かめ合うように何度も繰り返す。

(拒めない。だって、私はラシェル様のことが……)

口づけをかわしながら、ラシェルはエスティニアの服を脱がせ始めた。それが羞恥心《しゅうちしん》を煽《あお》り、余計にエスティニアの感情が昂《たかぶ》っていく。

「君に触れていいのは私だけだ。君は、私だけを見ていろ」

ぞくっとするほどの色香を漂《ただよ》わせながら、ラシェルはエスティニアへ言った。エスティニアの心はどうしようもないほどに、彼に絡めとられてしまう。

「ん……」

ヘッドドレスと髪を結っているリボンを取られた後、お仕着せを脱がされて下着《シュミーズ》姿にされた。下着《シュミーズ》にはミモザの可憐《かれん》な花の刺繍《ししゅう》がされており、裾《すそ》には繊細なレースがついている。

「あぁ。とても綺麗だ」

彼に褒《ほ》められると、照れくさくはあったが嬉しかった。ラシェルはエスティニアの唇から顎《あご》へ口づけ、首筋を辿《たど》って胸元に顔を埋めた。そこで、ちりりとした例えようのない痛みを感じる。なにをされているのかと思いきや、彼はエスティニアの肌に鬱血《うっけつ》の痕《あと》を残していた。

（これって、キスマーク……）

大人びた女子たちの会話で耳にしたことはあったが、実際に見るのもされるのも、初めてだった。ラシェルは自分のものであると示すように、エスティニアの胸に印をつけていく。それがなんともくすぐったく、エスティニアは体を震わせてしまう。

「ん……っ、ラシェル様、どうして、キスの痕《あと》を……。もしも身体検査をされたら、大変なことになってしまいます……」

「今日調べられたのなら、当分はされないだろう。それにもしも見つかっても、なにも問題はあるまい。君は私のものなのだから」

「そんな……、っあ」

いつの間《ま》にか下着《シュミーズ》がはだけさせられていた。ラシェルによって寝台の上に押し倒され、腹部や腰にも所有印が刻まれていく。

（まるで赤い花が咲いているみたい……）

彼に触れられた部分だけが、火照《ほて》っていくような錯覚に陥《おちい》った。身をよじろうとすると、彼に腰を掴《つか》まれてしまう。

「動くな。傷に響いたらどうする」

「で、でも、なんだかじっとしていられなくて……。んぅ……っ」

掴《つか》まれている腰の部分を指で撫《な》でられた。

「エスティニア。今日はいつものように我慢ができそうにない。君と一つになりたい」

「え？」

彼がどういう行為をしたいと訴《うった》えているのか、それぐらいは見当がついた。むしろ、この状況下でわからないほうがおかしい。

「大切にすると約束をするから、どうか私を信じて身を任せてほしい」

エスティニアの返事を待たずして、ラシェルは唇に口づけをした。エスティニアは戸惑いながらも必死に応《こた》え、彼の背中に手を回す。まるで脳髄《のうずい》が溶かされてしまうかのような、情熱的な口づけ。

（私も、ラシェル様を信じたい）

これからどうすればいいのか一緒に考えようと言ってくれるような優しい彼だからこそ、エスティニアは心惹《ひ》かれてやまないのだ。このまま彼と一つに、と考えただけで、下腹部が熱を帯びてくる。ラシェルはエスティニアの胸を強く揉《も》み始め、同時に胸の突起にも刺激を与えた。それにより、エスティニアはおとがいを仰《の》け反《ぞ》らせて喘《あえ》ぐ。

「らしぇる、さま……っ」

胸を揉《も》まれ、エスティニアは自《みずか》らの膝を擦《こす》り合わせた。それとともに下半身の大切な部分が潤《うるお》いを帯びてくるのがわかる。豊満な胸はラシェルの指によって弄《もてあそ》ばれ、刺激されるほどに信じがたい愉悦《ゆえつ》が背中に駆け巡る。

「エスティニア、どうした？」

胸の突起を一際グリグリと捏《こ》ねられ、エスティニアは悶《もだ》えた。突起の部分に刺激を与えられると、下半身がジンジンして余計に濡《ぬ》れてしまうのだ。

「や、そこ、もうだめ……っ、さわら、ないで……ぇ」

ラシェルはエスティニアの胸の突起部分を捏《こ》ねながら、申し訳なさそうにした。

「あぁ、すまなかった。指での愛撫《あいぶ》は嫌なのか。ならば、口でしよう」

目を剥《む》いて耳を疑った。そうではないと頭を振るが、ラシェルは淫猥《いんわい》な動作でエスティニアの胸の突起を舐《な》め始めた。舌の先でいたぶるように胸の突起を舐《な》め上げ、かと思えば唇で食《は》む。

「ふ……ぁあっ、やだ……っ、ラシェルさま、意地悪、しないで……」

ラシェルが少し強めに胸の突起を吸い、エスティニアは得も言われぬ快楽を享受《きょうじゅ》した。それだけでも辛いというのに、彼の手はエスティニアの腹部へ滑《すべ》り落ちて行く。その先にあるのは、淫《みだ》らな液で潤《うるお》ってぐちゅぐちゅになった秘部。

（今触られたら……）

彼の指によって、秘部は無抵抗のまま大きく割り広げられた。閉じられていた場所が空気に触れ、そこから粘性の液体が流れていく。彼はその液体を指で掬《すく》い取ると、エスティニアの秘部へ塗る。襞《ひだ》の一枚一枚、丁寧に。そして割れ目の間へ入り込んだ指は、液体を潤滑油《じゅんかつゆ》がわりにして擦《こす》り始めた。これに焦ったのはエスティニアだ。両足をガクガクと震わせて、慄《おのの》く。

「エスティニア、足を動かしては傷に障《さわ》る。じっとしていろ」

「む、むり、です……っ」

足を動かすなと言うのに、ラシェルはエスティニアの秘部をいじる手を止めなかった。蜜でしとどに濡《ぬ》れた膣口付近を念入りにほぐし、緩慢な動きで愛撫《あいぶ》し続ける。執拗《しつよう》なまでにそれが繰り返され、エスティニアは逃げだしたくなった。だが彼は手を緩《ゆる》めるどころか、よりねっとりとした手つきで触れる。同時に彼はエスティニアの反対側の胸を咥内《こうない》へ含み、しゃぶりついた。

(今日の、ラシェルさま……、いつもより強引なのは、気のせい?)

エスティニアの体に夢中になっているように見えた。貪欲《どんよく》にエスティニアの肌へ口づけ、堪能《たんのう》しているのだ。酒など飲んでいないはずなのに、酔いしれているかのようだった。

「君の感じる顔をもっと見たい」

ラシェルはそう言って、エスティニアの花芽を指で弄《もてあそ》び始めた。エスティニアの感度を無理やり高めるかのように、花芽を指の腹で掻く。

「ひぁあ!　ラ、シエ、ル、さま……っ!　あんっ、くぅう、ん!」

蜜口からはより一層淫《みだ》らな液体がこぼれ落ち、エスティニアは腰をがくがくと揺らした。強すぎる快楽に、目の前が明滅し、全身が沸騰しそうなほど火照《ほて》ってくる。彼を見れば、少しばかり嗜虐的《しぎゃくてき》な表情を浮かべていた。

「なんてそそる顔をするんだ、君は。本当は虐《いじ》めたくなどないのに、もっとしたくなってしまう」

エスティニアは、だったらやめてほしいと目で訴《うった》えた。だがラシェルは心外そうにする。

「私のせいではないだろう？　虐《いじ》めたくなるような君の表情が悪い。……ほら、気持ちいいだろう？」

花芽は次第に膨《ふく》れ上がり、彼に与えられる快楽を喜んでいるかのようだった。ラシェルもそれを待っていたというように、エスティニアの花芽に振動を与え始めた。

「あぁぁあっ！　だ、め、あたまが、おかしくな……、あん……、ふっ、うぅ……！」

ラシェルはエスティニアが悶《もだ》える様子を、歓喜に満ちた目で見守っていた。エスティニアが快楽に耐え切れず逃げようとするのを、腰を掴《つか》んで阻《はば》む。そして咎《とが》めるように、より一層の刺激を与えるのだ。

（ラシェルさま、ひどい……っ、こんなの……）

彼に花芽を愛《め》でられ続け、エスティニアの肌がうっすらピンク色に染まった。嫌だと首を振るが、彼は決してやめない。おかしくなってしまいそうなほどの快楽に攻め続けられ、エスティニアは涙をこぼす。やがて秘部がひくつき始めた。もう少しで高みに達してしまう前兆だ。

「エスティニア、いい子だ」

そう言われた瞬間、エスティニアは彼の指だけで達してしまった。

「あぁ……っ」

呼吸が上がっていた。途方もない脱力感が一気に押し寄せてくる。

「とても、気持ちよさそうな顔をしていたな」

「ご、ごめんなさい……」

数分間まったく動くことができないほどにぐったりしてしまったが、ラシェルの寝台の上でいつまでも堂々と寝ているわけにはいかないと、体を起こした。ラシェルはそれを見て明らかに不服そうにする。

「どうして起き上がる？」

「だって、ここはラシェル様の寝る場所です。……わ、私の体液で汚してしまうわけにはまいりませんから……」

エスティニアの足の間から漏《も》れている、透明な粘性の液体。それを早く拭《ふ》きたくて、寝台を下りようとした。だがラシェルは膝立ちしたエスティニアの腰を抱いて引き寄せると、指先に口づけを落とす。

「君の体液？　ならば、私が拭《ふ》いてやろう。自分では拭《ふ》きにくい場所だろうし」

「そんな、ダメです！　ラシェル様にそのようなことをさせるわけには」

「気にするな。……さて、君の体液とやらが出ている穴を、綺麗にしようか」

一体どうやって、と疑問に思っていると、ラシェルはエスティニアの股の間に手を差し込んだ。そのまま蜜口の周囲を指で円を描くように触れ始める。

「っ……ぅ、ラシェル様、なにを……っ」

「なにって、拭《ふ》いてあげているに決まっているだろう？　あぁ、でも困ったな。溢《あふ》れてくる液体の量が多いようだ。これでは拭《ふ》いても拭《ふ》いても取りきれない」

ラシェルは本気で困った顔をしていたが、取る気がさらさらないようにも見えた。ラシェルのせいでエスティニアは座りたくても座れず、足を閉じたくても閉じられない状態だ。

「も、もう、いいです……っ、自分で、拭《ふ》きますから……」

ぽたり、ぽたりとエスティニアの足の間から液体が落ちた。蜜口をなぞられただけで体の奥が疼《うず》いてくるのだ。

「そうだ。エスティニア、いっそ君の穴に溜まっている液体をすべて掻き出そう。ある程度流れきれば、止まるかもしれない」

そう声を発するのと同時に、ラシェルの指が一本、ゆっくりとエスティニアの蜜道へ押し込まれた。

「や、は……っ、あぁ、ん……」

「あぁ、弱ったな……。止まってくれない」

両足がガクガクと震えた。ラシェルはエスティニアの蜜孔へ入れた指を、ゆっくりとスライドし始める。ついさっき達したばかりの体は敏感になっており、一度目に達したときよりも感度が鋭くなっていた。彼の指の形がわかるほどに。

「ら、らしぇ、るさま……っ、ふぅ、あぁん……っ」

自分一人では体を支えきれなくなり、ラシェルの肩へと両腕を回して抱きついた。ラシェルはこれに嬉しそうにする。

「エスティニア、大丈夫か？　私にもたれているといい」

頭の中が真っ白になってなにも考えられなくなるほどの愉悦《ゆえつ》が、もたらされていた。自分の意思とは関係なく、意識が蜜口へ入っている指の動きに集中する。

（私はなんて、はしたないんだろう……っ。きもち、いい……、って、思ってる……）

情けないことに、エスティニアはラシェルによって与えられる指の刺激から逃れられなかった。

ぎゅっとラシェルに抱き着いて快楽を緩和させようとするも、なんの意味もなさない。

「はっ……あん……っ、らしぇる、さま……っ、それ以上は……」

「指一本では君の体液を掻き出しきれないようだ。……そうだ、二本入れてみようか？」

エスティニアはその言葉にぞっとした。指二本など体に入れることができるのだろうか、と。だがエスティニアの不安をよそに、ラシェルはもう一本蜜孔へ指を追加した。ずぶずぶと蜜で溢《あふ》れかえった中へ、容赦《ようしゃ》なく入れていく。痛くはないが、窮屈《きゅうくつ》さはあった。

（は、入った……？）

安堵するのも一瞬であり、ラシェルはエスティニアの腹部がある方向へ圧迫するように振動を与え始めた。

「ひゃっ、そこ、ん……、あぁ……っふ、ぅうん」

エスティニアは膝立ちしていられず、座り込んでしまった。だがラシェルはそれでも中断することなく、膣内を蹂躙《じゅうりん》し続けている。

「エスティニア。先ほどよりたくさん出てきた。私の手に滴《したた》り落ちるほどに溢《あふ》れてきている。……ほら、また流れてきた」

彼の手が濡《ぬ》れているのが見え、エスティニアは顔が熱くなった。みっともなく足を広げた状態で、蜜道をぐちゅぐちゅと掻き回されているからだ。

「うぅ……んく、あぁっん！」

頭の中がくらくらした。ラシェルの顔をふと見れば、彼の眼光はまるで獲物を狙う狼《おおかみ》のようだった。

「どうした？」

安心させるような優しい声だというのに、エスティニアへ与えられる快楽は容赦《ようしゃ》がなかった。なにもないと言いたいのに、漏《も》れるのは喘《あえ》ぎ声ばかり。

「な、なにも……っ。……んぅ」

「そうか」

ラシェルはエスティニアの蜜孔より指を引き抜いた。エスティニアは中途半端に高められた快感を持て余し、困り果ててしまう。

「ラシェル様……、あの……」

もう終わりですか、と問いかけようとしたところで、彼が服を脱ぎ始めた。そうして露《あらわ》になったのは、しなやかに鍛《きた》えられた無駄のない肉体。胸板は厚く、腹筋も割れていた。腰はすっと引き締まっており、それが余計に逞《たくま》しく見える。彼が尋常《じんじょう》ならざる整った姿貌《しぼう》を持っていることは十分わかっていたものの、その美しさはもはや神がかっていた。さらりと彼の髪が頬にかかり、長い睫毛《まつげ》が伏せられた艶気のある目には、なんとも言えぬ色香が漂《ただよ》う。

「もう十分にほぐしたから、大丈夫だろう」

ラシェルの下半身にようやく気がついた。彼の男芯が膨張《ぼうちょう》し、そそり立っていたのだ。硬く張りつめたそれはとても雄々しく、青い血管がうっすらと浮いている。

「ラシェル、さま……」

エスティニアは男性の性器など見たことがないからわからないが、彼のモノはかなりの大きさのようだった。指など比較にならない太さと長さだ。いつも優しいラシェルからはまったく想像できぬほどの凶悪さであり、エスティニアはごくりと唾を呑む。

「すまない、エスティニア。私のはかなり大きくてね。君の大切な部分を傷つけたくなくて、これまで念入りに触って柔らかくしていたんだ。どうか怖がらず、力を抜いて私に体を預けてほしい」

彼の大きなモノを挿《い》れられたらどうなるのか。そもそも入るのか。エスティニアは恐怖心と同時に、純粋な興味も抱いていた。

(でも、ラシェル様に抱かれたら、私は純潔を失ってしまう)

果たして本当にいいのか。不安になっていると、ラシェルが唇へ口づけてきた。

「私を信じていればいい。絶対に君を裏切ったりはしない」

誠実な声だった。エスティニアは彼の優しさに、泣きそうなほど、愛しくなってしまう。彼以外の男性に初めてを捧げることなど、絶対に考えられない。エスティニアはどうしようもないほどに、彼のことが好きなのだ。エスティニアは背後へ押し倒され、足を開かれた。彼に大事な部分を見られてしまうのはまったく慣れず、隠したい衝動に駆られる。だがそれは許してもらえず、ラシェルはエスティニアの秘裂を割り開いた。そのまま自身の先端を蜜口へあてがうと、片手でエスティニアの腰を掴《つか》んだ。エスティニアは蜜口に彼の男芯が当たっているのがわかり、非常に緊張した。

「ラシェルさま……」

「入るぞ」

大きく怒張したありえない大きさの塊《かたまり》が、エスティニアの蜜壁を圧迫するかのように、めりめりと中へ入りだした。エスティニアは咄嗟《とっさ》にシーツを握《にぎ》り、純然たる苦痛に耐え忍ぶ。

「や……っは、あぁ……、いっ……、大き、んぅう！」

指で慣らされていたはずだというのに、無意味だったのではないかと思えるほどだった。エスティニアの蜜壁は悲鳴を上げ、異物の侵入に引きつりそうになる。

（くるし……っ）

少し挿《い》れては後退するのを何度か繰り返していた。もう全部入っただろうかとラシェルを見れば、彼は非常に申し訳なさそうにする。

「まだ半分ぐらいだ」

「も、もう無理です」

「大丈夫だ。まだ入るから。君の奥まで到達していない」

冗談かと思った。だが彼は魅惑的な笑みを浮かべると、エスティニアの膣内《なか》を広げながら突き進んでいく。そうして耐えていると、やがてどん、と体の奥に彼の切っ先が当たるのを感じた。蜜道はラシェルの男芯の形に広げられており、じんわりと熱が伝わってくる。

「は、入った……？」

ラシェルは満足そうに頷《うなず》くと、体を前へ倒した。エスティニアの肌と密着するような姿勢だ。

「エスティニア。動くぞ。でなければ、慣れないからな」

ゆったりとした動作で、ラシェルはエスティニアの蜜道から己《おのれ》の男芯を引き抜き始めた。それだけで膣内の壁が刺激され、ひくひくと秘部が痙攣《けいれん》してしまう。

（無理……っ）

「痛いか？」

「痛くは、ありません。ただ……、とてもきついです。ラシェル様は、苦しくないのですか？」

「苦しいよりも、今は君とようやく繋がれたことに深く喜びを感じる」

エスティニアは胸が高鳴った。そのように言ってくれる彼に、より一層想いが増す。

（どうして、そんな風に私のことを……）

ラシェルはエスティニアの体を傷つけないように労《いた》わりながら、静かに抽挿《ちゅうそう》を繰り返していた。

何度か行為を続けるうちに、少しずつ窮屈《きゅうくつ》さが和らいでいく。それとともに、じわじわと別の感覚が下腹部へと広がってきた。摩擦による刺激でそれは強まり、異物を挿入されている不快さが消えていく。

「ラ、ラシェルさ、ま、なんだか、おかしいです」

「なにが？」

「奥に当たると、体が痺《しび》れて……。私、怖いです」

「大丈夫だ、エスティニア。不安にならなくていい」

最奥を打たれる度に、恍惚《こうこつ》とする感覚が生じた。それが淫行による快楽だとすぐに気付き、エスティニアは抗《あらが》えない波に意識が乱れてしまう。

（こんなの、知らない。どんどん、おかしくなる……っ）

彼の熱くて獰猛《どうもう》な杭《くい》は、エスティニアの清楚な孔《あな》を貫《つらぬ》いていた。ぐちゅちぐちゅりと単調な動きで蜜孔を抉《えぐ》るように突き刺し、甘美なる苦痛をもたらすのだ。

「んぁあっ、だめ……っ、や、ぁん」

重量感のある男芯がエスティニアを苛《さいな》んだ。体の芯を貫《つらぬ》かれる度に腰が跳ね上がり、感じずにはいられないのだ。逃げることを許さない律動に、エスティニアの狭隘《きょうあい》な蜜壁は容赦《ようしゃ》なく嬲《なぶ》られる。

「エスティニア。乳首が勃《た》ってる。ほら……」

抽挿《ちゅうそう》しながら、ラシェルがエスティニアの胸の突起を指でつまんだ。そのままクリクリと転がす。

「や、やぁ、んっ、やめ……っ、あぁん……っ」

体を揺すられながら、エスティニアは懇願《こんがん》した。彼の男芯が深く入り込むたびに喘《あえ》ぎ声が漏《も》れてしまい、エスティニアはそれだけで恥ずかしくなる。ラシェルはエスティニアの胸の突起を巧《たく》みに動かし、やがて微笑んだ。

「エスティニア。君のその表情をもっと私に見せてほしい」

どんっ、と奥を強く打たれ、グリグリと彼を押し付けられた。

「や、やあっ、やだ、ラシェルさま……っ、あぁんっ」

頭《かぶり》を振って、淫蕩《いんとう》な刺激に耐える。ラシェルはエスティニアのその様子を満足そうに眺《なが》めると、再び腰を揺すり始めた。彼はエスティニアの気持ちがいい部分を探《さぐ》り当て、そこに狙いを定めて抽挿《ちゅうそう》をする。次第に動きも敏捷になり、規則正しい濡《ぬ》れ音が部屋に響く。

（ラシェルさまの、だんだん、大きく……）

彼の男芯が嵩《かさ》を増していくのがわかった。挿入したときよりも、次第に大きく、硬くなっているのだ。そんな男芯で最奥を打ちつけられ、エスティニアは頭の中が痺《しび》れるほどの多幸感で満たされた。接合部からは泡立った白い液体が漏《も》れ、エスティニアの臀部《でんぶ》を濡《ぬ》らしていく。

「凄《すご》いな。君の中がとてもうねっている」

彼に抉《えぐ》るように挿入されるたびに、エスティニアの蜜壁は収縮を繰り返していた。

「らしぇる、さま……っぁ、わたし、もう……」

「大丈夫だ。そのまま、身を任せたらいい」

下半身よりなにかが競《せ》り上がってくるような感覚があった。それは次第に高まっていき、エスティニアの膣内《なか》に熱として溜まっていく。ラシェルはそれに応《こた》えるかのように、エスティニアの感じる場所を打った。

「ふっ、あぁ……！」

エスティニアは達してしまった。それとともに心地のいい余韻が押し寄せてくるが、休むことは許されなかった。ラシェルはまだエスティニアの体を貫《つらぬ》いている。

(や、やだ……、動かないで……っ)

達したばかりの体は鋭敏であり、これ以上ないほどの快楽をもって穿《うが》たれた。蜜口は痙攣《けいれん》しっぱなしで、両足はガクガクと震えて力が入らない。腰はとうの昔に痺《しび》れ切っており、エスティニアは堪《こら》えきれずにぼろぼろ泣いてしまう。

「どうした、エスティニア。痛いのか?」

「ち、ちが、んうっ、らしぇる、さま、もうゆるして……っ、わたし、これいじょう、ぁん」

「そうか、泣くほど気持ちいいのか」

そうじゃないと首を振ったが、事実だった。蜜口は彼の太い杭《くい》を呑み込んだまま離さず、歓喜にうねっているのだから。先ほど果てたばかりだというのに快楽の波がまた押し寄せてきて、エスティニアは煩悶《はんもん》した。

「んぅ、は……っ、く、やぁっ……、らしぇる、さま……っ」

エスティニアを貫《つらぬ》く男芯が、より一層膨《ふく》らんだ。ラシェルは先ほどよりも力強くエスティニアの膣奥を打つ。そうしてラシェルが一際大きくエスティニアの中を突いたとき、彼の猛《たけ》った杭《くい》より白濁の液が迸《ほとばし》った。その熱さにエスティニアは驚き、同時に達してしまう。

「……エスティニア」

ラシェルはエスティニアと繋がったまま、彼女に口づけた。疲れ切って呼吸が乱れているが、エ

スティニアは精一杯彼の口づけに応《こた》える。

「ラシェル、さま……」

ラシェルはエスティニアに微笑みかけると、彼女の涙を指で拭《ぬぐ》った。

「いい子だ、エスティニア。よく耐えたな」

彼に褒《ほ》められ、なぜかこれ以上ないほどに喜びを感じた。エスティニアは自然に口元に笑みを浮かべる。ラシェルは少しして、エスティニアの体から自身のモノを引き抜いた。それとともに蜜口から、白濁に混じって鮮血が流れ落ちる。それは紛れもなくエスティニアが純潔だった証《あかし》。エスティニアはなにも考えられず、強烈な眠気に襲われた。

(だめ……、眠ってはいけないのに)

ラシェルはそんなエスティニアの手を握《にぎ》る。

「初めてで疲れただろう。眠るといい」

そんなことはできないと首を振ったが、眠気のほうが勝ってしまった。

(ラシェル様は、好きになってはいけない方なのに……)

彼は王子で、遠い存在だ。しかしこの気持ちを止める方法がわからない。エスティニアはとても物悲しい気持ちになり、そこで意識は完全に途切れた。

第五章　思慕

　ラシェルに抱かれたエスティニアは、夕食前に彼の部屋を出た。これ以上長居をしてしまっては、周囲に怪《あや》しまれるからだ。彼には強く引き留められたが、深く謝罪して遠慮させてもらった。ラシェルはとても名残惜《なごりお》しそうにし、エスティニアは後ろ髪を引かれる思いで自室へ戻ったのだ。

　そしてその夜。エスティニアは部屋の寝台で横になりながら、早まったことをしたのではないかと一人苦悩していた。考えれば考えるほど落ち込んでしまい、まったく眠れないのだ。ラシェルと一緒にいられて浮かれていた気持ちはとうに消え去り、罪悪感と後悔だけが押し寄せてくる。

（ラシェル様と結ばれることなんて、絶対にないのに……）

　夢物語だとわかっていた。だがその一方で、彼とずっと一緒にいられたら、という淡い希望もあるのだ。二つの相反する気持ちが混在し、複雑な胸中にただただ苦悩する。

（莫大な借金のせいで、いつ爵位や領地を返上しろと言われるかわからない状況なのに）

　借金にまみれた家の娘と王子の結婚など、誰も許してはくれないだろう。王家が借金を肩代わりしてでも欲する、なんらかの利益があるならばともかく、グランエルド家にはそんなものはない。

　もしもあれば、ここまで困った事態にはなっていなかっただろう。いくらエスティニアがラシェルにのぼせ上がっているとはいえ、それがわからなくなるほど理性は失われていなかった。

「ただでさえ銀髪と銀目のせいで縁談がこないのに、その上純潔まで失っただなんて……。弟に迷惑をかける前に修道院へ入りたい」

これ以上彼を好きにならないうちに、離れたほうがいいと思った。だが、まるで重い鎖《くさり》を全身に巻きつけているかのような閉塞感《へいそくかん》を拭《ぬぐ》えなかった。

翌朝、エスティニアはいつものようにラシェルを起こしに彼の部屋を訪れた。彼が快適に目覚められるように物音は最小限にして、湯や手拭《てふ》き用の布などを乗せたワゴンを運び入れる。室内にふわりと漂《ただよ》う爽《さわ》やかな香りは、エスティニアが作った室内香《ポプリ》によるものだ。普段ならば寝室へ真っ直ぐに足を運ぶのだが、エスティニアは部屋へ足を踏み入れたところで立ち止まった。というのも、ラシェルが既《すで》に起きてソファーに座っていたからだ。

「エスティニア。おはよう」

「お、おはようございます、ラシェル様。すぐにお支度を手伝わせていただきますね」

一瞬遅刻してしまったかと焦るエスティニア。だがちょうどそこで、街にある公共の塔より朝を報《しら》せる鐘《かね》が聞こえてきた。遅刻はしていないとわかってほっとする。

「こっちへおいで」

ラシェルに呼ばれ、エスティニアは彼のそばまで歩いた。すると彼に手を引かれ、腿へ横向きに座らされてしまう。

「あ、あの？」

「昨日はまるで夢のようなひと時だった。君が部屋から出て行った後、どれほど寂しかったか……」

手のひらに優しく口づけされた。エスティニアは昨日のことを思い出し、顔を真っ赤にしてしまう。彼の逞《たくま》しい腕の中で、体の奥を何度も突き上げられたのだ。

(ラシェル様に、きちんと言わないと。もうこんなことはやめましょう、って)

そう思っているのに、幸せそうなラシェルに微笑まれると、なにも言えなくなる。

「私も、とても幸福な時間でした」

彼と一緒にいられるのは至福だが、同時に切なくもあった。根本的な問題はなに一つ解決していないからだ。

「そうか。君も私と同じ気持ちで、嬉しく思う。足の怪我の具合はどうだ?」

「はい。一晩眠ったら、かなり痛みが和らぎました」

ラシェルはほっとしたように顔を綻《ほころ》ばせた。

「良かった。でもまだ無理はしないように。もしも怪我が悪化していれば、私は即座に君を休ませるから、そのつもりで」

「は、はい……」

エスティニアは、少しも気を抜くことができない、と顔を引き締めた。

「今日は君の家の借金をどうにかする方法を二人で考えたいんだが、都合はいいだろうか?」

頬をくすぐられながら尋ねられた。

「はい。私のほうは……」

毎朝ラシェルのスケジュールを確認して自《みずか》らの仕事の流れを決めるのだが、今日は急を要するものはない。

「では、後で一緒に王宮の図書室へ行こう。まずは先に、君の体温を感じたい」

これ以上彼と触れ合ってはいけないというのに、エスティニアは唇への口づけを許してしまった。

ラシェルとともに王宮の図書室へやってきたエスティニアは、そのあまりに荘厳な内装に言葉を失った。

壁や柱には草花のブロンズ細工が施《ほどこ》されており、大理石の床はブラウンとオフホワイトの格子模《こうしも》様《よう》。オークで作られた本棚は壁に沿うように並べられ、きちんと装丁された書物が天井高くまで収められている。廊下の中央に並べられた真鍮《しんちゅう》のテーブルの上には燭台《しょくだい》の炎がいくつも揺らめいており、幻想的な空間を演出していた。

「ここなら滅多《めった》に人は来ないから、寛《くつろ》いでいい」

ラシェルの部屋以外で彼と過ごすのは、珍しいことだった。大抵はアランが彼の仕事を補佐するため、エスティニアが部屋の外でラシェルの手伝いをすることはほとんどない。

(凄《すご》い本の数……。弟のルイードが見たら大喜びしそう)

本が大好きな弟を思い出し、エスティニアは口元に笑みを浮かべた。ルイードは小さな頃から生き物や草花が好きであり、それらについて書かれた本を父からもらったときは、何日も夢中で読み耽《ふけ》っていたのだ。懐かしい記憶に浸りながら本棚を眺《なが》めていると、ちょうど弟が喜びそうな草花の本を見つけた。

「……中を見たいけれど、勝手に触るのはいけないわよね……」

それに今は草花の本を読んでいる場合ではない。そう思ったのだが、いつの間《ま》にか横にいたラシエルが本棚から書物を抜き取り、エスティニアへと手渡した。

「読みたいものがあれば、自由に読むといい。手が届かない場所にあるものは私が梯子《はしご》で取るから、君は上がったりしないように」

「ありがとうございます、ラシェル様」

彼も一冊本を手にすると、エスティニアと一緒に、近くにあったベルベットの青いソファーへ座った。ラシェルはグランエルド領について書かれた蔵書を読み始め、エスティニアはいたたまれない気持ちになってしまう。グランエルド家の借金をどうにかするために話をする予定だったのに、エスティニアが手にしているのはなんの関係もない草花の本だ。

(で、でもせっかくラシェル様が取ってくださったんだし……)

エスティニアは自己嫌悪に陥《おちい》りながらも、本のページをめくった。ほとんど見たことがない珍しい草花ばかりが掲載されており、真剣に見入ってしまう。

(クロッカスの花も載ってる。このお花、毎年庭に咲くから私も知ってる。……あれ?)

次のページを開いたところで、エスティニアはかすかに悲しい顔をした。隣にいたラシェルは彼女のわずかな異変を察知し、エスティニアが手にしている本を覗《のぞ》き込む。そこに掲載されていたのは、花が放射状に咲いている絵だった。先端に小さな花が密集しているので、こんもりとしている。

「エスティニア。どうした？　物悲しそうな目をしているが」

「いいえ、このお花の名前を初めて知ったので、驚いたんです」

「花？」

「はい。父と弟と一緒によく行っていた山があって、そこに白と薄ピンクの花をつける植物がたくさん生えているんです。……このお花、エルフィンペニークレス、っていう名前なんですね」

ラシェルは目を見開いた。

「この花が、たくさん咲いている場所があるのか……？」

「そうなんです。シダやその花以外の植物はほとんど育たない山なんですが、これだけが一面に咲く様子はとても綺麗で……。父と弟と一緒になんの花だろうね、っていつも言っていたんです」

故郷の家に戻ったら、弟に教えてあげようと思った。ラシェルは少し考え込む素振りを見せると、ソファーから立ち上がる。

「すまない。少し用を思い出した。君はこのまま部屋へ戻れ」

「え？」

「君の足もまだ痛むだろうし、今日はこのまま部屋で安静にしているんだ」

「そんな……！　お仕事をしないなんて、できません！」

「命令だ。どうしても仕事をするというのなら、私の部屋に閉じ込めて軟禁するから、そのつもりでいろ。わかったな？」

「……わかりません」

エスティニアは、子供のように頬を膨《ふく》らませてしまった。それを見たラシェルは意表を突かれたように笑う。

「ハハッ、なんて顔をしているんだ。君でもそんな拗《す》ねた顔をするんだな」

「どういう意味ですか、それ」

「いや、ころころと表情が変わる様《さま》が愛らしいという意味だ。悪気はない」

ラシェルはエスティニアの腰を抱き寄せると、口づけをした。

「二、三日の辛抱だ。足の腫《は》れがもう少し引いたら、仕事をしてもらう。それまできちんと静養して怪我を治せ。でないと心配で、私も仕事に手がつかない。君を一日中、見張っていたくなる」

それは流石《さすが》に困ると思った。

「……わかりました。では、ラシェル様のお部屋の掃除をした後、自室で大人しくしています」

「君もなかなかに頑固だな。……では、掃除だけ許可する。終わったらじっとしているように」

ラシェルはエスティニアの額《ひたい》へ優しく口づけを落とすと、そのまま図書室を出て行った。エスティニアは彼に口づけをされた額《ひたい》に手を当てて、項垂《うなだ》れてしまう。

(私、ラシェル様に対して我儘《わがまま》になってる……。甘えちゃいけないのに……)

エスティニアは猛省《もうせい》すると、ラシェルの部屋へ向かった。

ラシェルへの想いばかりが深まり、エスティニアは肝心なことを調べられずにいた。

(銀のブローチの持ち主も探さないといけないのに……)

衣装部屋で舞踏会の夜に出会った男性の衣装を見つけたときから、あの夜に出会ったのはラシェルではないかと推測していた。だが今となっては、それもわからなかった。というのも、ラシェルは銀のブローチを庭園の東屋《ガゼボ》で一度見ているはずなのだ。しかしながら彼はなんの反応も示さなかった。

（見たと思うのは私の勘違《かんちが》いで、実は気付いていなかった？）

銀のブローチは衣服のリボンの裏側に今もついている。一度きちんとラシェルに尋ねたかったのだが、どうにもタイミングを逃していた。

ラシェルの部屋の掃除が済んだ後、エスティニアは中庭にある使用人《メイド》宿舎へ戻ってきた。王宮の景観を損ねないように、白い壁と青い屋根で統一された優美な建物だ。床は木製であり、漆喰《しっくい》の壁と相俟《あいま》って温かみがある。男性用の宿舎と女性用の宿舎は建屋自体が分かれており、ほとんどは個室になっていた。夜勤明けで寝ている者もいるため、エスティニアは足音を立てないように廊下を進んでいく。階段を使って二階へ上がると、左手に曲がった。部屋へ通じる扉はどれも装飾のない簡素な木の扉なのだが、きちんと施錠《せじょう》できるように鍵がついている。エスティニアはいつものように自分の部屋へ入ろうと扉の前に立つが、ふと違和感に気がついた。というのも、扉がわずかに開いていたのだ。よく見てみるとドアノブがはずれており、何者かによって壊されたのだとわかる。おそるおそる室内に足を踏み入れるが、幸い中には誰もいなかった。荒らされているかと思ったが、そういうわけでもなく、普段通り飾り気のない小さな衣装簞笥《だんす》や机、そして寝台が並んでいる。エスティニアが使用している部屋は、窓があるおかげで風通しも良く、昼間でも少々薄暗いのを我慢すればそれなりに快適なのだ。

(よかった。窓や家具も壊されていない。……あれ?)

エスティニアは寝台の上に、見覚えのないものが置かれているのを目にした。黄色や茶色、それに白や青などの縞模様《しまもよう》の生地だ。折り畳まれているものを手に取って広げ、エスティニアは絶句した。

(——これって……)

縞模様《しまもよう》の、女性用の衣服だった。しかもただの衣服ではない。娼婦《しょうふ》が着用を義務付けられているものだ。肩に赤いリボンがついているのだが、これも娼婦《しょうふ》だとわかるようにする目印になっている。

エスティニアは思わず手から服を落とすと、すぐそばにあったメモを見た。そこには『ラシェル王子の娼婦《しょうふ》』と書かれており、エスティニアはますます青ざめて両手を口元に当てる。

(一体、誰が……)

胃液がこみ上げ、吐きそうになった。怖くなって部屋を飛び出し、宿舎の外へ向かう。誰がこんな悪質なことをしたのかはわからないが、エスティニアを傷つけるには十分だった。王宮の中へ戻るが、あてもなく廊下を彷徨《さまよ》ってしまう。このようなことをラシェルに相談するわけにもいかず、エスティニアは途中で気分が悪くなってしまった。人気《ひとけ》のない廊下で立ち止まり、蹲《うずくま》る。

(こんなところで座り込んだらいけないのに)

だが部屋へ戻ることはできなかった。悪意のある人物が部屋へ勝手に入ったことが恐ろしい上に、その人物がまだ近くにいるかもしれないと考えたからだ。せめて同じ使用人《メイド》仲間であるマリーに会うことができればいいが、彼女の仕事の邪魔をすることもできない。そうして五分ほどその場にいると、誰かの気配を感じた。

「エスティニア、どうした？　気分が悪い？」

顔を上げると、そこにオレッドがいた。

「……オレッド様……」

「酷《ひど》い冷や汗をかいているじゃないか。立てる？」

「は、はい……」

オレッドに支えられ、エスティニアは立ち上がった。

「少し休んだほうがいい。こっちへ」

彼の案内で、すぐ近くにあった部屋へ連れていかれた。オレッドが王宮へ来た際に使っている客室なのだろう。エスティニアは背もたれに薔薇《ばら》の刺繍《ししゅう》が施《ほどこ》されたソファーへ座らされると、気分を落ち着かせようと大きく息を吸った。

「オレッド様、申し訳ありません……」

「気にしなくていい。……水でももらってきてあげようか？」

「いえ、大丈夫です」

いくら気分が悪いとはいえ、オレッドにそんなことをさせるわけにはいかなかった。エスティニアは早く部屋を出ていかなければと思うが、まだ軽い眩暈《めまい》の症状が取れない。

(頭の中にさっきの衣服がちらついて、忘れられない……)

周囲からは、借金返済のために王子へ体を売っているように見られているのだろうか。もしそうだとすれば、グランエルドの家名に泥を塗っているようなものだ。

（私はお金のために、ラシェル様と体を重ねたわけじゃ……）

考えているとまた少し、息が上がってしまった。オレッドはエスティニアの隣へ座ると、背中をさする。

「エスティニア、どうしたんだ？　なにかあったから、そんな青い顔をしているんだろう？」

オレッドが気遣うように声をかけるが、エスティニアには先ほどのことを言う勇気などなかった。

「いえ……、なにも」

「そう……？　じゃあ、少し横になるといい。息苦しいのなら、前紐を緩《ゆる》めて胸元も楽にしたほうがいい」

胴衣《ボディス》についている前紐を解かれ、白い木綿の前身頃に手をかけられた。そのまま胸元を大きく開かれてしまう。

「あ、だめっ！」

胸元にはラシェルによって刻まれた口づけの痕《あと》があるのだ。慌てて隠したものの、オレッドの驚いた表情から、既《すで》に見られたのだと察する。

「エスティニア……、それは……」

「これは、その……」

絶対に知られてはならない秘密を見られ、焦慮《しょうりょ》に駆られた。エスティニアは部屋を出ようと腰を浮かすが、オレッドに腕を掴《つか》まれてしまう。そのまま、ソファーの上に強引に押し倒された。

「まさか、あの男に強姦《ごうかん》されたのか？」

「え？　ちが……」

「なんてことだ。すまない、私がもっと早く気付いてあげることができていれば……」

彼は勘違《かんちが》いをしていた。エスティニアは強姦《ごうかん》されたわけではなく、同意の上でそうなったのだ。

「オレッド様、あの、待ってくださいっ」

「無理強《むりじ》いをされて、さぞや辛かっただろう。これからは私が君を守るよ。もうあんな男の言いなりになんてならなくていい」

エスティニアは首を振った。

「違いますっ、無理強《むりじ》いなんてされていません！」

「やめるんだ、あいつを庇《かば》わなくていい！」

次の瞬間、エスティニアはオレッドに唇を奪われていた。さぁっと血の気が引き、エスティニアはすぐに顔を逸《そ》らして拒む。

「嫌っ！」

「エスティニア、どうして拒絶するんだ。私ならば、君を救える。体を売って取り入るような真似《まね》など、もうしなくていいんだ！」

エスティニアの首筋へ顔を埋め、口づけるオレッド。エスティニアは彼の発言に傷つき、涙を浮かべる。

（私は、体を売るような真似《まね》なんかしていないっ）

あまりに屈辱的《くつじょくてき》な発言だった。

「取り入ってなんて、いませんっ」

「ラシェルは、君のことなんて本気で好きじゃない。君は騙《だま》されているだけだ」

「騙《だま》されてなんて……っ」

「性処理目的で、都合よく扱われているだけだ！　あいつを信用するな！」

エスティニアの足の間にオレッドの手が滑《すべ》り込んだ。エスティニアは全身が冷たくなるように感じる。

「オレッド様、やめてくださいっ」

「私は君のことが好きなんだ。私なら君を幸せにできる」

内股をさすられて、エスティニアは絶望した。このまま凌辱《りょうじょく》されるなど、冗談ではない。

（ラシェル様以外に触られたくないっ）

胸元に顔を埋められた刹那《せつな》、エスティニアはオレッドの体を強引に押し退《の》けた。彼がソファーから落ちたのを機に、エスティニアは足の痛みを堪《こら》えて部屋の外へ向かって走る。このような状況で、服の乱れになど構っていられなかった。

（オレッド様があんな人だったなんて、知らなかった）

ラシェルから、オレッドに近づかないように注意を受けていたことを思い出した。

『あの男は危ないから無闇《むやみ》に近づくな。でないと、泣かされることになるぞ』

当時は、そんなに重く受け止めていなかった。だがまさかこんなことになるとは、夢にも思わなかったのだ。勢いよく扉を開けて廊下に出た後は、誰かと会わないように細心の注意を払いながら、使用人《メイド》宿舎まで戻った。エスティニアは宿舎の裏にある井戸へ真っ直ぐに駆け寄ると、息を切らせたまま桶で水を汲《く》んだ。そしてそれを頭からかぶる。

「きゃあっ！」

すぐ背後から悲鳴が上がった。誰かいるとは思わず、エスティニアも驚いてしまう。

「……マリーさん？」

「あなたが尋常《じんじょう》じゃない様子で走っていくのが見えたから、慌てて追いかけてきてみれば。どうして頭から水をかぶったりしているのよ！　なにがあったの！」

「……なにも」

「そんなわけないでしょう！　あーあ、ずぶ濡《ぬ》れになって！　体を拭《ふ》く布と、お湯を用意してあげるから、待っていなさい！」

マリーは言うだけ言って、使用人《メイド》宿舎の中へ走って行った。エスティニアはオレッドに口づけられた唇が気持ち悪く、井戸水を再び汲《く》んで何度も唇を洗う。

（ラシェル様以外の人と……）

しばらくすると、マリーが戻ってきた。

「エスティニア、お湯の準備ができたから、こっちに来なさい」

マリーに手を引かれ、使用人《メイド》宿舎の中へ連れていかれた。向かった先は、エスティニアの部屋だ。

「マリーさ……、私、部屋には入りたく……」

抵抗する間《ま》もなく、エスティニアは自室へと戻された。おそるおそる寝台へ視線を向けるが、娼婦《しょうふ》の服はなくなっている。

（ない……。見間違い？）

娼婦《しょうふ》の服の代わりにあったのは、湯の入った洗い桶だった。主に手足を洗うのに使用するものだ。

「一人で洗える？」

「は、はい。ありがとうございます」

「薬、もらってきてあげる。唇が切れてるわよ。あまり擦《こす》り過ぎないようにね？」

唇はヒリヒリし、かすかに血の味がする。

なにがあったのか、マリーは聞かなかった。その気遣いに、エスティニアは心底救われる。先ほどの出来事を尋ねられても、到底話せる内容ではないからだ。決してオレッドを庇《かば》っているわけではなく、エスティニアは本当に言えなかったのだ。オレッドの家は大公爵家であり、しかも王家と縁《ゆかり》のある家だ。もしもここでエスティニアがなにかを言えば、誘惑をしてきたのはエスティニアだと、逆に訴《うった》えられる可能性がある。そうなれば、グランエルド家はどうなるかわからない。エスティニアは血色の戻らぬ顔でマリーが部屋から出ていくのを見ると、布を湯に浸して体を拭《ふ》いた。

（あんなことをされるなんて……）

震えが止まらないほどに、エスティニアは相当なショックを受けていた。

◇

一方その頃。ラシェルは執務室《しつむしつ》でアランとともに仕事をしていた。

「ラシェル殿下。今日は随分と上機嫌のようですが、なにかあったのですか？」

無表情で、平素《へいそ》からなにを考えているのかよくわからないアランが、唐突にラシェルへと質問した。彼はとある場所へ宛てて手紙を書いている最中だったが、羽ペンでサインを入れたところで手を止める。

「エスティニアのことを考えていただけだ。……それはそうと、エスティニアが私の部屋を荒らした犯人だと濡《ぬ》れ衣《ぎぬ》を着せられた件だが、周囲から冷たくあしらわれたりしていないだろうか？」

「はい。彼女の真面目で優しい性格が幸いし、いじめの兆候《ちょうこう》などもありません。ラシェル様のスケジュールをこまめにチェックして外出の用意を整えたり、掃除や洗濯、来客リストの作成や資料の手配など、他にも機敏に動いては休むことなく仕事をしているので、逆に周囲の者たちが心配しているほどです。他の使用人《メイド》の手伝いもしているようなので、対人関係は良好かと。正直私も彼女がここまで仕事をこなせるとは思ってもみなかったので、驚いています」

「そうか……。お前がそこまで言うのならば、相当だな。くれぐれも無理だけはさせないようにしてくれ。……まったく、この部屋で私のためだけに微笑んでくれていれば、どれだけ私も安心することか……」

「じっと座ってただお茶を飲んでいるだけで満足できる女性に、ラシェル様のお相手は務まらないと思いますが。……次はこちらの書面にサインをお願いします」

アランがラシェルの机の上に政務に関わる文書を置いた時、部屋の外から騒がしい声が聞こえてきた。

「ならぬ。殿下より、危急《ききゅう》の用件以外は通すなと言われている。どうしても伝えたい用があるのならば、家政婦長にでもお願いしろ」

「そんな……！　大事な用件なんです！」

アランは眉を顰《ひそ》めた。どうやら部屋の前を護衛している兵士が女性と言い争っているようだ。

「どうせまた、殿下へ恋心を募《つの》らせた使用人《メイド》がやってきたのでしょう。追い払います」

無駄のない身のこなしで、アランは部屋の外へ通じる扉を開いた。扉の前に立っていた兵士はぎょっとして振り返る。

「アラン様……っ。申し訳ありません、騒々《そうぞう》しくしてしまい……」

アランは兵士と話をしていた若い使用人《メイド》を見た。

「マリーじゃないですか」

そこにいたのは、エスティニアの面倒を任せておいたマリーだった。彼女は切羽《せっぱ》詰まった様子であり、ただならぬことがあったのだとすぐにわかる。

「ラシェル殿下に、会わせてください。お願いします」

アランは意見を仰《あお》ぐようにラシェルを振り返った。ラシェルも誰が来たのかを知って、頷《うなず》く。

「通せ」

「失礼します」

マリーは両手に色鮮《あざ》やかな縞模様《しまもよう》の服を持っていた。ラシェルはそれがなにかをすぐに察し、怪訝《けげん》そうにする。

「それは？」

「エスティニアの部屋の扉が何者かによって壊され、室内にこれが置かれていました」

マリーが手にしていたのは、エスティニアの部屋に置かれていた娼婦《しょうふ》の服だった。一緒に置かれていたメモをラシェルへ渡し、服はアランへ渡す。アランは嫌悪感を込めて、服を見つめた。

「ラシェル殿下、一体誰がこのようなことをしたのか、すぐに調べさせます。昼間は宿舎へ出入りする者も少ないですし、その時間帯を狙っての犯行でしょう」

ラシェルもまた、不機嫌さを隠そうとはしなかった。

「エスティニアは？　今どうしている？」

マリーは言いにくそうにした。

「自室にいます。服を見たかどうかは、わかりません」

「……そうか」

「実はさっき、あの子が辛そうな表情でどこかへ走っていくから、気になって後を追いかけたんです。そうしたら服を着たまま、冷たい井戸水を頭からかぶり始めて……」

「井戸水？　なぜそんなことを？」

「わかりません。すぐに止めたんですが、明らかに様子がおかしくて……。よく見たら血が滲《にじ》むまで唇を擦《こす》っているし、服装も乱れていて滅茶苦茶《めちゃくちゃ》で……。もしかすると、誰かに乱暴をされたんじゃないかと思って心配で……」

ラシェルはすぐに椅子から立ち上がった。エスティニアは足を怪我しており、まだ走ったりなどできないはずだ。だが、そうしなければいけなかった。

「エスティニアのところへ行く。このことは誰にも他言しないように」

「はい。承知しています」

ラシェルは部屋から出て行った。

◇

エスティニアはオレッドに触れられた部分が気持ち悪く、布でずっと擦《こす》り続けていた。肌は赤くなって痛むが、それでも布で拭《ふ》くのをやめられない。

「……うっ」

悔しいから泣きたくないというのに、涙が止まらなかった。室内に何者かが踏み入ったことも恐ろしく、今も誰かが侵入してくるのでは、と神経過敏《しんけいかびん》になってしまう。ただでさえ恐ろしい目にあったのに、オレッドから受けた仕打ちのせいで、エスティニアの心はボロボロだった。

「エスティニア。いるか？」

部屋の外から男性の声がした。ここは女性用の使用人《メイド》宿舎であり、男性が入ってくるなどありえない。しかも外から聞こえた声は、ラシェルのものだ。

(嫌……、こんな姿、ラシェル様にだけは絶対に見られたくない)

窓から逃げようにも、ここは二階だ。もしも落ちたら大変なことになってしまう。

「は、はい、ラシェル様。なんのご用でしょうか?」

「ここを開けてほしい」

「ラシェル様、ここは女性用の宿舎です。それに、ラシェル様がいらっしゃっていい場所ではありません。後ほどお伺《うかが》いしますので、どうか宮殿へお戻りください」

「エスティニア」

「どうか、お願いします。今、取り込み中でして……」

切なる声で告げた。だがその願いは聞き届けられることはなく、ラシェルは部屋の扉を開けて入ってきた。ドアノブが壊されているため、鍵はかかっていなかったのだ。

「ラシェル、さま……」

エスティニアは驚いて、恐ろしいものを見たような顔をしてしまった。上半身の服を脱いだままの姿だったため、ラシェルに背を向け、胸元を隠して俯《うつむ》く。ラシェルは扉を閉めると、エスティニアの隣へ座った。エスティニアはその間に慌てて服を着る。

「エスティニア。なにがあった。……肌をそんなに赤くなるまで擦《こす》るだなんて……」

彼の顔を直視できなかった。一体どう話をすればいいのか、それさえもわからない。

「これは、えっと……」

「私以外の男から、口づけを受けたのか？」

その問いに、エスティニアは胸が酷《ひど》く痛んだ。涙がこぼれ、服に染みを作る。

「……っ」

「責めているわけじゃない。誰がそんなことをして君を傷つけたのか、知りたいだけだ」

「申し訳ありません。それは、言えません……」

ラシェルに真実を話せないことが、とても苦しかった。

（私さえ我慢して口を噤《つぐ》んでいたら……）

だがそう簡単に割り切れるようなことではない。たまたま運よく逃げ出せたが、もしかすると酷《ひど》いことをされていたかもしれないのだ。エスティニアの体は未だ震えが止まらず、顔色も悪い。

「わかった。言いたくないのなら、構わない」

ラシェルに隠し事をしたいわけではない。だが結果的にそうなってしまったことで、エスティニアは自分を責めた。

（私に隙があったから、オレッド様にあんなことをされたのかな……）

ラシェルはエスティニアの頭を撫《な》でた。エスティニアはつい、心にもない質問をしてしまう。

「ラシェル様にとって私は、性処理目的の道具なんですか？」

オレッドに言われたことが、胸に刺さっていたのだ。彼はそんなことをするような人ではないと信じているが、このときばかりはエスティニアも冷静さを失っていた。

「馬鹿なことを。そんなわけがないだろう」

「だって、周りから私は、娼婦《しょうふ》って思われてるんです。お金のために簡単に体を許すような女って……」

「周りのことなど気にするな。私は純粋に君のことが好きだから、触れたいと思ったんだ」

その言葉に、エスティニアは少し遅れて反応を示した。

「今、なんて……」

隣にいるラシェルへと顔を向けた。彼はエスティニアの頭を撫《な》でながら、真面目に答える。

「君のことが好きだ。初めて会ったときから、ずっと想いを寄せていた」

彼の口から初めて聞く告白だった。

「ラシェル様が、私を……？」

エスティニアが呆気にとられたように呟《つぶや》くと、ラシェルは苦笑していた。

「君はどうなんだ？　私のことを、どう思っている？」

（それってつまり、私とラシェル様は、両想いということ？）

予想外の告白に驚いたものの、素直に嬉しかった。エスティニアも彼に好意を抱いていたし、彼に恋をしているという自覚もあったからだ。

（私も、ラシェル様のことが……）

すぐにでも好きだと答えたかった。だがそう伝えようとして、躊躇《ちゅうちょ》する。というのも、もしここで想いを告げたとしても、誰も決して幸せにはなれないと思ったからだ。多額の借金がある家の娘と王子が恋仲だと知れ渡れば、王家にとってこれ以上ない醜聞《しゅうぶん》となる。周囲に反対され、最悪の場合エスティニアは強制的に修道院へ入れられる可能性がある。弟は貴族社会から爪弾《つまはじ》きにされ、大変な苦労を強《し》いられることになるだろう。

「それは……」

彼は真摯《しんし》な態度で気持ちを明かしてくれたというのに、答えられなかった。

(ラシェル様に、もうこういうのはやめましょうって、話をしなければいけないのに)

彼のことを好きになっていく自分が抑えられず、苦しかった。自分も同じ気持ちだと打ち明けられたら、どれほどいいか。

「エスティニア。君と両想いだと、私が勝手に錯覚しているだけならば、どうかこのキスを拒んでほしい」

ラシェルに顎《あご》を軽く持ち上げられた。だがエスティニアはすぐにはっとして、青ざめてしまう。

「ま、待ってくださ……私、他の男性からキスをされてしまって……。汚いから、ダメです」

「君を汚いだなんて思ったことはない。いいから、黙れ」

口づけを受けた。エスティニアは感極まって、再び泣いてしまう。

「……っ」

唇が離れた後、エスティニアは涙を指で拭《ぬぐ》った。ラシェルも指で拭《ぬぐ》い、ふんわりとした表情を浮かべながら笑う。

「ふふ、私の小夜啼鳥《ナイチンゲール》は本当によく泣くな。初めて会ったあの夜もそうだった」

「あの夜……？」

エスティニアの脳裏に、舞踏会の夜の出来事が鮮明に浮かび上がった。

『悲しい声で泣く小夜啼鳥《ナイチンゲール》は君か？』

そう言って声をかけてきてくれた、ブローチの男性。

（やっぱり、ラシェル様があのときの男性なの？）

もしそうだとすれば、彼はエスティニアがあの夜に出会った相手だと気付いていることになる。

だが、どうしてエスティニアだとわかるのか。仮面《カシュネ》を取ったのは帰りの馬車の中であり、宮殿内では素顔をさらしていない。確かに銀ブローチを持っているが、あの夜に会ったのがエスティニアだと確信は抱けないはず。なぜなら特徴的な銀髪もかつらで隠し、銀の目も仮面《カシュネ》で目立たないようにしていたからだ。それに、身分がわかるような紋章《シンボルマーク》の類《たぐい》も一切身に着けていなかった。

「どうした？　なにか考え事か？」

「……いえ、私に銀髪と銀目以外になにか特徴があるのか、考えていただけです」

それ以外に自分だとすぐにわかるものなど、想像すらつかなかった。

「特徴？　君はまるで小夜啼鳥《ナイチンゲール》のような、美しい声をしているではないか」

ラシェルはエスティニアの喉元をくすぐった。

「きゃ、ラシェル様……っ」

喉を触られるのはくすぐったかった。ラシェルはエスティニアの頬へ手を添える。

「ほら。とても愛らしい啼《な》き方をする」

「私は、鳥ではありません……っ」

首をぶんぶんと振って、くすぐってくるラシェルの手を避《よ》けた。ラシェルは少しばかり残念そうにした後、小声で呟《つぶや》く。

「君は発音が綺麗だから、北方の生まれだとすぐにわかる。それに私は君の声を一度たりとも忘れたことがない」

首を振っていたエスティニアは、彼がなにを言ったのか聞き取れなかった。

「ラシェル様。今、なんて……」

「君を恐ろしい目にあわせ、悲しませた男に殺意を覚える、と言ったんだ。……すまなかった。助けてやれなくて」

「ラシェル様のせいでは……。隙のあった私が悪いんです」

「なにを言う。君は被害者だ。……今日のことは早く忘れろ。あと、部屋は変えてもらえるように手配する。……すまない。先日賊《ぞく》が入ったばかりなのに、宿舎には見張りの兵を置いていなかった」

エスティニアは目を丸くした。というのも、部屋に誰かが入ったことは、マリーにさえ言っていないからだ。

（自分のことで頭がいっぱいだったから失念していたけど、ドアノブが壊されていたんだった。マリーさん、お湯を運び入れてくれたときに、誰か侵入したってすぐ気付いたわよね。じゃあ娼婦《しょうふ》の服は見間違いではなくて、マリーさんが片づけてくれたんだ……）

ラシェルがここへ来たのも、おそらく彼女が呼んでくれたからだろう。エスティニアは彼女の心遣いに、深く感謝する。

「どうか謝らないでください。使用人《メイド》宿舎に誰かが忍び込むなんて、誰も考えませんし……」

位が高い使用人《メイド》の部屋ならともかく、エスティニアの部屋には盗めるようなものなどなにもない。

「ひとまず、この部屋を出よう。この場所に君を一人でいさせるなんて、私が耐えられない」

エスティニアは大丈夫だと訴《うった》えたが、問答無用で部屋から連れ出された。


ラシェルの部屋に連れてこられたエスティニアは、昨日怪我をした足の包帯を取り換えた。水をかぶったせいで、包帯もびしょ濡《ぬ》れになっていたからだ。その後はソファーで、ラシェルに肩を抱き寄せられながら優しい言葉をかけられ、蕩《とろ》けるような甘い口づけを何度も受けた。彼から与えられる口づけはエスティニアを労《いた》わるようで、強張《こわば》っていた心が落ち着いていく。未だ戸惑いと恥ずかしさを覚えるが、それを上回る心地よさがあった。

「エスティニア。私に触れられるのは怖くないか？」

「大丈夫、です。むしろ、ラシェル様に触れられていると、安心します」

「そうか。私もこうして君に触れていると、安心をする」

とても恐ろしい目にあったばかりのエスティニアにとって、彼の慰《なぐさ》めを拒むことなどできなかった。ラシェルはエスティニアの頬や鼻先、瞼《まぶた》の上に口づけをする。

（ラシェル様って、いつも体温が高い）

彼に耳朶《じだ》を食《は》まれ、舐《な》め上げられた。それだけでエスティニアの体温も上がってしまう。

「ん……、ラシェルさま……」

耳の輪郭《りんかく》を丁寧に舌でなぞられた。エスティニアは体がふるりと震え、無意識のうちに仰《の》け反《ぞ》ってしまった。だがラシェルによって肩を抱かれていたので、逆に引き寄せられる。そうして、ラシェルはエスティニアの耳へと舌を入れた。

「君があまりにも可愛すぎて、もっと感じている顔を見たくなる」

耳に与えられる淫靡《いんび》な刺激は、エスティニアの意識をぼんやりとさせた。

「ん……ふ、や、ラシェルさま、そこは……」

「君は耳も弱いのか」

楽しげな呟《つぶや》きがすぐ耳元で聞こえ、カッと顔が熱くなった。逃げられないようにしっかり抱きしめられたまま耳を弄《なぶ》られ続け、エスティニアは小動物のようにふるふると縮こまってしまった。耳を舐《な》められているだけだというのに、両足の間がむずむずとする。

(私、どうしたんだろう。最初と比べてどんどん敏感になってる気がする)

彼に淫乱だと思われたくなくて、貞淑《ていしゅく》な女性として振る舞いたかった。けれども、彼に服の上から胸を掬《すく》うように揉《も》まれ、ますます体のほうは快楽への欲求が高まってしまう。そうしてエスティニアの口から甘い吐息《といき》が漏《も》れたとき、ラシェルがエスティニアの服を脱がそうとしてきた。その刹《せつ》那《な》、オレッドに服を脱がされかけたときのことを思い出し、過剰に反応してしまった。服を脱がそうとしたラシェルの手を振り払ってしまったのだ。

「……あ、ごめんなさ……」

恐怖に怯《おび》えた目を向ければ、ラシェルは辛そうにした。

「大丈夫だ、エスティニア。君の望まないことはしない。今日はやめておこう」

彼はなにも悪くないというのに、申し訳なさそうにしている。エスティニアはラシェルの手をぎゅっと握《にぎ》ると、彼の指先へ口づけた。

「ごめんなさい、ラシェル様。少し、びっくりしてしまっただけなんです。私は平気ですから、このまま続けてください。……どうか、今日のことを忘れさせてほしいんです」

「エスティニア……」

「忘れたいんです……」

涙声で言うと、ラシェルはエスティニアの手を握《にぎ》り返した。

「わかった。ベッドへ行こう」

ラシェルに手を引かれ、寝室へ移動する。ラシェルの寝台に腰かけたエスティニアは、自分から服を脱ごうとした。だがその指先は震えてしまい、前身頃の紐をうまくはずすことができない。それを察して、ラシェルが手伝った。

「ありがとうございます、ラシェル様……」

「いいんだな？　本当に」

「はい」

エスティニアは上を向かされ、ラシェルに口づけされた。その間に彼はエスティニアの服を器用に脱がしていく。そしてすぐさま仰向《あおむ》けに倒された。青い絹のシーツはほんのり冷たく、滑《なめ》らかな質感が伝わってくる。ラシェルも上衣をすべて脱いでエスティニアの上へ覆《おお》いかぶさると、エスティニアの首筋へ顔を埋めて愛撫《あいぶ》を始めた。

「エスティニア。君が思い出すのは私のことだけでいい。私が忘れさせてやる」

いつものそっと触れるような優しい愛撫《あいぶ》ではなかった。ラシェルはエスティニアの首筋に、まるで噛《か》みつかんばかりに情熱的な口づけをしていく。

「ラ、ラシェル、さま……っ？」

ラシェルは鎖骨に強く口づけて痕《あと》を残した。それは普段の衣服では隠せない場所で、エスティニアは焦ってしまう。

「どうした、エスティニア」

「困りますっ、そこは、見えるところじゃ……」

「……あぁ、どうしたことだ。君の柔肌《やわはだ》に、虫刺されがあるではないか。後程、薬を処方してもらおう。本当に悪い虫だな」

彼は悪びれるどころか、素知らぬ顔でエスティニアの両胸を揉《も》み始めた。体が大きく揺すられるほど大胆な揉《も》み方だ。ほんの少し痛いぐらいなのだが、逆にそれがエスティニアを陶酔《とうすい》させた。

「っ……あ、んぅ、……や……ぁん」

自分でも驚くほど艶《なま》めかしい、濡《ぬ》れた声を出してしまい、エスティニアは羞恥心《しゅうちしん》でいっぱいになった。けれどもラシェルはそれが気に入ったのか、満足そうに笑う。

「今日の君は、随分と色香を振りまいてくれるな。劣情《れつじょう》を掻き立てられる」

眼下で自分の胸が淫猥《いんわい》に形を変えて躍《おど》る様《さま》を、エスティニアは思わず見つめた。あまりにも卑猥《ひわい》な光景で、それが余計に情欲を煽《あお》る。彼の厚い手で胸が揉《も》みくちゃにされ、エスティニアはさらに艶《つや》のある声を発した。

「や……はっ、ぅ……ん、く」

胸の突起がいやらしく誘うように勃《た》ち上がっていた。まるで真珠のような形のいいその突起は、ピンク色にぷくりと膨《ふく》れ上がっている。ラシェルはそれを愛《め》でるように眺《なが》めていた。それが異様に恥ずかしく、エスティニアは両手で胸を隠そうとした。だが彼はそれを咎《とが》めるかのように、エスティニアの胸の突起を指でつまむ。

「エスティニア。君の胸が私に食べてほしいと訴《うった》えている。ほら、よく見ろ」

「ち、ちが……っ」

否定すれば、ラシェルはエスティニアの胸の突起をクニクニと転がした。それとともに、エスティニアの全身に、まるで雷にでも打たれたかのような快楽が走り、視界が明滅する。反射的に腰が跳ね上がってしまうが、ラシェルは気にしないようだった。

「君の胸にあるこの淫《みだ》らな乳首《にゅうしゅ》は、私に揉《も》まれて喜んでいるように見える。……ほら、また硬くなった。わかるだろう?」

「いや……っん、ラシェル、さま、言わないで……っ」

なんという辱《はずかし》めなのかと、エスティニアは逃げ出したかった。けれども彼に与えられる快感の渦《うず》には抗《あらが》えず、もっとしてほしいと体が求めてしまう。

（ラシェル様にこんな姿を見られてるって考えただけで、頭がどうにかなってしまいそう）

足の間が酷《ひど》く疼《うず》いた。

「エスティニア。そろそろ濡《ぬ》れてきているんじゃないのか？」

まるで見透かしたかのようにそう指摘され、エスティニアは戸惑った。彼に淫女《いんじょ》だと思われたくなくて、濡《ぬ》れてなどいないと首を振るが、それはあり得ないとわかっている。けれども、必死に否定した。

「い、いえ……っ」

「ならば、調べてみよう」

ラシェルはエスティニアの両足の間へ、するりと手を滑《すべ》らせた。秘裂の上をそっと撫《な》でられ、それだけでひくりと下半身が反応を示す。ラシェルは手を持ち上げると、エスティニアにそれを見せつけた。ラシェルの指先が、しっとりと濡《ぬ》れているのは明らかにエスティニアの体内から溢《あふ》れた淫水によるものだ。

「ちが……」

否定したところで、それが自分のものだとわかっていた。ラシェルは少し呆れたように微笑む。

「違うのか？　そうか、ならば君のものだとはっきりと教えようか？」

嫌な予感がした。そんなことはしなくてもいいと首を振るものの、両足を開かれてしまう。まさかと思って起き上がろうとするが、ラシェルの指が秘裂を割った。それとともに彼はエスティニアの足の間へ顔を埋める。

「や、やめ、ラシェル様っ、それだけは……っ、お願いですから……っぁあ！」

「エスティニア、私に舐《な》められることに慣れろ」

強く言われてしまった。ラシェルはエスティニアの秘裂を指で割りながら、襞《ひだ》を一枚ずつ丁寧に舐《な》め始める。

「いや、ラシェルさま、恥ずかしいです……っ！」

会陰から花芽に到達するギリギリのところを、ラシェルはわざとらしく音をたてながら、舌で往復し始めた。エスティニアはその度に腰が跳ね、喜悦《きえつ》の声を上げてしまう。

「嫌がられると余計にしたくなるのだが、それをわかっていて故意に嫌がっているのか？」

からかわれ、エスティニアは泣きそうになった。彼は既《すで》にエスティニアの感じる部分を知り尽くしているのか、気持ちがいい場所だけを巧《たく》みに探《さぐ》り当てるのだ。エスティニアの身体はどんどん鋭敏になっていき、とろとろの液が体内から溢《あふ》れ出る。

（いつものが、来てしまう……っ）

秘裂を往復するように舐《な》められているだけだというのに、軽く達してしまった。ラシェルが意外そうにしつつ、くすくすと笑う。

「わ、笑わないでください……」

「いや、すまない。今日の君はとても感度がいいのだと思って」

「ごめんなさい……」

「別に悪いことではない。もっと素直に快楽を享受《きょうじゅ》すればいい」

ラシェルはエスティニアの花芽をそっと口に含み、舌の表面を擦《こす》り付けた。先ほどとは比べ物にならぬほどの愉楽《ゆらく》に、エスティニアは悲鳴にも似た喘《あえ》ぎ声を発してしまう。

「ひゃ……んっ、あぁあっ、んぅ」

彼の唾液によって滑《すべ》りがよくなった花芽は、ちろちろといたぶられていた。一度軽く達したのが嘘のように、下半身に熱が集まっていく。エスティニアの体は欲求に忠実で、彼の奉仕に従順だった。

（ラシェル様の舌が、当たってる……っ）

それだけでも十分気持ちがいいというのに、ラシェルはエスティニアの蜜口に手を当てた。淫水を指につけると、蜜孔の中へと指を入れ始めたのだ。

「もう、中がぐしょぐしょだ。……君はさっき否定したが、中は洪水のようになっている」

「い、言わないで……、ぅう……んっ」

膣内《なか》を指で押される圧覚《あっかく》に、足元より強烈な悦予《えつよ》が駆け上がってきた。最初はゆっくりと圧迫されていたのだが、次第に動きが速くなっていく。耳を塞《ふさ》ぎたくなるような大きな水音が聞こえてくるほどであり、それとともにエスティニアはまたしても達してしまった。だがラシェルが花芽を舐《な》め終える気配がない。

（ど、どうしてやめてくれないの？　もう、むりなのに……っ）

喘《あえ》ぎながら、頭《かぶり》を振った。だがラシェルは止《とど》まることはなく、エスティニアを苛《さいな》む。すると彼がくすりと笑うのが気配で伝わってきて、紅潮してしまう。

「もっとこの快楽を君の体に覚えさせたい。そして、私なしでは生きられなくなればいい」

知らぬ間に、とても残酷なことをされていた。だがエスティニアはもうとっくに、彼なしでどう生きればいいのかわからなくなっている。

「……んぁふっ、ラシェル、さま、酷《ひど》いこと、しないで……っ」

膣内がうねるのがわかった。そこは彼の指を嬉しそうに銜《くわ》え込み、離そうとしないのだ。ラシェルはまるで子犬でも可愛がるように、優しく蜜壁を指で撫《な》でていた。そして指を二本入れて蜜孔をぐちゅりぐちゅりと圧迫し始める。エスティニアは首を振って、強すぎる快感に耐えた。

（こんなの、拷問《ごうもん》……っ）

花芽を吸われ、エスティニアの膣内がぎゅっと締まった。これまでで一番の凄烈《せいれつ》な絶頂が押し寄せ、エスティニアは達してしまった。

「凄《すご》いな。私の指を食いちぎらんばかりだ」

もう動けないというほどに体が疲れ切り、額《ひたい》にはじんわりと汗が浮いている。花弁はひくついており、手足はだらしなく弛緩《しかん》してしまった。ラシェルは顔を上げると、まるで包み込むような温かい眼差《まなざ》しでエスティニアを見つめる。

「はぁっ、はぁっ……」

気を失ってしまいそうなほどの快楽の波にたゆたっていると、ラシェルが下衣を脱ぎ始めた。

「……すまないが、私もそろそろ限界だ。君の感じている可愛い表情を見ていたら、こんなになってしまった」

昨日見たときよりも、膨張《ぼうちょう》した雄芯があった。エスティニアは思考が停止してしまう。何度も絶頂に導かれ、これ以上はできないと思ったからだ。

「ま、待ってくださ……、ラシェルさま、今は……」

昨日したばかりだが、交接への恐怖がなくなったわけではない。

「待たない。それに、今日は君を何度も気持ちよくすると決めた。……ほら、私のも早く君の中へ入りたいと言っている」

それは先走りで濡《ぬ》れ、痛そうなほどに張りつめていた。エスティニアは泣きそうになりつつ、小さく頷《うなず》いて承諾する。

「あ、あまりいじめないでくださいね……？」

「善処しよう」

口ではそう言いつつも、それを守るつもりはなさそうだった。ラシェルはエスティニアの蜜口へ己《おのれ》の猛《たけ》った肉芯をあてがうと、淫《みだ》らな水を擦《こす》りつける。そして準備を整え、エスティニアの腰を支えながら小さな蜜孔へとずぶずぶと侵入していった。

「ひ……ぁっ、きつ……い、いや……っ」

昨日よりはスムーズに入っていくが、それでもきつかった。ラシェルの重量感ある雄芯が脈打つのがわかり、挿《い》れられただけで恐ろしいほどの満足感を得てしまう。そうして前回よりもわずかに早く奥へ到達し、ラシェルは息を吐いた。

「今日は、昨日よりももっと深く君と繋がりたい」

なにをするのだろうと思っていると、ラシェルは上体を起こして座したままエスティニアの体へと近づいた。彼は自《みずか》らの腰の左右へエスティニアの両足をはさませると、そのままの姿勢で突き始める。それほど強く打たれてはいないのだろうが、エスティニアには十分な力加減だった。

「う、あぁあっ、ん……っ、あ……っふ、ぁん」

昨日は抱き合うように行為をしたが、今日はラシェルは体を起こしたままだった。昨日よりも深く奥へ突き刺さり、頭の中がくらくらしてしまう。

「君のその綺麗な声は、私の情欲をかき立てる。とても甘い美酒のようだ」

奥をグラインドするように何度も突かれた。それはとてつもない快感であり、エスティニアの思考を奪い去っていく。呑み込めなかった唾液が口の端からこぼれてしまい、だが自分ではどうにもできない。不安になってラシェルに向かって手を伸ばせば、ラシェルはその手を握《にぎ》り返してくれた。

「らしぇ、るさま……っ、んぅ、あぁんっ、ふ……！」

ぐちゅりぐちゅりと淫猥《いんわい》な音を響かせながら、ラシェルはエスティニアの蜜道に己《おのれ》の肉棒を突き立てていた。なにもわからなくなるほどに下から突き上げられ、エスティニアは朦朧《もうろう》としてしまう。繋がれた手は穿《うが》たれる度に引っ張られ、奥までしっかりと彼の雄芯が入ってきた。快楽によって下がった子宮が打たれ、壮絶な恍惚感《こうこつかん》をもたらす。

「エスティニア。もう達しそうなのか？　中が締まってきている」

言い当てられ、恥ずかしさで悶《もだ》えた。ラシェルは悪意のなさそうな笑みを浮かべているが、腰から下の動作は決して穏やかではない。

「だ、だめ……」

エスティニアが翻弄《ほんろう》される様《さま》を、ラシェルは楽しげに見ていた。ここでやっと彼に意地悪をされているのだと気付くが、わかったところでどうすることもできない。

（いじめないでって言ったのに……っ）

次第に大きな絶頂の波が押し寄せてきた。幾度も彼の大きな剛直《ごうちょく》で貫《つらぬ》かれ、蜜道は歓喜でうねる。そしてなにも考えられなくなってしまうほどの悦楽を迎え、エスティニアは達してしまった。だが休ませてはもらえず、ラシェルはまだ痙攣《けいれん》している蜜道を蹂躙《じゅうりん》し続ける。

「すまない、エスティニア。疲れているだろうに……」

申し訳なさそうにするラシェル。しかしながら腰の動きは容赦《ようしゃ》がない。エスティニアが疑いの目を向ければ、ラシェルはにこりと笑った。彼は悪びれた素振りは一切見せず、エスティニアの中心を大きく抉《えぐ》る。

「やっ……ぁああっ、ん！」

エスティニアの感度が再度高まってきた直後、ラシェルはエスティニアの中で熱い飛沫《しぶき》を放出した。奥へと大量に浴びせられ、それがまた余計にエスティニアの性的欲求を高めてしまう。

（アソコが、ジンジンしてる……）

エスティニアは、乱れた呼吸を整えようとした。これで落ち着いて休めるとほっとするのだが、なぜかラシェルはエスティニアの体から自身を引き抜こうとしない。

「どうか、しましたか……？　ラシェル様……」

不思議に思って気だるげに問いかければ、ラシェルは首を振った。

「君が私のために頑張ってくれる姿が健気《けなげ》で、愛《いと》おしく思っていたところだ」

「ラシェル様のために頑張るのは、当然です」

「そうか、それを聞いて安心した。たった一回では足りないから、あと二回ぐらいはしたいと考えていたところだ。君の体力を考えれば、ギリギリ耐えられる回数だと思うのだが」

ラシェルはとてつもなく恐ろしいことを言い始めた。それも、真顔でだ。

「に……っ？　じゃ、じゃあ、その前に一旦休憩を挟みませんか？　私、クタクタで……」

「ダメだ。休ませたら君は眠ってしまうだろう？　眠っている君を抱いても面白くないからな。君には悪いが、このまま起きていてもらう」

「そんな……っ」

ラシェルはエスティニアの指先に口づけた。同時に彼の雄芯が滾《たぎ》ってくる。

「エスティニア。今日も私のために可憐《かれん》な声で啼《な》いてほしい。君の美しい声を聞くためならば、私は何度でもこの体を捧げよう」

どきりとするような甘い言葉を告げられたものの、裏を返せばエスティニアが泣くまでやめない、ということだ。エスティニアとしては喜べない状況で、首を振って抗議する。

「い、いいえ、いいえっ！　そこまでしていただかなくとも……」

「遠慮するな。君だってまだ、中が疼《うず》いているのだろう？　私が満足させてやるから、心配しなくていい」

エスティニアが遠慮の言葉を口にする前に、ラシェルは抽挿《ちゅうそう》を再開した。

結局、エスティニアが解放されたのは深夜を過ぎてからであり、二回どころか休憩を挟んで四回もされてしまった。流石《さすが》に疲労で動くことができなくなり、エスティニアは彼の部屋で朝を迎えたのだった。

第六章　初めての恋

ラシェルに好きだと告白されたエスティニアだが、どうすればいいのか答えを出せないでいた。彼への想いを何度も断ち切ろうとしながらも、どうしてもできなかったのだ。だが一日中彼のことを考えているわけにもいかず、仕事をしながら借金の返済方法を探しに図書室へ通ったり、わずかでも借金の足しになるようにと内職もしていた。だがそんな努力を嘲笑《あざわら》うかのように、借金の返済日が刻々と迫ってきていた。

エスティニアがラシェルに初めて抱かれてから、十日が経った。ラシェルからは、毎日過保護なほど身の回りに変わったことはないか心配され、彼の仕事中はアランかマリーのどちらかと必ず一緒にいるように言われている。エスティニアとしても誰かと一緒のほうが安心でき、仕事に集中することができた。

(今日はラシェル様、大切な方と会うって言っていたけれど、一体どなたなんだろう……)

いつもならばアランがラシェルの予定を詳細に教えてくれるのだが、今日はあまり伝えてもらえなかった。エスティニアは気になりつつも、お仕着せを着用して仕事の準備をした。使用人《メイド》宿舎には衛兵が立つようになり、エスティニアの部屋と鍵も変更された。しかしながらエスティニアは宿舎へはほとんど戻れていない。理由は、ラシェルが帰してくれないからだ。昨晩も彼の寝室で体を重ね、エスティニアは激しく愛された。

(……ラシェル様に何度抱かれても慣れない……)

エスティニアはラシェルと夜を過ごすようになって、一つわかったことがあった。それは彼の寝起きが非常に悪いということだ。アランから聞いてはいたものの、エスティニアが起こしに訪れたときはすぐに目を覚ましてくれていたので、そんな風に思ったことは一度もない。しかしながらそれはエスティニアの勘違《かんちが》いで、ラシェルはエスティニアと同じ寝台にいると、何度起こしても目を覚まさない。それもエスティニアを抱き込んだ姿勢のまま動いてくれないのだ。

(ラシェル様がきちんと起きてくれるように、なんとかしないと……)

彼が起きてくれないというのは、悩みの種になりつつあった。抱きこまれたまま動けないため、エスティニアも起きられないからだ。

そんな彼が、今日は珍しく先に起きて、部屋を出て行ってしまった。物音を立てないように静かに部屋を出たらしく、エスティニアが起きたときには既《すで》にシーツが冷えていた。

（私、もしかして怒らせるようなことをしたのかな……。もしそうなら、ラシェル様にきちんと謝らないと……）

不安に思いながら、部屋の空気を入れ替えようとした。そこでエスティニアは窓辺に木犀草《レセダ》の花束が置かれていることに気付く。甘く芳醇《ほうじゅん》な香りがすることで知られているこの花は、放射状になった雄しべの束を囲むように白い花弁をつけるのだ。それを見たエスティニアは、はっとした。

「今日は、五月祭だ……」

五月祭は夏の豊穣《ほうじょう》を予祝《よしゅく》する祭りだ。そして男性が意中の相手がいる部屋の窓辺に、木犀草《レセダ》や樫の枝などを届ける日でもある。それらには、あなたに惚れているという意味があり、男性たちは愛の告白手段として使っているのだ。宮殿でも数日前から五月祭の準備がされており、エスティニアも手伝った。

（ラシェル様はこれを置くために、早起きをしたの……？）

エスティニアは切ない気持ちになってしまい、目を潤《うる》ませた。

ラシェルの部屋の掃除やシーツの交換などを済ませたエスティニアは、備品のチェックをした。

「蝋燭《ろうそく》を補充しておかないと……」

イグサを芯にした蜜蝋《みつろう》の蝋燭《ろうそく》をもらいに部屋を出ると、階段の手前で偶然ラシェルと会った。アランがラシェルの数歩後ろに付き従っており、手にはなにかの書類を持っている。おそらく、ラシェルの仕事関係のものだろう。

「エスティニア？」

「あ、ラシェル様、おはようございます」

五月祭では国王や貴族、そして街の者たちは緑色の服を着用するのだが、ラシェルも例外なく緑色の上衣を纏《まと》っていた。

「ちょうど良かった。君を呼びに行こうと思っていたところだ。今から出かけるから、支度をしてほしい」

ラシェルからそう言われ、エスティニアは目を丸くした。

「え？　今日は大切なお客様がお見えになる日では……？」

「その用件ならもう済んだ」

ラシェルは上機嫌な様子だった。仕事が上手くいったのだろうと察し、エスティニアも嬉しくなってしまう。

「私もご一緒してよろしいのですか？　お邪魔では……」

普段ラシェルがどこかへ外出する際は、必ずアランを連れていく。アランは礼儀作法などに精通しており、ラシェルのフォローや細《こま》かい気配りができるからだ。さらに厄介な相手を上手にかわす方法も熟知しており、いざというときには護衛もできる。他の使用人《メイド》がいなくとも、アラン一人で大体事足りてしまうのだ。それを知っているエスティニアは、誘われたことを不思議に思う。

「私が君を邪魔に思うことなどありえない」

「もったいなきお言葉を、ありがとうございます。では、どうかご一緒させてください」

ラシェルは頷《うなず》いた。

ラシェルとともに行くことになったのは、毎年国王が夏に避暑へ行く東の城だった。四頭立ての立派な馬車に乗って移動することになったのだが、エスティニアは豪勢な外観にとても驚いた。黒塗りの外装に、王家の象徴である工ニシダの紋章《シンボルマーク》が金や銀で描かれ、夜でも走行できるように四つのランプがぶら下がっている。中は薄青のベルベットの座席にスミレの刺繍《ししゅう》がされたクッションが置かれ、窓には目隠しと遮光《しゃこう》の役割を兼《か》ねたドレープ状の布がある。

「東の城はかなり古い城だから、経年劣化による老朽化が進んでいてな。最低限の管理だけはしているんだが、今年は大規模な補修工事をすることになったんだ」

「そうだったのですか……。でも、よりによって五月祭の日に行かないといけないなんて……」

「いつもは王宮で饗宴《きょうえん》を催《もよお》すんだが、今年は賊《ぞく》の件を考慮して中止になったんだ。無駄に時間を過ごすよりかは、君とこうして出かけるほうが息抜きになる」

エスティニアとラシェルは並んで座っていた。エスティニアは、同じ馬車に乗るのは恐れ多いと言ったのだが、ラシェルが許さなかったのだ。エスティニアとしてはあまり親密にしているところを見られては立場がまずいことになるため、ラシェルの部屋以外ではできるだけ避けたかった。現に家政婦長からは明らかによくない顔をされてしまったのだが、馬車の中でもきちんとラシェルの世話をするようにと厳しく言いつけられ、同乗することを許された。

エスティニアは香辛料入りの葡萄酒《ぶどうしゅ》をグラスに注《つ》ぐと、ラシェルに手渡した。しかし、ラシェルは葡萄酒《ぶどうしゅ》を口にせず、エスティニアを見つめたまま微動だにしない。

「君は日毎美しくなる一方だな。艶《つや》やかな銀髪も、白雪のような肌も、すべてが愛しくてたまらない。一体どんな魔法を使って、この私を夢中にさせているんだ？」

そんなことを真顔で口にするラシェル。エスティニアは困ってしまうが、なんとか受け流そうとする。

「まぁ、ラシェル様ったら……。お酒を飲まぬうちから、そのような発言をされるなんて……」

「ふふ、すまない。君の可憐《かれん》さに酔ってしまったようだ」

さらりと口説《くど》き文句を言われてしまい、エスティニアのほうが悶《もだ》える羽目《はめ》になってしまった。ラシェルの場合、冗談なのか本気なのか区別がつきにくいのだ。彼は葡萄酒《ぶどうしゅ》を一口飲むと、そのまま恥じらっているエスティニアを眺《なが》める。

「あの、ラシェル様。木犀草《レセダ》の花束をくださり、ありがとうございます。お部屋に飾らせていただきました」

ラシェルは片眉を上げて、微笑む。

「君からすれば、特別目新しくはないだろう？　毎年いろんな男性からもらっていたのではないか？」

「とんでもありません。いただいたこと自体、初めてです」

「本当に？」

「はい。誓って、嘘は申しません」

ラシェルは葡萄酒《ぶどうしゅ》を飲み干すと、エスティニアの唇へ口づけた。

「それはよかった。もしもそんな男性がいたら、嫉妬《しっと》していたところだ」

仄《ほの》かに葡萄酒《ぶどうしゅ》の香りがする口づけだった。それだけで、エスティニアは酔ったような錯覚に陥《おちい》る。

「……ラシェル様こそ、とても女性から慕われているではないですか。私のほうがたくさん嫉妬《しっと》をしています」

彼はいつか相応の女性を迎えることになるだろう。エスティニアとの関係は刹那的《せつなてき》なものだ。ラシェルのことは好きだが、それだけではどうしようもない現実の壁がある。

「君以外の女性は、私の目には映らない。君こそ私への答えを先延ばしにしているだろう？」

「え？」

「私は君に告白した。だが君は、一度も私に返事をくれない。いつになったら、色好《いろよ》い返事をくれるんだ？」

痛いところを指摘されてしまった。エスティニアは気まずくなって、俯《うつむ》いてしまう。しかしながらこれ以上長引かせては、彼に失礼だと思った。

「あの、ラシェル様。そのことですが、もうそろそろ……」

こういう関係は終わりにしましょう、と言おうとしたところで、エスティニアはラシェルに手で口を塞《ふさ》がれた。恐々《こわごわ》と目線を上げて彼を見ると、酷《ひど》くつまらなさそうにしている。

「私は虚言《きょげん》で耳を汚したくはない。もう少し待つから、きちんと君の本心を聞かせてほしい」

そう厳しい声音で言われたきり、彼とは会話が途切れてしまった。

東にある城は、ウェン・ダルディール城と呼ばれていた。広大な森の奥にあり、泉の畔《ほとり》に佇《たたず》む壮《そう》麗《れい》な姿は森のダイヤモンドと謳《うた》われている。いくつもの円塔が並び、白い柱や小窓の周囲には絢爛《けんらん》な装飾がされていた。正面《ファサード》は特に豪華な造りとなっており、花が咲き乱れた庭園と相俟《あいま》って見る者の心を奪う。エスティニアが普段働いているエレンライン宮殿より二回り以上小さな城ではあるが、それでも文句のつけようがないほど見事だった。しかしながらラシェルが話をしていたように、経年劣化による自然摩耗があり、エスティニアの素人目《しろうとめ》で見ても補修工事は避けられない状態だ。

城の中は窓も少なく、全体的に薄暗かった。二百年前に建てられたというだけあり、かなり年数が経っていることがわかる。

(わ。床が剥《は》がれてる……)

歩いている最中、エスティニアはつまずきそうになったが、前を歩いていたラシェルによって抱き留められ、難を逃れる。

「ラシェル様、ありがとうございます……」

「……ここは古い城だから、一階部分の床は漆喰《しっくい》になっているところが多い。足場が悪くなっているところもあるから、気をつけろ」

「はい」

そうして城の中を一通り見て回った後、ラシェルはエスティニアを連れて泉へとやってきた。泉の水面《みなも》は風に揺れており、色とりどりの花が咲いている。泉を囲むように木々が生《お》い茂《しげ》り、水辺では水鳥が優雅に戯《たわむ》れていた。

(ラシェル様は、どうしてここへ来たのだろう……？)

エスティニアは疑問に思いつつも、彼の背中を見つめた。のどかな午後で、護衛も先ほどラシェルが下げたので二人きりだ。

(さっきの馬車の中でのこと、当然怒っているわよね……)

彼の優しさに付け込んで甘えていることに、強い罪悪感があった。さらに借金のことを考えると余計に辛くなり、未来に希望が持てない。

「エスティニア、なんて顔をしている」

いつの間《ま》にかラシェルが目の前に立っていた。

「……え？」

ラシェルはエスティニアの頬を両手で包み込んだ。

「大丈夫だ。きっと、すべて上手くいく」

てっきり彼は怒っていると思っていたのだが、予想に反して穏やかな口調だった。罵倒《ばとう》されたりなじられてもおかしくないぐらいのことをエスティニアはしているのに、彼は責めたりしないのだ。

(なぜ……)

どうしてこんなにも彼は優しくしてくれるのだろうと思うと、エスティニアは堪《こら》えきれずに泣いてしまった。それとともに、不安や恐怖といった負の感情も溢《あふ》れてくる。

「ラシェル様……」

「ん？」

「……私もラシェル様とずっと一緒にいたいのに、隣に立っている自分の姿がちっとも想像できないんです……。それに私の家は明日どうなるともわからぬ状況です。……これ以上ラシェル様のおそばにいたら、私は甘えてしまって、駄目になってしまいます」

「なぜだ？」

「……初めての恋に浮かれて、楽しくて、幸せで……。ラシェル様にも大切にされて、守ってもらえて……。でもこの日々はただの夢で、いつか必ず終わりがくるんです。私は、未だ覚めない夢の中を彷徨《さまよ》っているだけなんです」

誰かを本気で好きになるということが、これほど苦しくて悲しいことだとは知らなかった。

（こんなにも苦しい上に諦めなければいけないというのならば、私は恋なんてしないほうがいい……）

悲観しかできなくなっていた。だがラシェルは深刻な顔をするどころか、感心した表情を見せる。

「君はなかなか詩的めいた表現が上手なのだな。短詩《レー》を読んだ成果だろうか」

「ラシェル様っ、私は真剣に話をしているんです！」

「私も真剣だとも。君のことに関して、私はふざけたことは一度もない。君がどれだけ反発しようと、どれだけ意地を張ろうと、私は君を振り向かせるために何度でも愛を囁《ささや》く。だから、君はなに一つ案ずることなく、私を信じてくれればいい」

彼への想いが募《つの》りすぎていて、一瞬絆《ほだ》されそうになってしまったが、エスティニアは首を横に振った。弟や領民のためにエスティニアができることは、グランエルド家へ援助をしてくれる男性と一緒になることだ。しかしながらそんな物好きはおそらく少ないだろう。最悪の場合、妾《めかけ》になることも厭《いと》わないぐらいの覚悟が必要だ。

しかし彼と出会った今――

（私は、どんどん狡《ずる》くて卑怯《ひきょう》になっていく……。私には責任があるから逃げてはいけないのに、ラシェル様以外の人と結婚なんてしたくないって……）

ラシェルと出会って恋をしたことで、彼以外の男性のことなど考えられなくなってしまった。だが自分一人が犠牲になれば、弟や周囲は幸せになれるかもしれないのだ。ならばラシェルと一緒にいるという選択肢は、どうしても選ぶことができない。

「ラシェル様は、以前私にこう言いました。『我々王侯貴族に、好きな人と恋に落ちて結ばれるなんていう夢物語はありえない』と。……どうして、わかってくれないんですか。これは、終わらせなければいけない夢なんです。私は、あなたと一緒にはいられないんです」

借金による重圧や責任で窒息《ちっそく》してしまいそうだった。それらはまるで鎖のように全身に巻きつき、エスティニアを苛《さいな》み続けているのだ。彼女はその場にいることが耐え切れなくなって、走って逃げだした。彼に八つ当たりしたことで自己嫌悪に陥《おちい》り、身勝手な自分に吐き気がしてしまう。

（最低、私……っ）

真剣に想いを語ってくれたラシェルを傷つけたことが、苦しかった。やはり自分は彼に相応《ふさわ》しくないのだと、再認識してしまう。そのまま無我夢中で走っていると、背後からラシェルが追ってくる気配を感じた。

「エスティニア！」

「お、追ってこないでください！」

「だったら逃げるな！」

まさか追いかけてくるとは、完全に予想外だった。エスティニアはなりふり構わず、全力疾走する。しかし剣の鍛錬や乗馬の訓練を常日頃行っているラシェルに敵《かな》うはずもなく、腕を掴《つか》まれてしまった。ぐっと引っ張られ、木の幹へ背中を押しつけられてしまう。呼吸を荒くしながら彼を見れば、明らかに怒っているのだとわかるほどにムッとしていた。

「あ、謝りませんから……」

意地になって、ついそう言ってしまった。

「ほう……？」

凍えそうなほど冷たい声が、真上から降り注《そそ》いだ。だがエスティニアも態度を崩さない。

「そんな怖い顔をしたって、ダ、ダメです。脅《おど》しにも屈しません」

エスティニアの声は震えていた。というのも、ラシェルの怒気が肌に突き刺すように、ひしひしと伝わってきたからだ。

「君は私のことを怖いと思っているにもかかわらず、他の者たちとは違って私から決して目を逸《そ》らさないのだな」

強い風が吹いた。葉の擦《こす》れる音がし、彼の言葉がうまく聞き取れない。

「え？　今、なんて……」

「……そのまま怒っていろ。私も許すつもりはない、と言っただけだ」

ラシェルは、愉《たの》しそうな表情をしていた。エスティニアを木の幹に体を押しつけたまま、エスティニアのお仕着せの裾《すそ》をめくりあげて内股を撫《な》で始める。

「……っ、ラシェル様、なにを……」

「あまり大きな声を出すな。人払いをしているとはいえ、騒げば衛兵がくる。君は、私との関係を誰にも知られたくはないのだろう？」

「ラシェル様だって、それは同じではないのですか？　イメージを損ねることになりますし、お名前にだって傷が……」

ラシェルはエスティニアの頬へ口づけし、首筋にも唇を落とした。

「そんな些細《ささい》なこと、私は気にしない。君以外の他人がどう思おうと、私にとってはどうでもいいことだ」

下着《シュミーズ》の間に、ラシェルの手が滑《すべ》り込んできた。エスティニアは誰か来ないかと冷や冷やし、抵抗するように首を振る。だが許してくれるわけもなく、ラシェルの手が股の間にある秘裂をなぞり始めた。誰が来るともわからぬ外であるということが焦りを生み出し、エスティニアは必死でラシェルの手を止める。

「そ、外では、やめてください。こんなの、いけません」

「ならば、謝るか？」

「それとこれとは話が別です」

「ならば、私も君の願いをきく義理はない」

エスティニアの制止も意に介さず、ラシェルはエスティニアの秘裂を指で愛撫《あいぶ》し始めた。ここ数日の間で、エスティニアの感じる部分はほとんど知られてしまっている。エスティニアの秘裂をじらすように撫《な》でて、手のひらを花芽にグリグリと押しつけられる。

「……っふ……！」

まともに立っていられぬほどの快感を与えられ、ものの数分で、ガクガクと両足が震えだした。しかし、ラシェルはエスティニアの腰を腕で支えて座らせない。

「君はすぐに濡《ぬ》れてしまうな。それとも、外だからいつもより濡《ぬ》れているのか？」

声を出してはいけないと、必死に喘《あえ》ぐのを我慢した。だがそれがますますエスティニアの感度を高め、悪循環《あくじゅんかん》となってしまう。

「ラシェルさまの、意地悪、大嫌い……っ」

精一杯の抵抗を試みたものの、ラシェルにその悪態が通じるどころか、逆に喜ばせただけだった。

「大嫌い、か。口ではそう言うが、君のここは私の手をとてもお気に召しているようだが？　先ほどから歓喜に打ち震えて、咽《むせ》び泣いている。ほら……」

ラシェルがエスティニアの愛液で濡《ぬ》れた手を見せつけた。エスティニアはこの辱《はずかし》めに首を振る。

「ち、ちが……、違いますっ。それは、私の意思では……」

「強情だな」

再び秘裂へ手を差し込まれ、ぐちゅぐちゅとわざと音を立てるように撫《な》でられた。彼の指は花芽に触れ、捏《こ》ねるように優しく刺激を与えてくる。

「……や……っ、んぅ……」

花芽は、痛いぐらいに張りつめてしまう。だがそれと同じぐらいに、歯がゆいほど甘い快楽がエスティニアを襲う。エスティニアはたまらず、ラシェルの体へ抱きつくような体勢になってしまった。

「君の体はこんなにも正直なのに、どうして君は素直になれないのだろうな。私としては本当に嘆かわしく思っている」

ラシェルは二本の指で花芽を挟み、徹底的にいじめ抜いた。

「んぅ、ん……っ、ぁ、や……ぁん」

声を押し殺そうとするが、呼吸とともに漏《も》れてしまう。彼により、強引に高みへと引き上げられて、意識が白くなってくる。そうしてあと少しで達するという間際、ラシェルが行為をやめてしまった。どうして、と顔を上げれば、ラシェルは心外そうにした。

「どうした、エスティニア。物欲しげな顔をして……」

「いえ……」

彼はわかっているはずなのだが、わざとそんな質問をしてきた。

「もしや、まだ達していなかったのか？　それは悪いことをしてしまった。お詫びに、君の奥深くを突いてあげよう」

ラシェルはエスティニアに後ろを向かせると、そのまま木の幹に手をつかせて足を開かせた。まさか、とその先に続く行為を予想した直後、ラシェルはエスティニアの臀部《でんぶ》を割り開いて猛《たけ》った杭《くい》を押し当てる。

「ま、待ってくださ、こんな姿勢でするつもりですか？」

「抗議は受けつけない」

「や……っ」

絶対に無理だと思ったのだが、背後からラシェルの剛直《ごうちょく》がめり込んできた。濡《ぬ》れそぼった蜜壁はさしたる抵抗もなくラシェルを呑み込むものの、立っているせいでいつもよりも圧迫感を覚えてしまう。そうして彼は、エスティニアの体を背後から突き始めた。彼の腰とエスティニアの臀部《でんぶ》が当たるたびに音がし、誰かに聞かれるのではないかと落ち着かない。

（すごい……、奥が叩かれているみたい……）

普段とは違う角度から打たれ、これまでとは異なる快楽を享受《きょうじゅ》した。しかも彼の眼下に臀部《でんぶ》がさらされているかと思うと、恥ずかしさのあまりのた打ち回りたくなる。

「エスティニア。先ほどの続きをしようか。達していなかったのだろう？」

ラシェルはエスティニアの蜜道を激しく突きながら、手を花芽に回して弄《もてあそ》び始めた。与えられる刺激に、エスティニアは一気に膣内《なか》が収縮し、軽く絶頂を迎えてしまう。

「やぁあ……っ」

エスティニアは必死に木の幹につかまりながら、背後から攻め立てる悦楽の波に耐えた。ヒクヒクと痙攣《けいれん》している最中もラシェルに突かれ、花芽も指で遊ばれる。外側と内側を同時に攻められる暴挙に、エスティニアの身体は快楽に震えてしまう。

（おなかが、ごりごり、いってる……っ）

まるで熱した果実を杭《くい》で貫《つらぬ》かれているようだった。凶悪なまでに膨張《ぼうちょう》した彼の雄芯は、エスティニアの華奢《きゃしゃ》な体の中央を幾度も侵し、どこまでも傲慢《ごうまん》な淫楽を与えるのだ。

「エスティニア、君は私のものだ。私だけを見ていろ」

身を焦がしてしまうかのような独占欲に、頭の中がどうにかなってしまいそうだった。彼に好意を向けられていることが、たまらなく嬉しい。何度も何度も激しく突き上げられ、抗《あらが》うことを許さない快楽にエスティニアは恍惚《こうこつ》としてしまう。

「ぁあんっ、あ、っん、うぅ……っ」

狭い蜜路に何度も抽挿《ちゅうそう》され、淫蕩《いんとう》な痺《しび》れが駆け巡っていた。まなじりには涙が浮かんでいるというのに、もっと挿《い》れられたいと考えてしまう。

（ラシェルさまの、大きいの、苦しいのに……、温かくて、ぎゅうぎゅうなのが気持ちよくて……）

猛《たけ》りを膣奥にぶつけられ、エスティニアは達《い》ってしまった。秘部が痙攣《けいれん》し、得も言われぬ心地よさが全身に広がっていく。だが達した状態の身体に、いつものように抽挿《ちゅうそう》を行《おこな》われ、エスティニアの媚壁はさらなる快感を生んだ。

「君はいつも私より先に達してしまうな……」

彼が強すぎるだけだと、エスティニアは言いたかった。

エスティニアのとろとろになっている蜜孔を淫猥《いんわい》に抉《えぐ》り、ラシェルも高みに到達した。エスティニアの膣奥《なか》で自身の欲望を爆《は》ぜさせ、白濁を浴びせる。

「ラシェル、さま……」

彼は雄芯をずるりと引き抜いた。白濁の液がこぽりと地面へと落ちていく。

「続きはまた夜だ」

エスティニアは夜も彼に抱かれるのだと考え、子宮が疼《うず》くのを感じてしまった。


翌日、エスティニアとラシェルは王都にあるエレンライン宮殿へ戻ってきた。使用人《メイド》宿舎にある私室へ荷物を運んだエスティニアは、窓際に飾った木犀草《レセダ》の花束を見て自然と笑みをこぼす。それを見ているうちに彼への想いが高まり、とても愛しくなった。

「好きって、伝えられたらいいのに……」

この気持ちを偽《いつわ》りたくはなかった。彼に本当の気持ちを伝えられないことが歯がゆく、切なくなってくる。借金の返済目途もたっていないので、借金を返すまで待っていてほしいとはとても言えない状態だ。

(昼間はこれ以上働けないから、夜間でなにか仕事がもらえないか相談をしてみようかな……)

ラシェルの身の回りの仕事以外にも、内職や鏡磨きなど、空《あ》いている時間は可能な限り仕事を入れていた。だがそれでも、全然足りないのだ。ならば、残るは睡眠時間を削って働くしかない。エスティニアの縁談を探してくれている知人からはなんの音沙汰もなく、弟の便りでも触れられていなかった。

（もしも借金が返せなくて爵位や領地を没収されてしまったら、この王宮で働くことさえできなくなってしまう。そうなれば、ラシェル様と会うことだってできなくなる……）

王宮で働けるのは、家柄が確かな者ばかりだ。もしも身分を失えば、王宮にはいられない。エスティニアはとても辛くなり、先ほど別れたばかりのラシェルにもう一度会いたくなった。

（他の辛いことは我慢できる。でも、ラシェル様と離れることだけは、耐えられない……）

今なら彼は自室にいるはずだった。エスティニアは部屋を出ると、急ぎ足で王宮へ向かい、使用人《メイド》専用の階段を上がっていく。ラシェルの部屋まで一直線に延びた廊下へ差し掛かったところでアランと会った。

「エスティニア、ちょうど良かった。あなた宛てに手紙が届いていますよ」

「え？　私にですか？」

「はい。これをどうぞ」

エスティニアは手紙を受け取った。

「ありがとうございます、アランさん」

「今からラシェル様のところへ行かれるんですか？　私も伺《うかが》うところだったので、一緒に行きましょう」

アランは先に歩き出した。エスティニアは手紙が誰から届いたのか確認をする。

（ルイードかしら……？）

手紙を送ってくれる人物の心当たりなど、弟しかなかった。エスティニアは差出人を確かめて、表情を凍りつかせてしまう。というのも、送り主は父の友人のスコットだったからだ。グランエルド領の借金の利子を肩代わりしてくれたり、エスティニアの縁談相手を探してくれたり、色々と尽力してくれている。エスティニアは嫌な予感を覚え、歩きながら封筒の封蝋をはずして手紙を読んだ。

『エスティニアへ。グランエルド家の令嬢である君と、縁談をしてもいいというお方が見つかった。まだはっきりと決まったわけではないが、一度家へ戻るように』

さぁっと血の気が引いた。アランがちょうどラシェルの部屋の扉を開いたところで、中へ入ろうとしている。エスティニアは手紙を持ったまま数歩後ずさると、そのまま来た道を引き返した。

（どうして……）

ずっとこうなるのではないかと思っていた。悪い予想が、現実になってしまった。グランエルド家としては喜ばしいことであり、やっとこの苦境から解放されるかもしれないのだ。しかしエスティニア個人にとっては、悲報だった。なにも考えられなくなるほどの心痛に苦しみ、どこをどう進んだかよくわからないまま、東の庭園へとやってきてしまう。

「おや、君は……」

以前会ったことのある人物が、楡《にれ》の木の下にあるベンチに座っていた。エルデワース国王であるホルスだ。なにかを食べている最中だったのか、頬がいっぱいに膨《ふく》れている。エスティニアは動揺し、すぐに挨拶《あいさつ》をした。

「国王様、申し訳ありません。いらっしゃるとは存じ上げず、お邪魔をしてしまって……」

「いやいやいや、構わない！　今もこっそりみんなから隠れて、デーツを食べていただけだし……。ささ、こっちへおいで。一緒にデーツを食べよう」

ホルスはエスティニアを自分の隣へ招いた。国王と同じ場所に座るなど本来ならば許されぬことであり、エスティニアは遠慮しようとする。だが、断ろうとした途端、ホルスはとてつもなく悲しい顔をした。エスティニアはいたたまれなくなってしまい、ホルスの隣へ座らせてもらう。

「ありがとうございます、国王様」

「いや、この前と同じく、一人では食べきれないと思っていたところだったんだ。……なんだか、元気がないね。なにかあったのか？」

優しい口調で問われ、それはエスティニアの亡き父を彷彿《ほうふつ》とさせた。エスティニアは王の前であるにもかかわらず、泣いてしまう。

「……も、申し訳ありません。こんなはしたないところをお見せしてしまって……」

「気にしなくていい。ラシェルに叱られたのか？　あれが怒ると怖いからなぁ……」

「い、いえ、違うのです。先ほど、父の友人から手紙が届いたんです。私と見合いをしてもいいと言っている男性が見つかったって……。なので、故郷のグランエルド領へ戻らなくてはいけなくなってしまったんです……」

ホルスは目を見開いて驚いた。

「それは……、なんと言っていいのか。普通ならお祝いの言葉を述べるところだが……。見合いの相手はどういう人物なんだ？」

「それが、まだわからないんです。手紙には一切書かれていなくて……」

「ふむ……。ラシェルにはもう言ったのか？」

「いいえ、まだです……。ラシェル様には言わず、このまま宮殿を出ようかと」

ラシェルの顔を見てしまったら、より一層辛くなるのが目に見えていた。もしも彼に引き留められるようなことがあれば、宮殿に残りたいと思ってしまうだろう。だからそれは絶対にできなかった。

「残念だ。せっかくデーツを一緒に食べてくれる友人ができたと思っていたのに」

本気で残念がるホルスに、エスティニアは少し笑ってしまった。

「ふふ。ありがとうございます、国王様。……あ、そうだ」

「ん？」

エスティニアはお仕着せのリボンにつけている銀のブローチをはずした。それをホルスに差し出して見せる。

「国王様。このブローチに見覚えはございませんか？」

「これをどこで？」

ホルスは明らかに知っている様子だった。

「実は少し前に開かれた仮面舞踏会の夜、仮面をつけた名も知らぬ男性からこれを預かったんです。その男性は私に上着を貸してくださったのですが、服にエニシダの刺繍《ししゅう》がされていました。そのことから王家に関係のある男性だと思うのですが、手掛かりが少なくて……。銀のブローチを返さなければいけないので、その方をずっと探しているのですが、見つからないのです」

ホルスは顎《あご》に手を当てて撫《な》でた。

「……その銀ブローチの持ち主を知っている」

「本当ですか？　あの、その方のお名前を教えていただくことはできませんか……？　私はこのブローチを返したいんです」

「うーん……」

ホルスは悩ましげに唸《うな》り、首を横に振った。

「では、国王様からお返ししていただけませんか？　こんな高価なものをいつまでも私が持っているわけにはまいりませんし……」

差し出した銀のブローチを、ホルスは両手で包み込むようにしてエスティニアに握《にぎ》らせた。

「これは、君が持っていなさい。いつか必ず返せる日が来るから」

「え？　でも……」

ホルスは優しく微笑んだものの、肝心のブローチの持ち主に関しては口を閉ざしたままだった。

「それはそうと、エスティニア。君には、好きな相手がいるのだろう？」

突然、予想だにしなかった質問をされてしまった。油断していたエスティニアは、すぐに答えられない。

「それは、その……」

「怒らないから、正直に教えてほしい」

ラシェルとの関係が知られているのだろうか、とエスティニアは冷や汗をかいた。

「はい。好きな人が、います」

「それは、私の息子であるラシェルだね？」

ラシェルのことは諦めろという話をされるのではないかと、エスティニアは想像をした。王として、父として、息子の将来を思うならばエスティニアは彼の障害でしかないからだ。

(私がラシェル様に想いを寄せているなんて、身の程を弁《わきま》えない不届き者だもの……)

しかしながらここで嘘を言えば、王を欺《あざむ》くことになってしまう。それにエスティニアは、自分の胸の内に宿る純粋な想いを、偽《いつわ》りたくはなかった。

「……はい。ラシェル様のことを、特別に思っています」

素直に答えると、ホルスは穏やかに目を細めた。無礼者だと罵《ののし》られる覚悟をしていたのだが、予想に反してホルスは嬉しそうだった。

「私が知る限り、ラシェルは一度懐《ふところ》に入れた人物に対してはとことん甘い。息子にとって、君はもう大切な宝物なんだろう」

だがラシェルと一緒になることはできない。借金がある限り、エスティニアに自由はないのだ。それがとても息苦しく、籠《かご》に囚われた鳥の気分になってしまう。

「互いに想い合っていたとしても、どうにもなりません……」

俯《うつむ》いたエスティニアに、ホルスはデーツを差し出した。エスティニアはそのデーツを受け取る。

「さぁ、デーツを食べなさい。甘いものを食べたら、元気になるから。君のその悲しみも、少しは紛れるだろう」

「……はい」

エスティニアは寛容《かんよう》で慈悲《じひ》深いホルスに、深く感謝をしつつ、泣きながらデーツを食べた。

第七章　あなただけを想う

故郷のグランエルド領へ戻ったのは、手紙を受け取った日の翌朝のことだった。エルデワースの国王ホルスが馬車を手配してくれたため、デーツを食べた後すぐに王宮を発《た》つことができたのだ。エスティニアは夜が明け始めたころから、馬車の窓ごしに田畑の様子などを眺《なが》めていた。幸いなことに作物は順調に実っているようだ。それにほっとすると同時に、今年こそは大きな災害が起きないように、車中で祈る。

馬車が屋敷の前へ到着したのは昼前で、庭に咲く花の数はエスティニアが王宮へ行く前よりも増えていた。木々は青々としており、門から正面扉へ続く道もきちんと清掃されている。

「姉さん！」

エスティニアが馬車から降りると、屋敷の中から弟のルイードが飛び出してきた。

「ルイード？」

「縁談がきてるって、父さんの友人のスコットおじさんから連絡が来たんだ。一体誰と結婚をするの？　なんで僕には連絡してくれないの？」

質問の内容もそうだが、弟の礼節のなさに、エスティニアはがっくりと項垂《うなだ》れた。

「ルイード。あなたはもう侯爵なのだから、姉が相手とはいえきちんとしなさい」

そう指摘すると、ルイードはすぐに姿勢を正した。そして挨拶《あいさつ》を初めからやり直す。

「おかえりなさい、エスティニア姉さん。さぞや疲れたでしょう？　まずは、中に入ってゆっくり休んでください」

ルイードとともに、エスティニアは屋敷へ入る。長年仕えてくれている執事たちも出迎えてくれ、エスティニアは帰ってきたのだと安心した。

「実は私もどなたから縁談があるのか、聞かされていないの。昨日スコットさんから手紙をもらって、慌てて帰ってきたところなのよ」

「そうだったんだ……。僕の方に送られてきた手紙にも、誰が相手かは書かれていなくて……。とりあえず、今日の午後に姉さんの縁談の相手を連れてくるってだけ報《しら》せてきたんだ」

「今日？　唐突すぎない？」

「うん……。姉さんはいないって一応言ったんだけれど、縁談先の相手がどうしても、当主である僕に挨拶《あいさつ》をしたいらしくて……」

「じゃあ、準備しなくてはいけないわね……」

エスティニアは憔悴《しょうすい》を隠せなかった。ルイードもなぜか隣で落ち込んでいる。

「姉さんが怒ったらすごく恐いと知ったら、縁談先の人、裸足《はだし》で逃げ出すんじゃない？」

「どういう意味かしら……？　悪いことを言うのはこの口ね？　私もあなたがきちんとしてくれるなら、怒ったりしないんだから」

エスティニアはルイードの頬を指でつねった。

「い、痛い、痛いよ、姉さん、ごめんってば、冗談だよ！」

「もう……」

エスティニアが指を離すと、ルイードは自分の頬を手で撫《な》でた。

「安心して。もしも脂《あぶら》ぎった気持ち悪い変態男が相手だったら、僕が追い返すから。世界でたった一人の大事な姉さんを、変な奴に嫁《とつ》がせたりはしない」

「大丈夫よ。スコットおじさんが、変な人を連れてくるとは思えないし……」

「でも……」

「私は部屋で支度してくるわね。この身なりでお出迎えをするわけにはいかないし。相手の方に気に入っていただけるよう、綺麗にしておかないと」

ルイードはなにかを言おうとしていたが、エスティニアは首を振って自室へと向かった。

高価なドレスはほとんど売ってしまったため、エスティニアの衣装部屋には必要最低限の服しかない。執事がどうしてもこれだけは、と売らずに置いておいたのが、公《おおやけ》の場でも着られるドレスだ。幾何学模様《きかがくもよう》のレースが裾《すそ》や襟元にあしらわれ、花柄の刺繍《ししゅう》がされた薄紫の生地と、白い生地の二色が用いられている。

（私、なにをしているんだろう……）

ドレスを着用し、真珠の髪飾りをつけて支度を整えた。父が亡くなってからというもの華美な服装をすることがなかったので、ドレスがとても重く感じてしまう。

「姉さん、支度できた？」

部屋の外から弟のルイードの声がした。入って来たルイードは既《すで》に正装しており、出迎えの準備ができている。

「ええ……」

「じゃあ、軽めの食事をしておこうよ。昨晩からずっと馬車の中だったのなら、お腹が空《す》いているでしょう？」

縁談の話を聞いてから食欲がなかったのだが、これからは弟と一緒に過ごす時間も少なくなるだろうと思い、食事することにした。主階段を下りて食堂へ移動し、マホガニー製のテーブルにつく。しばらくして運ばれて来た料理は明らかに食べきれない量だった。

「軽めの食事……？」

エスティニアが首を傾《かし》げると、ルイードは額《ひたい》に手を当てて項垂《うなだ》れた。

「怒らないであげて。姉さんが戻ってきてくれて、料理長たちも喜んでいるんだと思うんだ」

「怒るだなんて……。これだけの食事を用意するのは、大変だったでしょうに……」

食料事情が厳しいことを知っているエスティニアは、とても胸を痛めた。彼らの気持ちを無下《むげ》にしないためにも、必ず縁談を成立させなければ、と強く意識する。もしも借金がなくなれば、屋敷で働く者たちにも辛い生活をさせなくて済むようになるのだ。

（グランエルド家の者として、務めを果たさなければ）

エスティニアには、これでいいのだと無理やり自分に言い聞かせた。


午後になって間《ま》もなく、屋敷にスコットと縁談の相手が到着した。エスティニアはルイードと一緒に出迎える。

「やぁ、ルイード、エスティニア。久しぶりだね」

スコット・ゴールナーは、西南に領地を持つ伯爵だ。明るくて朗《ほが》らかな性格で、社交的なので色々な方面に顔が広い。そんな彼は、亡き父と幼い頃から親友だったこともあり、今でもエスティニアとルイードを本当の子供のように可愛がってくれているのだ。外見は白いシャツにレースがついた濃いグレーの外套《マント》を着用しており、その上からでもわかるほどにふっくらした体つきをしている。焦げ茶色の短髪は綺麗に整えられており、琥珀色《こはくいろ》の瞳は鮮《あざ》やか。身長はエスティニアより少し高いぐらいで、五十をとうに超える齢《よわい》だというのに、三十代ぐらいにしか見えない。

「スコットおじさん、お久しぶりですね」

ルイードがスコットに笑顔で挨拶《あいさつ》をしていると、もう一人男性が屋敷へ入ってきた。エスティニアはその人物を見た途端、表情を強張《こわば》らせてしまう。

（――え？）

凛《りん》とした面持《おもも》ちで現れたのは、オレッド・ミラーユだった。ラシェルの従兄《いとこ》であり、ミラーユ大公の息子だ。そしてエスティニアを辱《はずか》しめようとし、傷つけた張本人でもある。

（どうしてここに、オレッド様が……）

心臓が嫌な音を立てていた。スコットはすぐに振り返り、オレッドに紹介する。

「オレッド様。彼が、ルイード・グランエルド。グランエルド家の当主です。隣にいるのが、エスティニア。彼女とは王宮で何度か会っているようですし、もうご存知ですよね」

ルイードはエスティニアへ一瞬視線を向けた。エスティニアは彼が何者なのかをルイードに説明する。

「オレッド・ミラーユ様よ。ミラーユ大公のご子息で、大公子様なの」

そう説明すれば、ルイードも理解したようだった。グランエルド家よりも位の高い身分を持ち、王家とも血縁のある人物だからだ。ルイードはすぐさま、オレッドに柔和《にゅうわ》な物腰で挨拶《あいさつ》をした。

「初めまして、ルイードです。遠いところを、ようこそおいでくださいました」

「突然のご訪問にもかかわらず、丁重なもてなしに感謝します」

スコットはエスティニアにも話しかけた。

「驚かせようと思って、内緒にしていたんだ。聞けば、エスティニアとオレッド様は知り合いだっていうじゃないか」

「え、ええ……」

「オレッド様は、ずっと君に片想いをしていたらしい。私が君の結婚相手を探しているという噂《うわさ》を聞きつけて、わざわざ家まで話をしに来てくださったんだ。これは滅多《めった》にない幸運だから、オレッド様に嫌われないようにするんだぞ」

紹介してくれたスコットには、一生かけても返せないほどの恩義がある。彼の面目《めんぼく》を潰さぬためにも、エスティニアはオレッドへ好意的に振る舞うことにした。

（まずは、話を聞いてから……。グランエルド家の借金返済を手伝ってくれるのかどうか、まだわからないんだし……）

ルイードの先導で、客室へ移動をした。客室には三人掛けのソファーがテーブルを挟むように二つ並んでおり、異国の調度品やタペストリーが壁に飾られている。エスティニアたちは二人ずつに分かれて向かい合うようにソファーへと座った。まず会話の先陣を切ったのはスコットで、彼は和やかな空気を作り出した。ルイードも友好的な態度でオレッドと話し始め、オレッドが気取らない性格だとわかるや否《いな》や、ものの数分で打ち解けてしまった。

「姉と王宮で出会ったのですか？　姉は至らぬところがあるので、オレッド大公子様にさぞやご迷惑をおかけしたのでは……」

「いいや、私のほうが彼女に迷惑をかけてばかりだったよ」

どうしてこんなことになっているのだろうと、エスティニアはどこか他人事《ひとごと》のような気がしていた。気品ある笑みを浮かべ、失礼がないように振る舞っている自分。

（よりによって、どうしてオレッド様が……）

和気藹々《わきあいあい》とした雰囲気の中、エスティニアの心だけが、まるでぽっかりと穴が空いたように空虚《くうきょ》だった。同時にオレッドに襲われたときの記憶が蘇《よみがえ》り、この部屋から逃げ出したくなってしまう。

「オレッド様は、エスティニアと結婚できるならば、借金をすべて肩代わりしてもいいと言ってくださっているんだ」

スコットがそう言うと、ルイードは大きく目を見開いた。

「え？　でも、かなりの金額ですよ？」

オレッドは頷《うなず》いた。

「どれぐらいの借金があるのかは、こちらでも承知している。私としては、それで彼女が妻になるならば、むしろ安いぐらいだと思っているんだ」

エスティニアは絶望した。グランエルド家にとってはまたとない話ではあるが、エスティニアにとっては売られる子牛の気分だ。

(覚悟はしていたけれど……)

いざ実際に自分の身がお金で買われるとなると、辛くなってしまった。もちろん、不平不満を言えるような立場にないことは重々わかっている。しかし、簡単に割り切ることもできないのだ。エスティニアは手が震えそうになり、慌てて両手を握《にぎ》って隠した。

「かなりの好条件ですね。……姉さん？」

ルイードに話しかけられ、エスティニアはびくりと肩を揺らした。

「え？　あ、ごめんなさい。……そうね」

「ぼーっとしてちゃダメだよ。せっかくオレッド様が話をしてくださっているのに……」

「本当にごめんなさい」

オレッドはエスティニアを気遣うように声をかけた。

「大丈夫かい？　まさか君が家に戻ってきているとは知らなかったよ。いつこちらへ？」

「正午になる少し前です」

「じゃあ、夜通し馬車を走らせてきたんだね……。それはいけない。道理で顔色が悪いわけだ。すぐに休んだほうがいい。私が部屋まで送るよ」

「い、いいえ。大丈夫です。疲れていませんから」

スコットは気を利《き》かせ、話の間に入った。

「せっかくだから、部屋まで送ってもらうといい。二人きりで話すこともあるだろうし」

スコットなりの気遣いだったのだろうが、エスティニアにとっては最悪の展開だった。オレッドはソファーから立ち上がると、エスティニアの手を取る。

「さぁ、行こう。具合が悪そうだ」

具合が悪いのはオレッドのせいだ、とは言えなかった。抵抗するわけにもいかず、オレッドに手を引かれて立ち上がり、ともに客室を後にする。彼はどういうつもりでここへ来たのか、どうしてそんなにも平然としていられるのか、エスティニアは混乱してしまう。

「……どうして、私と結婚しようだなんて考えたんですか？」

廊下を歩きながら、我慢できずに質問をしてしまった。

「私は君を助けたかっただけだ。ラシェルに騙《だま》されている君を、見ていられなかった。それに、君が好きだという気持ちは嘘じゃない」

「私は、ラシェル様に騙《だま》されてなんていません」

「言葉巧《たく》みに愛を囁《ささや》かれ、その気にさせられたのだろう？　でもあいつは君を救わないよ。現に、君が借金で困っているにもかかわらず、助ける気がない」

「それは……」

「私なら君を助けてあげられる。それに、処女でないことにも目をつむるよ」

耳を疑うような発言に、エスティニアはオレッドを凝視してしまった。

「オレッド様……」

「君が処女であるならば、それを引き換えに借金を全額返済しようとする男は多いだろう。でも君はあいつに穢《けが》されてしまった。もちろん、私は君が被害者だと知っているから許すよ」

「ちが……」

「君の善良な心につけ込んで騙《だま》したラシェルは、本当に酷《ひど》い男だ」

エスティニアは手で耳を塞《ふさ》いでしまいたかった。自分はラシェルに騙《だま》されたわけでも、被害者というわけでもない。

(やめて、ラシェル様のことを、悪く言わないで)

彼はそんな人ではない。それにもしも万が一、騙《だま》されていたのだとしても、エスティニアに後悔はなかった。彼が初恋の相手で良かったと、心から思えるからだ。

「やめてください。ラシェル様のこと、なにも知らないくせに」

言ってはならないことを、口走ってしまった。グランエルド家のことを思うならば、オレッドの機嫌を絶対に損ねてはならない。だが、我慢できなかったのだ。彼は周囲が誤解しているような冷淡な人ではないし、オレッドが言うような卑怯《ひきょう》な人でもない。オレッドを見上げれば、彼は不服そうに眉を寄せている。

(しまった……、私……)

余計に青ざめてしまった。だがオレッドはため息をつくと、エスティニアの頬へ手を添えた。

「可哀想に……、そこまで洗脳されてしまっているなんて。安心して。私と結婚をした後は、ゆっくり君のその思い込みは間違いだと、教えてあげるから」

仄暗《ほのぐら》い笑みを浮かべている彼に、エスティニアはぞっとした。もしも彼と結婚すれば、自分はどうなるのか想像もつかない。

「思い込みじゃ、ありません。ラシェル様は絶対に、誰かを騙《だま》すようなお方ではありません」

「まだ庇《かば》うのか……。だったら、一つ賭けをしようか」

「賭け……？」

エスティニアは怪訝《けげん》そうにした。

「あぁ。……もしも君が三ヶ月以内に借金を返せたら、私の求婚はなかったことにしてあげよう」

到底無理な話だった。借金を返せる見込みがないから、エスティニアは結婚するのだ。

「もしも無理だった場合、どうなるんですか？」

「君には私の妻になってもらう。私の許可なく外出することは認めないし、私の前でラシェルの名前を出すことも許さない。当然、ラシェルと二人きりで会えることは絶対にないと思ってもらいたい」

「外出も、制限があるのですね……」

「あぁ、誤解しないでほしい。私としては、君を束縛するつもりはないよ。ただ出かける際に、私が信用している使用人と護衛を伴ってもらいたいだけなんだ。きちんとしてくれれば、買いものぐらいは自由にさせてあげるつもりだよ。……君にはね、私だけを愛する、従順で貞淑《ていしゅく》な妻になってもらいたいんだ」

妻という名のペットか奴隷にされるようなものだった。エスティニアは恐怖で頭の中がいっぱいになってしまう。

「それは……」

「確か、借金返済の期日が差し迫っているのだったね。ひとまず私がそのお金を用意しよう。君は三ヶ月以内にお金を返してくれたらいい。後日、君の家へ誓約書を送付するよ」

単に、借金をする相手が変わるだけだった。そして借金を返済できなかった場合、エスティニアは問答無用でオレッドのもとへ嫁《とつ》がなくてはならない。彼は余裕の笑みを浮かべており、自信に満ち溢《あふ》れている。

「……オレッド様は、私に借金の返済なんてできるわけないって、確信しているのですね……」

「そうだね。ラシェルは国王から、君の家の借金を肩代わりしないように釘を刺されていて、この件に関して手出しはできないし」

初耳だった。エスティニアは大きく目を見開いて、硬直してしまう。

「そう、だったんですか……」

ラシェルに見返りを求めたことなどないし、お金が目当てで体を許したわけでもない。しかし、国王が彼にそう命じていたとは、知らなかったのだ。

「君が私の花嫁になる日が待ち遠しいよ。その麗《うるわ》しい銀髪も、瞳も、唇も、体も、早く私のものにしたい」

部屋の前へ到着した。

「……オレッド様、送ってくださり、ありがとうございました」

「ゆっくりお休み、エスティニア」

エスティニアは部屋の扉を開くと、中へ入った。極度の疲労と無力感で涙も出てこない。

(なんの挨拶《あいさつ》もなく王宮を出てきて、ラシェル様も怒っているわよね)

そして崩れるように、寝台へ倒れこんだ。


——数日後。グランエルド家にミラーユ家から誓約書が届けられた。借金の返済ができなければ、オレッドの妻になることを約束させられる書面だ。サインすれば借金返済にあてるお金がグランエルド家に届くようになっている。

エスティニアは自室で書面を前にして、サインを入れることができずにいた。

(どうして、サインを入れられないの……?)

書面にサインを入れなければ、弟や使用人たちを不幸にしてしまうのだ。そうだとわかっていて、自分の幸せだけを考えるなどできない。だが、ラシェルへの想いを捨てられるわけがなかった。エスティニアがテーブルの上に顔を突っ伏してふさぎ込んでいると、扉をノックする音がした。

「エスティニアお嬢様、お客様がお見えになっています」

執事の声だった。エスティニアは顔を上げる。

「……わかったわ。どなた?」

「それが、お嬢様のお知り合いだとおっしゃられていて……」

グランエルド家の当主は弟のルイードなので、エスティニアへ面会に来る客人はほとんどいなかった。何人か友達はいるものの、みんな年頃の女性ばかりなので、お見合いや婚儀の支度で忙しい。エスティニアは自室を出ると、客室へ向かって歩き出す。

(フローラか、カレンかしら……)

特に深く考えずに、ノックをしてから客室の扉を開いた。事前連絡もなしに訪れるのは親しい友人しかありえないと、そう思ったからだ。

「エスティニア」

客室で待っていたのは、ラシェルだった。エスティニアはなぜここに彼がいるのだろう、と絶句してしまう。

「ラシェル様……」

「なにも言わずに突然故郷へ帰るから、どうしたのかと心配した。……やつれたな。顔色も悪いし、眠れていないのか？」

食事もまともに喉を通らない状態であることを、彼に言いたくはなかった。

「……どうして、ここに？」

「君に会いに来た。それ以外に理由が必要か？」

エスティニアは扉口《とびらぐち》に立ったまま、ソファーへ近づくことができなかった。今ラシェルと話をすれば、彼に縋《すが》って助けを求めてしまいそうだった。

(ラシェル様を頼って困らせるわけにはいかない……)

経緯を聞くまで、彼は引き下がらないだろう。それにオレッドとの縁談は、隠していてもいずれ知られることになる。ならば自分の口から言おうと思ったのだ。

「オレッド様から、縁談の話がきたんです」

ラシェルはため息をついた。

「知っている。君の弟から手紙をもらった。だからここへ来たんだ。……遅くなってすまなかった」

なぜ弟のルイードがラシェルへ手紙を送ったのか、繋がりがよくわからない。

「ラシェル様が、謝られることでは……」

「君の状況を把握できていなかったのは、私の失態だ。……ところで、オレッドはなんと？」

「……、グランエルド家の借金をすべて肩代わりしてくださるそうです」

「その縁談を受ける気か？」

どうしてそんな質問をするのだろう、とエスティニアは辛くなってしまった。

「受けないなんていう選択肢は、最初から存在しないんです。私は、受けなくてはいけないんです」

声を絞り出すようにして、エスティニアはラシェルに告げた。

「受けないという選択肢もある」

「ありませんっ」

「ある」

エスティニアはむっとすると、扉の前から移動して、彼の正面の席へ座った。

「半月後に、借金の返済期日が迫っています。その借金に関して、ミラーユ家が払ってくれるそうです。ただし、条件つきで」

「どんな条件だ？」

「もしも三ヶ月以内にグランエルド家が借金を返済できた場合は、オレッド様からの求婚は白紙に戻してくれるそうです。借金の返済ができなかった場合はオレッド様と結婚し、以降許可なく外出をしたり、ラシェル様の名を出すことは禁止されます」

ラシェルはおかしそうに笑った。

「なるほど……。君を自分のものとするために、徹底的に打ちのめしてから娶《めと》るつもりか。小賢《こざか》しいオレッドの考えそうなことだ」

エスティニアは落ちこむのを隠せなかった。

「どうして、面白そうにしているんですか？　私が……、オレッド様と結婚することが、嬉しいのですか？」

「逆だ。オレッドは負け戦《いくさ》がよほど好きなのだと思っていたところだ」

「負け戦《いくさ》……？」

ラシェルはなんのことを言っているのだろう、とエスティニアは首を傾げた。だが彼がなぜ負け戦《いくさ》が好きだと述べたのか、理由を語る様子は見られない。

「エスティニア。以前君は私に、昔話をしてくれたな。白と薄ピンクの花を咲かせる、エルフィンペニークレスという花が咲く山に、よく行っていたと」

「はい。春になると、グランエルドの北にある山へ、父と弟と一緒に遠乗りをしていたんです。父は領地の視察も兼《か》ねていたんですが……」

以前ラシェルと一緒に行った図書館で、エルフィンペニークレスという花が一面に咲く山があると、彼に話したのだ。

「そのエルフィンペニークレスという植物が、鉱脈付近に自生する、重金属の指標植物だと知っていたか？」

「重金属の指標植物……？　なんですか？　それは……」

聞いたことがない、難しい言葉だった。

「例えばシダ植物の一種で、重金属の多い土壌に多く生息するものがある。そういう植物の育つ場所は、特定の環境条件を知る指標となるため、指標植物と言うんだ」

「そのシダ植物から、どんなことがわかるんですか？」

「通常、重金属の多い場所では、重金属が持つ毒性のせいで、植物は育ちにくい。だがそのシダ植物は重金属を吸収するため、他の植物が育たない土壌でも生息できるんだ。このことから、そのシダ植物は鉱脈探査の指標にされている」

「へぇ……。植物でそんなことがわかるんですか……」

「あぁ。そしてエルフィンペニークレスは銀を吸収する性質があり、銀のある場所に多く生息する」

エスティニアは耳を疑った。エルデワース国では金やプラチナよりも、銀が最も高価とされている。銀は元々産出量が少ない上に、他国からの輸入でしか手に入らないからだ。

「あ、ありえません。銀がこの国で採掘されたという前例も、ないですし……」

「前例ならある」

「……え？」

ラシェルはエスティニアの目を真剣に見据えた。

「君の亡き父上は、私の両親が結婚した際にあるものを贈ってくれた。それは中央に菱形《ひしがた》のサファイアがはめ込まれた銀のブローチだ」

「銀の……」

仮面舞踏会の夜に男性から預かった銀ブローチも、同じ形状をしていた。中央に菱形《ひしがた》のサファイアがあり、周囲にパールが配されているのだ。

「五月祭があった日、私は君の弟と執事に王宮へ来てもらい、話を聞いたんだ。銀ブローチに使用されている銀は、どういうルートで入手したのかと」

「え？」

五月祭のあった日に、ラシェルが大事な客人と会った話は聞いていた。だがまさか自分の弟と執事だったとは、予想すらしていなかった。

「君の弟は銀ブローチのことを知らなかったが、執事が当時のことを教えてくれた。あのブローチに使われた銀は、北の山でたまたま採掘された自然銀だと」

「……自然銀って、なんですか？」

「天然の銀のことだ。銀が自然界に単体の状態で見つかることは非常に稀《まれ》で、現在流通している銀のほとんどは銀鉱石を製錬して作られている。……君の父上は自然銀を山の近くでたまたま発見したらしいのだが、以降見つからなかったので秘密にしていたそうだ」

「……父が見つけられなかったのなら、銀はもうないのでは？」

「言っただろう？　エルフィンペニークレスは、銀を吸収すると。エルフィンペニークレスが生息する場所は、自然銀や銀鉱のある場所だ。だから、花が咲いている場所を探せば銀が見つかる」

もしもその話が事実ならば、グランエルド領から銀が採掘できるということだ。銀を見つけることができれば、グランエルド家が抱えている借金を返済することは容易《たやす》いだろう。

「たとえそれが可能だったとしても、銀を採掘する用意もなければ、製錬所もありません」

「製錬所は、君の父上が作らせた場所がある。設備も整っているし、銀はそこで製錬できる」

エスティニアは一瞬喜びそうになったが、すぐに冷静になった。よくよく考えれば、根本的な問題があると気付いたからだ。

「待ってください。領主が副業をすることは認められていません。そのことについてはどうすればいいんですか？」

一部の職業を除き、領主が副業をすることは許されていないのだ。ゆえに、銀の採掘などもっての外だと、そう判断する。しかし、ラシェルはゆっくり首を振ってこれを否定した。

「エスティニア。領主には、領主だけが持つことを許された特権がいくつかある。そのうちの一つが、鉱山採掘権だ」

「鉱山採掘権？」

「あぁ。グランエルド領で銀鉱を採掘し、その銀を売ることができる、ということだ」

要するに、グランエルド家が銀を採掘することに関して、法律に違反しないということだった。だがたとえそうだったとしても、グランエルド家には銀を採掘することができない懐《ふところ》事情がある。

「でも……、我が家には銀を採掘するお金がありません……」

エスティニアは、膝の上で両手をぎゅっと握りしめた。この問題を解決しない限り、グランエルド家が銀を手に入れることは絶対に不可能だ。

「お金のことも心配しなくていい。私が援助する」

彼の申し出に、エスティニアは悲痛な面持《おもも》ちをした。

「む、無理です。私、知っているんです。ラシェル様が、借金の肩代わりをすることは国王様から禁じられているって。もしもラシェル様がそんなことをすれば、どんなお咎《とが》めを受けることになるか……」

「確かに私は借金の肩代わりは禁じられたが、銀鉱を採掘する援助までは禁止されていない」

「……え？」

ラシェルはエスティニアを安心させるように微笑んだ。

「エスティニア。前にも言っただろう。君はなに一つ案ずることなく、私を信じてくれればいい、と。どうか私を信じてくれないだろうか」

エスティニアは泣きそうになってしまった。彼を信じたいと思っていたのに、自《みずか》らの弱さと不安のせいで信じ切れていなかったのだ。

「はい……」

ラシェルはエスティニアの頭を撫《な》でた。

「ミラーユ家からお金は受け取ったのか？」

「いえ、まだです……。誓約書が送られてきたんですが、それにまだサインをしていなくて……」

「なら、サインしよう。三ヶ月以内に銀を見つければ、君の結婚もなくなるからな」

エスティニアは顔を伏せた。どうしても、彼ほど楽観的にはなれないからだ。

「……もしも銀が見つからなかったら、どうすればいいのですか？」

「そのときは、預けたブローチを売ればいい。グランエルド家の借金ぶんぐらいは、十分に賄《まかな》えるだろう」

「え？」

顔を上げて、悠然《ゆうぜん》と構えているラシェルを凝視した。

（今、預けたブローチって……）

そのことをエスティニアが詳しく質問をしようとする前に、ラシェルが先に口を開いた。

「エスティニア。誓約書はどこにある？　念のために内容を確認しておきたいんだが」

「わ、私の部屋です。すぐに取ってきます」

エスティニアはソファーから立ち上がると、誓約書を取りに向かった。

（やっぱり、ラシェル様があの夜に出会った人なの……？）

部屋へ向かう間考えるのは、ラシェルの発言だ。もしも彼が仮面舞踏会で出会った人物なのだとすれば、なぜ今まで言ってくれなかったのか。エスティニアは、彼を責めたいわけではない。むしろ、彼にあのときのお礼を言いたくて、ずっと会いたかったのだ。

部屋に置いてあった誓約書を手にすると、エスティニアはラシェルが待っている客室に急いで戻った。彼に手渡し、書面を確認をしてもらう。

「……保証人の欄があるな。誓約を破った場合、違約金を支払わなければならないと」

「はい。そこは、知人にサインしてもらう予定です」

知人とは、スコットのことだった。

「そうか。では、この保証人のところは私がサインを入れよう」

「え？　でも……」

「君は、オレッドの妻にならない。そうだろう？　それに私が保証人であるほうが、なにか問題が起きた際に対処がしやすい」

確かに、とエスティニアは頷《うなず》いた。インクと羽ペンを用意すると、彼の隣へ座る。ラシェルは羽ペンを手にすると、先に保証人の欄へサインを入れてしまった。その手際の良さに、エスティニアは感心する。続いてエスティニアも羽ペンを受け取って書面にサインを入れようとした。しかし、なぜか手が震えて書けなかった。

（怖い……。もしも、うまくいかなかったら……）

震える手に、ラシェルの手が重ねられた。彼の手はとても温かく、エスティニアの心は次第に落ち着いてくる。そしてゆっくり呼吸を整えると、ラシェルに手を重ねてもらったままサインした。

誓約書の紙は二枚あり、両方に自分の名前を入れる。一枚はグランエルド家が持ち、もう一枚はミラーユ家が持つのだ。

「……これで、なにがなんでも銀鉱を見つけなくてはいけなくなったわ……」

「必ず見つかる。大丈夫だ」

ラシェルはエスティニアの体を抱きしめた。エスティニアは彼の体に寄り添ってもたれかかる。

「今日は、泊まって行ってください」

「そうしたいが、銀採掘をすると決まったから急いで帰らなくてはならない」

「あ……。そうですよね。採掘の準備とかにも時間が結構かかりますし……」

やらねばならないことは、山のようにある。それを想像してエスティニアは目が回りそうになった。

「資金も人手の準備もできている。あとは私が許可を出すだけだ」

「……まさか、事前に準備をしてくださっていたんですか？」

「あぁ。オレッドのことは予想外だったが、初めからこうする予定だった」

それを聞いて、エスティニアはラシェルに深く感謝した。自《みずか》らの知らぬところですべて手配し、助けようと奔走《ほんそう》してくれていた彼。

「ありがとうございます、ラシェル様……。でも、どうしてすぐに教えてくださらなかったのですか？　もしも知っていたら、私だってなにかできたかもしれないのに……」

「銀鉱があるかどうか半信半疑だったし、調査を含めてある程度支度が整うまで、無駄に期待をさせたくなかったんだ。だが、私が言うのを控《ひか》えていたばかりに、君には心細い思いをさせてしまった。すまなかった」

エスティニアは首を振った。彼はなにも悪くはないと。

「ラシェル様。必ず、銀を見つけます」

彼がここまでを手筈を整えてくれているのだ。エスティニアは必ず銀を見つけて、彼に報《むく》いようと決めた。

◇

ラシェルはエレンライン宮殿へ戻った後、すべての手配を終えた。グランエルド領ではさっそく銀脈の調査が始まり、半月近く経過した今も続いている。

(銀の鉱脈さえ見つけることができれば、エスティニアは借金で苦しまなくて済むようになる)

宮殿で報告を待つのが、非常にもどかしかった。エスティニアのそばにいてやりたいものの、王子としての責務がある。本当ならば、それらを放置してすぐにでも駆けつけたいが、そんなことをしてもエスティニアが喜ばないことはわかっている。しかし、エスティニアが心底辛いときは、すべてを差し置いてでもそばにいようと思っていた。

(手早く仕事を片づけたら、一度顔を見に行こう。エスティニアはよく泣くからな……)

自分以外の男に、彼女が泣かされることは我慢がならなかった。エスティニアはずっと口を噤《つぐ》んでいるが、誰が彼女に乱暴しようとしたのか大体の察しはついている。

「ラシェル様。聞いておられますか？　この後のご予定ですが……」

東の中庭が見渡せる回廊を移動中、アランが不機嫌そうな声でずっと喋《しゃべ》っていた。彼は有能で信用のおける人物であり、ラシェル相手であっても決して臆したりしない。

「あぁ、聞いている」

あまり重要ではない公務ばかりであり、ラシェルは辟易《へきえき》していた。苦言を呈されるのはわかっていたため、ラシェルはアランに悟られないように振る舞う。そうして回廊を曲がろうとしたとき、耳障《みみざわ》りなほど騒がしい足音が聞こえてきた。

「ラシェル、貴様、どういうつもりだ！」

声の主が誰なのか、振り返らなくてもわかった。普段ならば無視を決め込むところだが、今回ばかりはラシェルも我慢の限界を超えていた。

「オレッド、また宮殿へ来ていたのか。随分と暇なようで、羨《うらや》ましいことだ」

ラシェルのもとへやってきたのは、憤怒《ふんぬ》の形相《ぎょうそう》を浮かべているオレッドだった。

「グランエルド家から送られてきた保証人の欄に、貴様の名前があった。あれはどういうことだ！」

「どういう、とは？」

「エスティニアは私の妻になる女性だ。これ以上彼女を惑わせるのはやめてもらおうか」

ラシェルは足を止め、オレッドに対して嫌悪感を露《あらわ》にした。

「妄言はやめろ」

「妄言ではない！　貴様とは違い、私と彼女は縁談が進んでいる。だからそれを邪魔する貴様は、美しい花についている害虫そのものだ！」

ラシェルはすっと目を細める。オレッドがエスティニアに抱く妄執《もうしつ》に、寒気すら覚えた。

「害虫は貴様のほうだろう。エスティニアは、私の妻になる女性だ」

ラシェルの言葉をオレッドは嘲笑《あざわら》った。

「随分とおめでたい頭だな。彼女の家の借金すら返済できない身で、どうやって結婚するつもりだ」

「それに関しては、貴様に感謝しようと思っていたところだ。わざわざ法的効力のある文書で、エスティニアとの結婚を白紙に戻してくれるのだからな」

「なに？」

ラシェルは右手を腰に当てると、オレッドを蔑《さげす》んだ。

「グランエルド家の借金は、問題なく返済できるという意味だ。そしてそれが完了した暁《あかつき》には、貴様には遠方のひなびた城へ移り住んでもらおうと考えている」

「は？　そんなこと、できるわけが」

アランが一歩前へ出た。

「オレッド様。あなたが自身の部下に命じてラシェル殿下の部屋の鍵をこじ開けさせ、室内を荒らしたことは、あなたの部下から証言が取れています。また、使用人の女性をそそのかして、エスティニアの部屋に娼婦《しょうふ》の衣服を置くように仕向けたことも、既《すで》に確認済みです。もしうまくやればその女性と付き合うと約束をしていたそうですが、そんなことを言った覚えはないと反故《ほご》にしたそうですね」

オレッドは笑った。

「バカバカしい。私がやったという証拠など残っていないし、誰が使用人《メイド》風情の証言を信じる？」

ラシェルはオレッドの胸元を掴《つか》むと、柱へ体を押しつけた。そして怨嗟《えんさ》のこもった目で睨《にら》みつける。

「エスティニアが強姦《ごうかん》されかかった日、貴様が王宮へ来た際に使っている専用の部屋から、彼女の銀髪が見つかっている。あの部屋の鍵を持っているのは家政婦長とお前だけで、エスティニアが一人で入ることは決してない」

「強姦《ごうかん》？　なんのことやら……。あれは彼女から誘ってきたんだ」

ラシェルの表情がより一層、憎悪で険《けわ》しくなった。

オレッドは青ざめ、なりふり構わず逃げようとした。ラシェルはそんなオレッドの顔を一発殴りつける。それとともに、オレッドは床へ勢いよく倒れこんだ。ラシェルは腰に携《たずさ》えている長剣を抜いて切っ先をオレッドの喉元へ当てる。

「……ひっ」

「今までどれだけ盾突かれても大目に見てきたが、エスティニアにまで手を出されるのは流石《さすが》に不愉快で我慢がならない。一生私の視界に入らぬ場所へ消えてもらおうか」

ラシェルは侮蔑を隠すことなく、はっきりと告げた。それとともに長剣を持ち上げる。

「ま、待てっ、待ってくれ！　私が悪かった！　もう彼女には関わらない！　約束する！」

「エスティニアの心に深い傷を負わせた貴様を、私が許すと思っているのか！」

容赦《ようしゃ》なく、ラシェルは剣を振り下ろした。刃はオレッドの頭頂部を掠《かす》め、彼の黒髪が床に落ちる。

「……っ」

オレッドは気絶していた。それを見たアランは、呆れ果ててしまう。

「見下げ果てた小者ですね。ラシェル殿下が相手をする価値もない」

アランは近くにいた衛兵を呼び寄せ、オレッドを運ぶように手際よく指示した。ラシェルは剣を鞘《さや》へ収めると、何事もなかったように歩き始めた。

◇

銀鉱の採掘が行《おこな》われている北の山。そこでエスティニアも調査に参加していた。山の気候は移ろいやすいものだが、幸いなことにここ何日も晴天が続いている。

エスティニアは上下が繋がった、主に農作業の際に着用する衣服を身に纏《まと》っていた。泥や砂ぼこりが付着しており、その姿からは到底貴族には見えない。エスティニアは疲れ切った面持《おもも》ちで、近くにあった岩場へ腰を下ろした。なんとしてでも銀を見つけなければならないというのに、未だ銀を見つけられていないのだ。

(もう半月以上も経っているのに、未だに発見できないなんて……)

急な斜面を歩きながら、エスティニアは項垂《うなだ》れた。だが落ち込んでいる場合ではないと、まだ探していない場所へと向かう。同行している調査隊の者から手書きの地図を渡されており、昼食を終えたエスティニアは他の者より先にやってきたのだ。

(地図ではこの周辺になっているけど、ここで合っているのよね?)

手書きの地図は少し乱雑で、わかりにくい箇所があった。エスティニアはひとまず地図を片づけると、剥《む》き出しになった岩盤などに銀らしきものがないか目視《もくし》で調べ始める。切り立った断崖の上に、つづら折り状の細い道が続いているのだが、足場が悪かった。一人で近づくのは絶対によそうと考える。しかしその時、突如として吹きつけてきた強風によって、体が煽《あお》られた。伏せる前に体が浮いたような感覚に襲われ、山の外側へ追いやられてしまう。

「きゃ……」

どこかに掴《つか》まれるような木もなく、エスティニアは急斜面になった山肌から滑《すべ》り落ちていた。

かなりの距離を転げ落ち、全身を襲う痛みでエスティニアは目を覚ました。

(……っぅ、私……)

なにが起きたのか考えをめぐらせ、滑落したのだと理解した。どれぐらい気を失っていたのかはわからなかったが、既《すで》に夕暮れ時だということだけは把握する。現在いる場所は山肌にせり出した岩棚で、そこより先はほぼ直角の崖《がけ》になっている。落ちた場所が少しずれていたら、崖下《がいか》に転落していたのだと知ってぞっとした。とてもではないが、崖《がけ》は下りられるような高さではない。しかも手足を痛めてしまったらしく、破けた服の合間から血が滲《にじ》んでいるのが見えた。頭も打ったようで、指で触れると血が付着する。

「どうしよう。誰か人を呼ばないと」

エスティニアはルイードの名前を呼んだり、大声で助けを求めた。だが吹きつけてくる山の風が強いせいで、エスティニアの声は掻き消されてしまう。初めこそ、昼食を終えた者たちがきっと来てくれると信じていたが、人の気配は一向に感じられない。それどころか、どんどん空が暗くなっていき、一気に不安が増す。

（こんな場所で一夜を明かしたら、凍え死んでしまう）

ここ数日、山で銀鉱を探す作業をしていたエスティニアは、夜の山がどれだけ冷え込むのかわかっていた。

（岩棚から下は崖《がけ》だけれど、ここから上は急勾配《きゅうこうばい》になっているだけで上がれない傾度じゃない）

助けが望めないならば、自分でなんとかするより他なかった。エスティニアはできるだけ這《は》うような体勢で登ろうとするのだが、怪我をした足に力が入らないせいで滑《すべ》り落ちてしまう。

「きゃ……っ」

岩棚に腰を打ちつけ、エスティニアは自《みず》らの不甲斐《ふがい》なさにほとほと呆れた。だが反省するのは後回しだと、再度急斜面を上がる。しかしながらところどころ脆《もろ》い部分があるのか、土が崩れてうまく登ることができなかった。何度も岩棚に落ちる羽目《はめ》になり、日が沈んで完全な夜になった頃には、虚脱感と怪我の痛みで動けなくなってしまう。何度も山肌を上がろうとしたせいで指の爪が割れており、体も土まみれだ。しかも夜になったことで急激に冷え込みだし、凍えそうになる。

（ここで死んでしまうのかな……）

諦めにも似た境地に追い込まれていた。疲れているせいで不思議と涙は出てこないが、体が鉛《なまり》のように重くて動かない。幸いだったのは、星明かりがあることだった。山の上にいることもあって非常に明るく、ランプなどがなくても周りがよく見える。

「……ん？」

足元にこぶし大の石があった。拾い上げてみると、ごつごつしていて黒ずんでおり、お世辞にも綺麗とは言いがたい。

「……まるで、私みたい」

その石が、泥だらけになっている自分の姿と重なった。愛着が湧いてしまい、エスティニアは付着している土を払い落とす。

(ラシェル様、今頃どうしてるだろう……。夕食の時間かな……?)

こんなときにあってもラシェルの顔が思い浮かび、愛しさで胸がいっぱいになった。

『私は君に告白した。だが君は、一度も私に返事をくれない。いつになったら、色好《いろよ》い返事をくれるんだ?』

ラシェルに告白の返事を求められ、本心を告げることができなかった。

「私、ラシェル様に好きってまだ伝えていない……」

このまま彼にきちんと返事ができないまま死ぬことを想像して、それは絶対に嫌だと思った。エスティニアは両手で自分の頬を叩くと、もう一度立ち上がる。

「戻らないと」

エスティニアは愛着が湧いて手放しがたくなった石を、腰にぶら下げていた袋へ入れた。そして再び斜面を登り始める。

(ラシェル様に会って、きちんと自分の口で好きって伝えたい)

少しずつ慎重に、斜面を転がり落ちないように進んだ。寒さのせいで指に力が入らず、足の先も感覚がない。けれども、そんなことは関係なかった。今のエスティニアを突き動かしている衝動は、彼に会いたいという気持ちだけ。そうして斜面から元いた細い道へ戻るまであと少しのところまで辿《たど》り着いた。しかし、あと少しだというのにそのあたりはとても滑《すべ》りやすい地質で、上がろうとすると細《こま》かな砂や小石がパラパラと落ちる。

「どうしよう……」

エスティニアが困り果てていると、遠くから人の声が聞こえてきた。

「エスティニア！　いたら返事をしろ！」

幻聴《げんちょう》だろうかと、自《みずか》らの耳を疑った。だがその声の主を、間違えるわけがない。

（――うそ、なんで……）

夢ではないかと思いつつ、反射的に返事をしていた。

「ラシェル様……っ！　ここです！」

うっすらと、炎の明かりが見えた。ここで気付いてもらわなければ助からないと、エスティニアは必死に声を出す。

「エスティニア！」

誰かが走ってくる気配がした。ランプの明かりが大きくなり、ここにいるはずのない人物を目にして、泣きそうになってしまう。

「様子を見に来てみれば……。待っていろ、すぐに引き上げる」

ラシェルは背後に付き添いで来ていた兵士に命じて、ロープを用意させた。ラシェルはロープを手にすると、自《みずか》らの腰に結びつける。

「殿下、危険です！　我々が救出しますので、どうか殿下は待機していてください」

「いや、私が行く。私がエスティニアの体を確保したら、速やかに引き上げてほしい」

ラシェルは兵士たちにロープを託すと、斜面を下りた。エスティニアがいる場所まで慎重に下がると、腰を抱く。

「ラシェル様……」

「しっかり私に掴《つか》まっていろ」

ラシェルに腰を抱かれ、エスティニアは彼の体へと抱きついた。その反動で少し揺れるものの、彼がしっかりと受け止めてくれたおかげで体勢を崩さずに済む。そしてラシェルが兵士に合図を送ると、ロープが引っ張り上げられた。ラシェルはロープに掴《つか》まり、エスティニアと一緒に山道《さんどう》へ歩を進める。エスティニアは力が抜けて座り込んでしまった。

「……ラシェル様、どうしてここに……？」

こんな場所に彼がいるなど、ありえないことだった。ラシェルはエスティニアの無事を確認するかのように、頬を両手で包み込んで顔を覗《のぞ》き込む。

「君の顔を見に来たんだ。まさかこんなことになっているなんて、予想もしなかった。……君を見つけられて、本当に良かった」

ラシェルは屈《かが》みこむと、エスティニアを強く抱きしめた。

「ラシェル様……、ご心配をおかけして、申し訳ありませんでした。助けてくださり、ありがとうございます。……兵士の方々にも、ご迷惑をおかけして、すみませんでした」

ラシェルはエスティニアの頭を撫《な》でた。

「君が生きていてくれたのなら、それでいい。よく頑張ったな。君の弟もとても心配をしていた。今は山の麓《ふもと》で待機しているはずだ。一緒に戻ろう。立てるか？　随分あちこちに怪我があるが……」

「はい。これぐらい、平気です」

エスティニアはゆっくりと立ち上がった。だがこれまで気にならなかった手足の怪我に痛みが走り、顔を顰《しか》めてしまう。

「辛そうだな。私の背に乗るといい」

「いえ、ラシェル様のお手を煩《わずら》わせなくても、自分で歩けます」

「君を一人背負って山を下りられないほど、私は軟弱ではない。どうか遠慮しないでほしい」

はっきりと言い放たれ、エスティニアは彼に背負ってもらうことにした。

「……ラシェル様、来てくださり、ありがとうございます」

「君は目を離すと、いつも怪我をしているな。不安だから一日中そばに置いておきたくなる」

彼の背中の温かさが心地よく、エスティニアの冷えた体にとても沁《し》みた。岩棚にいたときは、もう彼に二度と想いを伝えられないのではないかと、とても不安だったのだ。こうして彼に再び会えたことが奇跡のように思えて、エスティニアの両目からはぽろぽろと涙が溢《あふ》れてしまう。

「……ラシェル様」

「ん？」

「私……、ラシェル様のことが、好きです」

口にしてから、エスティニアはしまったと慌てた。彼の顔も見ずに、しかもこのような状況下で言ってしまったからだ。だがエスティニアの心配をよそに、ラシェルは嬉しそうに笑う。

「やっと、言ってくれたな。その言葉をずっと待っていた」

ラシェルはただそう述べたのだが、その声はとても温かく、優しさに満ちていた。エスティニアは安堵すると、彼に抱きついたまままさらに泣いてしまう。

「……ラシェル様と、ずっと一緒にいたいです……。もう、離れたくないです……」

「エスティニア。私と一緒になりたいと願い、頑張ってくれるのは嬉しく思う。だが、無理はするな。今回のように君になにかあったら、私は一生自分を許せなくなるだろう」

「でも頑張らないと、ラシェル様と一緒にいられません」

「ならば、私は君が無理をしないように、ずっとそばで見張っていないといけなくなるな。お望みなら、君の身の回りの世話も喜んでさせてもらうが？」

エスティニアはそこで、笑ってしまった。

「ふふ。ラシェル様、それは私の役目じゃないですか」

「私は結構本気なのだがな」

少し気分が落ち着いたエスティニアは、疲労が重なっていたこともあり、急激に眠たくなってしまった。ラシェルと話したことで気が緩《ゆる》んだのだ。そうして眠気に勝てぬまま、エスティニアの意識は深く沈んだ。

エスティニアが山麓《さんろく》にある宿屋で目を覚ましたとき、既《すで》に昼を過ぎていた。弟のルイードからこっぴどく叱られ、その後に医者による診察を受けたのだ。ラシェルはエスティニアが目を覚ます少し前に宮殿へ戻ったらしく、そばにはいなかった。そのことを少し残念に思ったが、本来は昨夜のうちに戻る予定だったところを昼まで付き添っていてくれたという話を聞いて、非常に申し訳なくなった。

「姉さんが持っていた地図だけ、書き写し間違えていたんだって。だから、姉さんだけ道をはずれたみたい。……ごめん。僕も一緒に同行していたら、もっと早く助けを呼べたのに。すごく、怖かったよね……」

ルイードの目の下が赤くなっていた。

「私こそごめんなさい。成果を焦るあまり、一人で行動してしまったから。とても反省しているわ」

怪我をしているエスティニアの姿を見て、ルイードは痛そうにしていた。

「本当に無事で良かったよ」

「うん……」

ルイードは一瞬目を潤《うる》ませたのだが、目尻を指で拭《ぬぐ》って堪《こら》えた。

「……ところで姉さん、さっきからなにを握《にぎ》っているの？」

「ん？　ただの石よ。山の傾斜から滑《すべ》り落ちたときに、拾ったの」

エスティニアはルイードに黒い石を見せた。するとルイードの顔色が変わる。

「随分と大きな銀鉱石じゃないか！　どこにあったの？」

エスティニアは目を丸くした。

「え？　これが、銀鉱石？　真っ黒よ？」

上下左右に石をひっくり返して調べるが、銀色の物質など付着している様子は見られなかった。どれが銀なのだろうかと、不思議そうにする。

「山の調査前に銀鉱石の見本を見せてもらったんだけれど、この黒いのは、自然銀だよ」

「え？」

「酸化しているから黒くなっているって聞いたよ。だからおそらく、この石すべてが自然銀だと思う」

エスティニアは呆気にとられた様子で、しばらく石に見入ってしまった。黒いのがすべて自然銀だとは、思いもしなかったからだ。ルイードはエスティニアからどこで銀鉱石を見つけたのか詳しく聞くと、宿を出て調査隊の者たちへ伝えに行った。翌日にはすぐにその場所が調べられ、他にもたくさん銀鉱石があることが判明したのだ。銀脈の在り処がようやくわかったことを、エスティニアとルイードは、互いに抱擁《ほうよう》して喜び合った。

「グランエルド領から、銀が見つかるなんて……」

エスティニアは涙ぐんでしまった。ルイードも目に涙を浮かべながら頷《うなず》く。

「うん。凄《すご》いよね」

感情を落ち着かせると、エスティニアはラシェルのことを思い浮かべた。早く彼にもこのことを知らせたい。

「すべて、ラシェル様のおかげだわ。援助していただいた分の資金もきちんとお返ししないと」

「そうだね。銀鉱石をたくさん見つけて、恩返しもしないといけないしね。スコットおじさんが立て替えてくれた利子のこともあるし、これからいっぱい頑張らないと」

「うん」

エスティニアが安堵すると同時に、ルイードもほっと胸を撫《な》で下ろしていた。

「これで姉さんも、王宮へ働きに行かなくて済むね」

「……え？」

「大体、姉さんはドジで落ち着きがないし、王宮で使用人《メイド》として働くなんて向いていないんだよ。しかも、ラシェル殿下の専属使用人《メイド》をしていたんだろう？　僕としては姉さんがいつ解雇されて戻ってくるか、毎日冷や冷やしていたんだから」

エスティニアはルイードを見てから、銀鉱石へ視線を落とした。

（……あぁ、どうしてそこまで考えが至らなかったんだろう……。借金がなくなれば、王宮へ働きに行く理由はなくなるというのに……。借金を返したら、また以前のように、ラシェル様と一緒に過ごせると思い込んでいた）

銀鉱石が見つかれば、ラシェルのもとへ戻れると信じていたのだ。だがおそらくそれはもうできないだろう。これからグランエルド家は銀鉱を採掘するのに忙しくなり、エスティニアも弟のルイードを手伝わなくてはならないからだ。
（ラシェル様と、もう会えないんだ……）
それまでの喜びが嘘のように萎《しぼ》み、エスティニアの心にはぽっかりと大きな穴が空いた。

第八章　舞踏会の夜

グランエルド領は夏を迎えていた。雨期に何度か大雨が降ったものの、田畑の作物はさほど大きな被害を受けることなく育っている。もうすぐ小麦などの収穫が始まり、苦しかった食料事情も大幅に改善される見通しだ。

エスティニアが銀鉱石を見つけた後、北の山からは多くの銀鉱石が採掘されるようになった。閉鎖されていた製錬所も、今や銀を作り出すのに忙しい毎日だ。製錬所で作られた銀塊《ぎんかい》にはグランエルド家の紋章《シンボルマーク》が刻まれており、エルデワース国で産出されたものとして正式に認められた。これにより、今までの不運がまるで嘘のように、グランエルド家は持ち直したのだ。

そんな中、エスティニアは弟のルイードを献身的《けんしんてき》に支えつつ、銀山と屋敷を行き来する忙しい日々を送っていた。採掘された銀を換金し、ミラーユ家へ借金を返しに行ったのはつい先日のことだ。オレッドの父であるラニエル大公が対応してくれたのだが、現在オレッドは遠方の地にいるとのことだった。詳細を聞くことはできなかったものの、縁談の方は無事に白紙へ戻すことができた。エスティニアは縁談を断ったことを謝罪したところ、どういうわけか逆にラニエル大公から深く謝罪されてしまった。愚息《ぐそく》が自己判断で勝手に縁談を申し込んだことでご迷惑をかけてしまった、と。その丁寧なお詫びにはエスティニアも恐縮してしまい、逃げるようにラニエル大公の居城を出たのだ。

エスティニアは屋敷へ戻ってから、弟のルイードに事の経緯を説明したのだが、彼は一言『ふーん』と返事をしただけだった。エスティニアとしては縁談が白紙になったことを残念がられるだろうかと覚悟していたが、予想に反して弟の態度は淡泊だった。そしてその後、特に問題が起きることもなく、グランエルド家は平穏を取り戻していった。

(……ラシェル様はどうしているだろう)

エスティニアが奔走《ほんそう》している間、ラシェルから本が届けられた。異国の銀山や銀について詳しく書かれた本だ。

「銀のブローチを、返しに行かないといけないのに……」

仮面舞踏会の夜に出会った男性が、ラシェルであることは間違いないと思っていた。彼に会わなければいけないのだが、あまりの忙しさになかなか時間がとれないでいたのだ。オレッドとの縁談が無事白紙に戻ったことを手紙で報告したものの、彼からの返事はまだない。エスティニアは自室で銀のブローチを両手で持って、暗い表情で何度もため息をついた。

「姉さん、大変だよ！」

ルイードがノックもなしに部屋へ飛び込んできた。エスティニアは頭痛を感じてしまう。

「ルイード。部屋へ入る前にノックをしなさいと、あれほど……」

「説教は後！　それよりこれを見てよ！　今さっき王宮から届いた手紙なんだけれど……」

封蝋に王宮の紋章《シンボルマーク》が記された手紙を渡された。既《すで》に封は開かれており、エスティニアは手紙を抜き取って文面を読む。

「グランエルド家に舞踏会の招待状？　こんな時期に？」

しかも開かれるのは一週間後であり、かなり急な開催告知だ。

「時期は問題じゃないよ！　ほら、ここをよく見て。今年催《もよお》された仮面舞踏会で、第二王子が大切なブローチをとある女性に預けたと書いてある。しかも、そのブローチを預けた女性に、第二王子は一目惚《ひとめぼ》れしてしまったらしいよ。文末に、もう一度会いたいから心当たりのある女性はブローチを身につけて舞踏会に来てほしいって」

エスティニアはそれを知った途端、腰を抜かしてしまった。

「ラシェル様が……？」

ルイードは慌てて床に膝をついて心配をした。

「ちょ、姉さん、大丈夫？　気分が悪くなったの？」

「だ、大丈夫……」

「無理をしないほうがいいよ。……それにしても、ラシェル殿下がブローチを預けた女性って、誰のことだろうね……。僕はてっきり、ラシェル殿下は姉さんに気があるんじゃないかって……」

ルイードがずっと喋《しゃべ》り続けていたが、まったく頭に入ってこなかった。

（仮面舞踏会が行《おこな》われたあの夜、私と一緒に過ごしてくれたのはやっぱりラシェル様だったんだ……）

エスティニアは手に持っていた銀のブローチを見た。ルイードはそれを見て、驚きのあまり背後へ倒れてしまう。

「ね、姉さん……、その手に持っているものは、なに？　まさか、ブローチじゃないよね？」

エスティニアは我に返ると、即座に銀のブローチを後ろへ隠した。

「え、えぇ。違うわ」

「だよね？　銀に大きなサファイアの宝石がついているように見えたし」

「そうよ。気のせいよ」

お互い微笑み合った。だがルイードが床を強く叩いて唐突に怒り出す。

「気のせいじゃないよ！　どうして誤魔化《ごまか》そうとするんだよ！　今の、どう見てもうちが所有する宝飾品じゃないよね？　誰のブローチなの？」

ルイードに睨《にら》まれたエスティニアは、身を縮めた。

「誰のって……、それは多分、ラシェル様のものだと思うけれど……」

「多分ってどういうこと……？　まさか姉さん、お父様の代理で出席した仮面舞踏会で、ラシェル殿下とお会いしていたの？　僕、聞いていないんだけれど」

「……だって、ラシェル様かどうかはわからなかったんだもの。私のお相手をしてくださった方は、仮面をつけていたし……。それに私だってかつらと仮面をつけていた。だから、向こうもあの夜に会ったのは、私だとわかるはずがないわ」

ルイードは残念そうな目でエスティニアを見つめた。そして呆れ果てた様子で首を振ると、両手で後頭部を押さえて俯《うつむ》く。

「案外、声でばれたとかじゃないの？　姉さんは聞き心地のいいおっとりとした声をしているし。もしくは王宮で働いている時に、姉さんが舞踏会で出会った相手だとわかるような出来事があったか」

ラシェルの目の前で、リボンにつけていた銀のブローチを見られたことを思い出した。だがエスティニアは、彼はそれより以前にわかっていたのではないかという気がしているのだ。

「と、取りあえず、ブローチはきちんとお返しします」

「舞踏会に行くってこと？」

「行けるわけがないでしょう。借金を完済したとはいえ、どこにそんな余裕があるの。辛抱強く仕えてくれている使用人たちに、十分な支払いができるほどの蓄《たくわ》えもまだないのに。そもそも……」

舞踏会へ行けるようなドレスは、すべて売り払ってしまったのだ。エスティニアの衣装部屋はほぼ空っぽの状態で、今からドレスを用意をしたとしてもおそらく間に合わないだろう。しかも衣装や宝飾品類を売ってしまったことを、ルイードには秘密にしているのだ。もしも知れば、弟は酷《ひど》く悲しむだろう。

「どうしたの……？」

「いいえ、なんでもないわ。……ブローチは私が日を改めてきちんとお返しに行くから、ルイードは心配しないで」

ルイードは奇妙な顔をしていたものの、エスティニアの部屋から出て行った。

それからというもの、エスティニアはすっかり気落ちしていた。せっかく王宮から招待状が来たのに、出席することができないからだ。

（せっかくラシェル様にお会いできる機会だったのに……）

そうしてため息ばかりの日々を送り、あっという間に舞踏会が開かれる前日になってしまった。

蝉《せみ》の鳴き声とともに目を覚ましたエスティニアは、重い足取りで身支度をした。いつものように弟の仕事を手伝うために部屋を出る。屋敷の主階段を下りたところで、玄関に誰か来ているのに気付いた。執事が応対しているのだが、なぜか玄関先に大量の木箱が運び込まれている。通常荷物などは裏口から運び込まれるため、正面玄関が利用されることはない。

「どうしたの？　この荷物……」

執事がすぐに振り返った。

「そ、それが、王宮からお嬢様宛ての荷物が届いたようです」

「私に？」

「はい」

誰が送ってきたのかを尋ねる前に、木箱に刻まれた鹿《しか》の紋章《シンボルマーク》が目に入った。よく知っている紋章《シンボルマーク》であり、同時にラシェルの姿が記憶に蘇《よみがえ》る。

『鹿《しか》の紋章《シンボルマーク》は私しか有していないから、あれが描かれているものには私が関わっていると思ってくれていい』

エスティニアはひとまず荷物を使用人《メイド》たちに任せ、部屋へ運んでもらうことにした。そして自室で木箱をすべて開封すると、中には壮麗《そうれい》なドレスや宝飾品などが入っていた。

（これを着て舞踏会へ参加しろ、ということよね？）

手紙などなにも同封されていなかったが、おそらくそういう意味だろうと受け取った。ドレスも宝飾品も、今のグランエルド家では到底買うことができない高価なものばかりだ。

エスティニアがドレスなどを眺《なが》めてしばらく黙り込んでいると、話を聞きつけたルイードがやってきた。王宮から舞踏会の招待状を受けたルイードは、グランエルド侯爵として参加しなければならない。朝からずっとそのための用意をしていたのだ。

「姉さん、なにをぼーっとしているの。すぐに支度をしないと！」

「え？　支度？」

「そうだよ！　ここから王宮まで半日以上かかるんだよ？　今から準備してすぐに出発しないと、間に合わなくなるよ」

「待って。私、まだ行くとは決めていないわ……」

ルイードはむっとした。

「姉さん。ラシェル殿下ほどいいお方はいないよ。姉さんがラシェル殿下の専属使用人《メイド》になった時も、すぐに手紙で教えてくれたし、グランエルド家を助けたいと言って多方面から援助をしてくれたんだ」

「え？」

「それに、姉さんみたいなうっかり者をもらってくれる物好き、今を逃したらもう二度と現れないよ」

失礼な、と眉を寄せつつも、エスティニアは煮《に》え切らない態度をとってしまった。ラシェルのことは愛しているが、果たして自分が彼に相応《ふさわ》しいかどうかがわからないのだ。

「でもね、ルイード……」

「姉さんは、ラシェル殿下が別の女の人と一緒になっても平気なの？　今回の舞踏会は、ラシェル殿下が妻を探すために催《もよお》されるものだって、みんな噂《うわさ》しているよ。もしも姉さんが行かなかったら、ラシェル殿下は別の人と結婚してしまうかもしれない。姉さんより魅力《みりょく》的で綺麗な女性なんて、いっぱいいいるんだから」

「慰《なぐさ》めているのか貶《けな》しているのか、どっちなの？」

エスティニアは余計に自信をなくしてしまった。ルイードはそんなエスティニアの両手を握《にぎ》ると、しっかりと目を見つめてくる。

「姉さんがグランエルド領のことや、僕を心配してくれているのはわかっている。でもそろそろ自分の幸せを考えてほしいんだ。この屋敷には僕を支えてくれる家族同然の使用人たちがたくさんいるし、とても頼りになる。だから、僕のそばにいてくれようとしなくていいんだ」

「ルイード……」

「もしもラシェル殿下にふられたら、僕が慰《なぐさ》めてあげるよ。だから、安心して」

にこりと意地悪く微笑むルイードに、エスティニアは苦笑した。

「酷《ひど》いのね。ふられたらなんて。……わかったわ。ラシェル様にお会いする」

「うん」

エスティニアはルイードの手を握《にぎ》り返すと、心優しい弟に感謝した。


舞踏会が開かれる場所は、以前仮面舞踏会が行《おこな》われたダンスホールと同じだった。以前は一人で参加したが、今日はルイードも一緒にいる。天井高くから吊るされたシャンデリアには数百の蝋《ろう》燭《そく》が揺らめいており、壮麗《そうれい》な大理石の床を照らしている。精緻《せいち》な彫刻《レリーフ》がなされた石柱が整然と並び、金で装飾された廻り縁《クラウン》や腰見切り《チュアレール》がとても眩《まぶ》しく見えた。

「それにしても、本当に綺麗だね」

ルイードが褒《ほ》めたのは、ラシェルから送られてきたドレスだ。青い絹タフタの生地に銀糸で花や葉が緻密《ちみつ》に刺繍《ししゅう》されており、袖には動くと優雅に揺れる薄青の襞飾り《ラッフル》。縁には銀糸レースが用いられており、青い小花のアップリケが愛らしかった。襟飾りにも薄青のレースが用いられており、エスティニアの銀髪や銀目によく似合っている。ダイヤモンドがはめ込まれた星形の小さな金の髪飾りをいくつもつけ、首には真珠のネックレス。そして胸元の中央には、菱形《ひしがた》のサファイアと真珠が配された銀ブローチをつけていた。

「ええ。私にはもったいないわ」

「絶対にドレスを破いたり、宝飾品をどこかに落として紛失したりしないように。特にブローチは絶対に盗まれないようにするんだよ」

正直なところ、エスティニアにもルイードにも、ドレスと宝飾品類の価格が正確にはどれほどなのか想像がつかなかった。特に宝飾品類は必ず元の状態のまま返却をしなければ、と震え上がっていたのだ。エスティニアは強張《こわば》った表情で、ドレスの裾《すそ》を踏まないように細心の注意を払って歩いた。

「わ、わかってる」

「仮面舞踏会のときのように、葡萄酒《ぶどうしゅ》でドレスを汚したりしないようにね？」

「う……」

痛い点を突かれ、エスティニアは壁際へ寄った。仮面舞踏会のときには秘密めいた妖艶《ようえん》な空気があったものの、今回の舞踏会では誰もが素顔をさらしているせいで明るい雰囲気だった。

「姉さん、気付いてる？　舞踏会に参加している女性たち、ほとんどブローチをつけているよ？」

既婚者以外の若い女性たちは、ほぼ全員と言っていいほどドレスの目立つ場所にブローチをつけていた。いくつもの宝石がついた派手なブローチをつけている者もいれば、金で作られた花のブローチやエメラルドのブローチをつけている者など、種類は様々だが、いずれも見るからに高そうなものばかりだ。

「どうして……？」

「どうしてって、そりゃあみんな、王子様に見初《みそ》められたいからじゃない？　みんな我こそはって気合が入っているんだよ」

「そうなの……？」

「もしもラシェル殿下がこの場で姉さん以外の美しい女性を見初《みそ》めてしまった場合、相手にブローチがついていたら『舞踏会の夜に出会ったのはこの女性だ』って言いやすいだろう？」

「えぇ？　そんなまさか……」

「ふてぶてしくブローチをつけて参加しているぐらいだから、彼女たちだって話を合わせるぐらいはするよ。『王子様と仮面舞踏会の夜に会ったのは私です』と、平然と嘘を言ってのけるだろうね」

エスティニアが落ち込むのとほぼ同時に、女性たちの黄色い悲鳴が上がった。ホールに国王とラシェルが現れたのだ。そしてラシェルのもとへ数人の女性たちが一斉に駆け寄る。

「ラシェル殿下、私が仮面舞踏会の夜に会った相手です。覚えておいでですか？」

「いいえ、私こそがラシェル殿下と会いました」

「違います。私です！」

これを見ていたエスティニアは、口元に手を当てて青ざめた。ルイードも顔を引きつらせている。

「う、うわぁ……。なにアレ。女の人って怖い……。獲物に群がる狼《おおかみ》に見えるよ……」

エスティニアも震え上がっていた。舞踏会に参加した自分が、場違いに思えてきてしまう。

「屋敷に帰りたくなってきた……」

「ここまで来てバカなことを言わないで。それより、姉さんは名乗りに行かなくていいの？」

エスティニアは大きく首を振った。彼女たちに交じって行く勇気などないからだ。気圧《けお》されている間にも次々と女性たちが殺到し、自分が仮面舞踏会の夜に会った相手だと名乗っていく。その光景は凄まじいものがあった。周囲に目をやれば、エスティニア以外の客人たちも異様な光景に引き気味だ。

（ラシェル様、大丈夫かしら……）

エスティニアがいる場所からは彼の様子は見えないため、心配になった。だが彼の周囲を取り囲む女性たちの輪へ飛び込む勇気は湧いてこない。もどかしく思っていると、見知らぬ男性がやってきた。

「失礼。私はベヌール領の伯爵、クライツです。もしやダンスを踊る相手をお探しですか？　よろしければ私と踊ってください。あなたのような可憐《かれん》な女性は見たことがありません」

唐突な誘いに、ルイードが立ちはだかった。そしてにこりと笑みを浮かべると、男性を威圧する。

「申し訳ありません。姉には先約がありますので、今宵《こよい》あなたと踊ることはできません」

男性は冷や汗をかいているようだった。追い打ちをかけるようにルイードが睨《にら》みつけると、すぐさまどこかへ退散してしまう。

「あのお方、よほどルイードのことが怖かったのね」

そう呑気にエスティニアが感想を述べると、ルイードが肩を竦《すく》めた。

「僕に睨《にら》まれたぐらいで引き下がるような腰抜けなんて、大した奴じゃないよ。……あーあ、僕ってなんて姉思いの弟なんだろう。こうやって虫除《むしょ》けの役目もするなんて」

自慢げに語るルイードに、苦笑してしまうエスティニア。そこへ、一人の女性がやってきた。エスティニアに仕事を教えてくれたマリーだ。今日は舞踏会用のドレスを着ている。

「こんなところにいたのね。駄目じゃない、埋もれてちゃ。ほら、こっち」

マリーはエスティニアの手を握《にぎ》ると、そのままホールの中央へ引っ張っていった。

「マリーさん？　あの、どこへ」

「今日の主役は、あなたでしょう？　ラシェル殿下も、今のあなたの姿を見たら絶対に惚れ直すわ」

「え？」

「だって今宵《こよい》のあなたはとっても綺麗だもの。ほら、勇気を出して頑張って」

ホールの中央へ到着すると、エスティニアはマリーに置き去りにされてしまった。混乱するエスティニアは、おろおろしてしまう。ホールの中央は人が少なく、かなり目立った。

（ど、どうしよう）

戸惑っていると、ラシェルに群がっていた女性たちが一斉に脇へ避《よ》けた。どうやらラシェルが下がるように命じたようだ。彼は女性たちの間を通って、こちらへやってくる。ラシェルはブルーラベンダー色をした絹に、金糸で鹿《しか》の刺繍《ししゅう》がされた長衣を纏《まと》っていた。

「エスティニア」

久方ぶりに聞くラシェルの声に、涙が出そうになった。彼と再会できた喜びで、胸がいっぱいになってしまう。

「はい、ラシェル様」

「眩《まばゆ》いほどの美貌《びぼう》だな。今夜の君は、美の女神も嫉妬《しっと》するほどの清らかさだ」

「あ、ありがとうございます……」

エスティニアは緊張のあまり、ドキドキしていた。目の前にいる彼は、記憶の中よりもずっと容姿が整って見えたからだ。

「エスティニア。私と踊ってくれるか?」

ラシェルが手を差し出した。エスティニアはその手に自分の手をゆっくりと重ねる。

「はい、喜んで」

エスティニアは公《おおやけ》の場で、異性とダンスを踊った経験など皆無だった。周囲の目線がある中できちんと踊れるのかどうか、内心不安で怯《おび》えてしまう。

「安心しろ。私がきちんとリードをするから、任せてくれればいい」

宮廷楽師たちが、ダンスのための音楽を奏で始めた。それとともにエスティニアはラシェルに合わせて踊りだす。

(足元を見ないように、背筋をきちんと伸ばして)

失敗すれば自分だけではなく、彼にも恥をかかせることになってしまう。エスティニアは最初こそ必死になったものの、すぐに難なく踊ることができるようになった。ラシェルのエスコートが完璧だったからだ。初めて一緒に踊るというのに、息がぴったりと合う。そうして踊っているうちに、エスティニアは自然と笑みをこぼした。

「ふふ」

「どうした？」

「いえ、ラシェル様とこうして踊っているなんて、まるで夢のようで」

本当に現実なのだろうかと疑うほどに、幸せなひと時だった。

「夢じゃない。それに、踊りたければ毎日こうして踊ってもいい」

毎日と言われ、エスティニアは顔が赤くなってしまった。

「また専属使用人《メイド》として、ラシェル様のおそばに戻ってもいいということですか？」

「いや、専属使用人《メイド》はもう必要ない」

「……そう、ですか……」

やはり役に立てなかったのだろうかと、落胆してしまった。

「これからは、君が私の妻としてずっとそばにいてくれたらいい。目の届く場所にいてくれたほうが、私も安心する」

妻として、とはっきり言われた。だが安易に喜ぶことなどできない。

「私なんかを妻にしたら、きっと後悔されてしまいます。私より優れた女性はたくさんいますし」

「後悔などするわけがない。君は、私が夫だったら後悔するのか？」

エスティニアは少しばかり拗《す》ねた顔をした。

「後悔はしませんが、毎日妬《や》いてしまいそうです。先ほども大勢の女性に声をかけられていましたし」

「それを言うなら、君も見知らぬ男性にダンスを誘われていたのではないか？」

ほんの少し、咎《とが》めるような口調だった。なにも悪いことはしていないのに、エスティニアは怯《ひる》んでしまう。

「見ていたのですか？」

「あぁ。一番にダンスを申し込みたかったというのに、他の男性に先を越されて嫉妬《しっと》していたからな。君の弟が間に入っていなければ、私が阻止していた」

「ラシェル様に妬《や》いていただけるなんて、光栄です」

互いに顔を見合わせて笑った。大勢の観衆の中で踊っているのに、彼しか視界に映らない。そうして曲の終わりとともに、ダンスも終わってしまった。周囲からは惜しみない拍手が送られ、エスティニアはラシェルと並んでお辞儀をする。

（ラシェル様とダンスをしたなんて、夢みたい……）

もっと彼と一緒に踊っていたかっただけに、エスティニアは寂しくなってしまった。ラシェルを独り占めするわけにはいかないと、頭ではわかっているが、どうしても離れがたいのだ。

「エスティニア。父上のもとへ一緒に行こう」

「は、はい」

ラシェルの父とは、ホルス国王のことだ。彼に手を引かれて、エスティニアはホールに設けられた玉座へ向かった。椅子に着座していたホルスは立ち上がると、二人を温かい笑顔で迎える。

「エスティニア。とても上手なダンスだった」

「国王様、ありがとうございます」

「君が王宮からいなくなった後、ラシェルはずっと不機嫌で寂しそうにしていたよ。私の心の安寧……、いや、ラシェルの心の安寧のためにも、君には早く戻ってきてほしい」

「ラシェル様の？」

「あぁ。朝は寝起きが悪いせいで、朝食を取らないこともあるぐらいだ。アランでさえ、手を焼いている」

ラシェルが咳払いをした。

「父上。そういう話は今この場でしなくてもよいのではありませんか？」

「いいではないか、事実なのだから」

エスティニアは顔を横に向けて、笑っているのが知られないように誤魔化《ごまか》した。だが隣にいるラシェルが気付かないわけもなく、軽く睨《にら》まれてしまう。

「なぜ笑う？」

「いえ、ラシェル様の寝起きが悪いことは、周知の事実なんだ、と思いまして……」

「いつもではない。朝は少しばかり苦手なだけだ」

少し苦手という部分に、ホルスは疑わしい目を向けていた。エスティニアとしても、少しではないような、と首を傾《かし》げてしまう。

「まぁ、ラシェルの話はともかく、エスティニア。また一緒にお菓子を食べよう。君が戻ってきてくれたら、とびきりおいしいお菓子を用意するよ」

ぴくり、とラシェルの眉が動いた。

「父上、エスティニアが泥棒だと疑われたときのことをもうお忘れですか。父上が秘密に、と口止めをしたせいで、エスティニアは大変な目にあったというのに」

「そ、それについては悪かったと反省をしている……」

エスティニアはラシェルとホルスを交互に見て、慌ててしまった。

「あ、あの、私のことは大丈夫ですから。疑いはもう晴れていますし。それに、国王様が偶然私と一緒にいてくださったおかげで、身の潔白が証明されたんです。ですから、とても感謝しています」

国王は涙ぐんだ。

「エスティニア。お前は優しいなぁ」

ラシェルは不機嫌そうにエスティニアを自分の背後へ隠した。

「エスティニアへ取り入って、自分の味方にしないでください」

「わかった、わかった。久しぶりにエスティニアと会えて、お前もゆっくり話がしたいだろう。後のことはすべて私に任せて、お前たちは好きなところへ行くといい」

「ありがとうございます。お言葉に甘えて、そうさせていただきます」

エスティニアはホルスへ挨拶《あいさつ》をしてから、ラシェルに手を引かれてホールを後にした。

エスティニアはラシェルに連れられて、輝く星空の下を歩いていた。静かな場所を求めて、東の中庭までやってきたのだ。ホールでの賑《にぎ》やかさがまるで嘘のように、東の中庭は静謐《せいひつ》な空気に満ちていた。舗装された石畳の上を歩く音しか聞こえず、時折吹くひんやりとした風も心地いい。

（どこまで、行くのかな……）

ラシェルに連れてこられた場所は、大塔だった。昔は国王の家族が暮らす部屋があったそうだが、増築で別に部屋が設けられたため、現在は使用されていない。大塔の中は壁に沿って螺旋状に石階段があった。二階まで吹き抜けになっており、中央に置かれた大きなテーブルの上には三脚の鉄製燭台《しょくだい》がある。既《すで》に蝋燭《ろうそく》の明かりがついており、二人分のグラスと水や葡萄酒《ぶどうしゅ》などが入った数本のボトル、そして軽食が用意されていた。

「もしかして、最初からここへ来るつもりだったのですか？」

「あぁ。舞踏会は適当なところで切り上げて、君と抜けだしてくるつもりだった」

床には青い絨毯《じゅうたん》が敷《し》き詰められていた。壁にはエニシダの紋章《シンボルマーク》が描かれたタペストリーが飾られており、暖炉《だんろ》もある。ラシェルは扉に鍵をかけ、エスティニアの隣へ立った。

「どうして、ここへ来たんですか？」

「ここなら人が来ない。私の部屋でもよかったんだが、余計な邪魔が入る恐れがあるからな」

今夜は遠方から貴族たちが集《つど》っているのだ。ラシェルに一言挨拶《あいさつ》がしたいとやってくる者たちも多い。

（いいのかな……、私がラシェル様を独占してしまって……）

申し訳ない気持ちになったが、それと同じぐらいに嬉しくもあった。

「ラシェル様。ずっと、聞きたいことがあったんです」

エスティニアは意を決して彼に質問することにした。

「なんだ？」

「仮面舞踏会の夜に、私と噴水のそばで話をしてくれたのは、ラシェル様ですか？」

これまで幾度となく抱いた疑問を、ようやく尋ねることができた。ラシェルは懐かしそうに、やんわりと目を細める。

「あぁ。君は、父の代理を果たせなかったと言って、泣いていたな」

やはり彼だったのだと知り、エスティニアは泣きそうになった。だがほんの少しの間だけ目を閉じると、はやる気持ちを落ち着かせる。

「どうして、あの夜に出会ったのが私だとわかったのですか？　私がいつも持ち歩いていた銀ブローチで？」

ラシェルは首を振った。

「いや、仮面舞踏会の夜、君は父が重い病《やまい》で、と言っていただろう？　あの夜以降、亡くなった貴族は、君の父上であるグランエルド侯だけだった。だからもしやと予想していた。確信を抱いたのは、君の声を聞いたときだ。北方の丁寧なアクセントに、朗《ほが》らかで小鳥が囀《さえず》るような声をしているからな。一度聞けば忘れようがない」

「それほどまでに、特徴のある声をしていますか……？」

「あぁ。いつまでも聞いていたいほどに。私は君の声をとても気に入っている」

エスティニアは頬が熱くなるのがわかった。

「は、恥ずかしいです」

「そういう純朴《じゅんぼく》なところも、好いている」

余計にいたたまれなくなり、エスティニアは熱くなる頬に両手を当てて冷ました。そして改めて質問を再開する。

「……ラシェル様は私が銀のブローチを持っていると知っていて、なぜ返してほしいとおっしゃらなかったのですか？」

仮面舞踏会の夜に出会った女性がエスティニアだとわかっていたのならば、銀ブローチを預けたことも覚えていたはずだ。だがラシェルは、一度もエスティニアへ銀ブローチを返してほしいとは言わなかった。

「その銀のブローチは、私の亡き母がとても気に入っていたもので、形見なんだ。私の母は貴族の出だが、身分はあまり高くはなかった。だから私の父方の祖父母に結婚を猛反対された上、挙式には参加していただけなかったと聞いている。周囲の貴族たちも彼らの顔色を窺《うかが》って、結婚式を辞退した者たちも多くいたそうだ。そんな中、ある家の夫婦が銀ブローチを献上して、私の両親の結婚をとても祝福してくれたらしい」

「……それってまさか」

ラシェルは頷《うなず》いた。

「君のご両親だ。母はそのことを、幼い私に何度も聞かせてくれた。誰にも望まれていない結婚だと思っていたが、喜んで祝ってくれる人たちがいた、と。そんな母が、生前こう言っていた。いつか運命だと思った女性に、このブローチを渡しなさい、と」

「ラシェル様の、お母様が？」

「あぁ。だから私は君へブローチを渡したんだ。……まさか君の家から献上されたものだとは、最近まで知らなかったが……」

エスティニアは胸元につけている銀のブローチへ手を当てた。そのまま目を伏せて、悲しい気持ちになってしまう。

「お母様の形見である大切なブローチを、私の家のために売ろうとしてくれたのですか？」

ラシェルがグランエルド領に銀鉱石があると教えてくれた日、エスティニアは聞いたのだ。

『……もしも銀が見つからなかったら、どうすればいいのですか？』

その問いに対し、彼はこう答えた。

『そのときは、預けたブローチを売ればいい。グランエルド家の借金ぶんぐらいは、十分に賄《まかな》えるだろう』

とても大事なものであるにもかかわらず、彼はエスティニアのためを思って母の形見だと言わなかった。

グランエルド領から銀が採掘されなければ、ラシェルはエスティニアへ母の形見であることを一切知らせずに、銀ブローチを売らせていたのだろう。彼がそんな人物であるとわかるからこそ、胸がとても痛い。

（私には、ラシェル様にそこまで尽くしてもらうほどの価値はないのに……）

暗い表情で落ち込むと、ラシェルは真剣な眼差《まなざ》しを向けた。

「エスティニア。私は君が一番大切だ。たとえブローチを売ることになっていたとしても、母は決して責めたりしない。むしろ、自慢の息子だと誇ってくれるはずだ。だから君がそんな顔をする必要はない」

「ラシェル様……」

「それにしても、不思議な縁だな。君と出会えたのは、とても偶然だとは思えない」

「私も、そう思います」

エスティニアの父が自然銀を見つけていなければ、ブローチが作られることはなかった。ラシェルからブローチを預かることもなかったし、借金を返済することもできなかった。奇妙な巡りあわせで、こうなることが運命だったように思えてしまう。

「エスティニア」

「はい、ラシェル様」

「そのブローチは、これからも君が持っていてほしい」

エスティニアは即座に反応できなかった。それには、とても重い意味があると理解しているからだ。

「私が、ですか……？」

ラシェルは頷《うなず》くとともに、エスティニアの頬へ手を添えた。

「エスティニア。どうか私とこれからもずっと一緒にいてほしい。君を生涯かけて幸せにすると誓う。だから、私の妻になってほしい」

　彼の誠実な人柄や、愛情深さはもう知っていた。エスティニアはそんな彼だからこそ、一緒にいたいとずっと願っていたのだ。だからすぐに嬉しさが込み上げ、感激のあまり涙を流してしまう。

「……私で、よろしいのですか？」

「君以外、考えられない。君がいいんだ」

　これまで彼の誠意に向き合うことができず、ずっと我慢していた。借金や弟のことを思うと、とても素直に本心をさらけ出せる状況ではなかったのだ。だが今は借金もなくなり、弟にも後押ししてもらった。自《みず》らを縛りつけていた重い鎖はもうないのだ。

「私も、ラシェル様がいいです。ラシェル様以外の人は、嫌です」

「知っている」

　エスティニアはラシェルに体を引き寄せられ、唇を奪われた。そのままお互いを確かめ合うように、深く唇を重ねる。

「ラシェル、さま……」

「君を愛している。これからもずっと、この気持ちは決して変わらない」

「私も、ラシェル様を愛しています。ラシェル様だけを、お慕いしています」

　再び、唇が重ねられた。

（ラシェル様と一緒になれるなんて、夢物語だと思っていたのに……）

　喜びの涙が頬を伝った。ラシェルはその涙を指で拭《ぬぐ》い、苦笑する。彼はエスティニアの額《ひたい》へ唇を落とすと、さらに鼻先や頬にも口づけをしていった。とても優しくて愛情がこもった口づけで、エスティニアは心が満たされていく。彼とこうしてまた触れ合えることが、まるで奇跡のようだった。

「今すぐ、君と触れ合いたい」

耳元で囁《ささや》かれ、それがどういう意味なのかすぐにわかった。

「こ、ここで、でしょうか？」

「上に寝室がある。もしも君がこの場でしたいというのならば、私は一向に構わないが」

エスティニアはすぐに首を振った。

「いえ、寝室でお願いします」

手を引かれて、石階段を上った。案内されたのは、三階にある寝室。床には絨毯《じゅうたん》が重ね敷《じ》きされており、大きな寝台が中央にある。長年使用されていないのでは、と思ったものの、天蓋《てんがい》から垂らされている布や青色のシーツは真新しく、室内もきちんと清掃されて清潔に保たれていた。ステンドグラスの花の飾りがついた銅製のランプが壁に掛けられており、部屋の端にはテーブルも置かれている。唯一ある窓は、二つの柱に水平に石が渡されたリンテルになっており、宮殿と城壁《カーテン・ウォール》の間に広がる外庭が見えた。

「今夜は星がよく見えますね」

エスティニアが窓のそばに立って景色を眺《なが》めていると、ラシェルが背後に立った。彼はエスティニアのドレスへ触れ、脱がし始める。

「そうだな」

「つぁ……、ラシェル様、あの、ドレスを脱がさないでくださ……」

「君は、おかしなことを言うな？　脱がさなくては肌を重ねられないだろう？」

「そういう、意味じゃなくて……。ここは庭園から室内が見えてしまいます。せめて、部屋の奥で」

衛兵が通りかかって気付かないとも限らない。エスティニアは抵抗するが、ラシェルは器用にドレスを脱がして下着姿《シュミーズ》にしてしまう。

「なるほど。私としても誰かに君の肌を見られるのは許しがたい。では、こちらで続きをしよう」

部屋の隅のテーブルまで連れてこられた。壁に掛けられている銅製のランプが、エスティニアのしなやかな体に陰影を作り出す。下着《シュミーズ》の上からでも胸の形がはっきりとわかり、エスティニアは背を向けて隠そうとする。

（久しぶりにラシェル様に見られて、凄《すご》く恥ずかしい）

じっとしていると、ラシェルはエスティニアを背後から抱きしめた。彼に抱きしめられるのは心地よくて好きなのだが、この状況では心拍数が上がる原因にしかならない。

「どうしたんだ？　もしや、照れているのか？」

楽しげな声が後ろから聞こえた。ラシェルは問いかけながらも、エスティニアの耳を揺らすように食《は》んで、息を吹きかける。

「そ、その、私、心の準備が……」

「安心してほしい。私も心の準備は整っていないから、君も気にしなくていい」

耳の裏側を、ねっとりと舌で舐《な》め上げられた。それとともに吐息《といき》が漏《も》れ、肩が揺れてしまう。ラシェルはエスティニアの耳の輪郭《りんかく》を舌でなぞり、刺激を与えた。エスティニアはくすぐったいようなじれったいような感覚を味わわされ、余計に鼓動が速くなっていく。そうしている間もラシェルはエスティニアの耳朶《じだ》を啄《ついば》み、堪能《たんのう》していた。

「んぅ……、ラシェル様……」

抱きしめられたまま、体を弄《まさぐ》られた。ラシェルの手はエスティニアの喉元をくすぐり、鎖骨を撫《な》でてから、胸の膨《ふく》らみへ滑《すべ》り落ちる。下着《シュミーズ》の上からではあったが、彼の手が触れただけでエスティニアは喘《あえ》ぎ声を漏《も》らしそうになる。

「どうして我慢するんだ？　どうか私に、君の小鳥のような声を聞かせてくれないか。私は君の声をとても愛らしく思っているのだから」

聞かせてほしいと言われ、逆に声を出しにくくなってしまった。だがラシェルはエスティニアへ声を出させようと、背後から胸を両手で掬《すく》い上げる。

「い、嫌……」

喘《あえ》ぎ声は出したくないと、首を振って抵抗した。だがラシェルはやれやれと軽くため息を漏《も》らす。

「仕方がないな。私が手伝おう」

下着《シュミーズ》がしゅるりと音を立てて床に落ちた。それとともにラシェルはエスティニアの背後から胸を、ゆっくりと揉《も》み始める。

「ふ……っ」

声が出そうになって、慌てて両手で自分の口元を押さえた。だがラシェルは気にせず、エスティニアの胸を大胆に揉《も》み続ける。

「胸を揉《も》まれただけで、啼《な》きそうになったのか？　大変だな。どれだけ頑張れるのか見ていてやるから、精一杯耐えてみるといい」

まるでいじめだった。ラシェルはエスティニアの胸の突起を指でつまむと、グリグリと捏《こ》ね始める。すると、全身に抗《あらが》いがたい甘い痺《しび》れが駆け抜けた。下半身が熱くなり、立っていられなくなる。

「んっ、ふ……っ、うぅ」

彼の指は緩急をつけて、エスティニアの胸の突起を揉《も》んでいた。体をよじって逃げることもできず、エスティニアはなすがままに彼の愛撫《あいぶ》を受ける。甘い痺《しび》れはどんどんと強くなっていき、エスティニアは小さく体を震わせた。

(声を我慢せずに出せば、許してもらえる？)

たまらず、上半身が倒れてテーブルの上に片手をついてしまった。だがラシェルはエスティニアの胸の突起だけを攻め続けており、手を緩《ゆる》める気配がない。

「エスティニア。ほら、応援するから頑張るんだ」

言っているそばから、ラシェルはエスティニアの胸の頂《いただき》を指でなぞってくすぐった。

「ひ……ぅ……く……っ」

声を出したいのを、堪《こら》えた。ラシェルはますます楽しそうに、エスティニアの胸を揉《も》みしだく。

「もしも君が声を聞かせてくれたら、ご褒美をあげようか」

ご褒美とはなんだろう、とエスティニアは純粋に興味を抱いてしまった。

「ご、褒美……？」

「そうだな……。これから三日間私の部屋に籠《こ》もって、二人きりで愛を確かめ合うというのはどうだ？」

ラシェルはかなりの持久力があり、一度で満足するような男性ではないことをよくわかっていた。もしも三日間も彼に愛され続けたならば、エスティニアは確実にもたない。

「無理です……っ」

間を置かずに正直に言うと、ラシェルが不服そうにした。

「無理ではないだろう？　君は頑張ればできる子だ。私のために、頑張ってくれるな？」

またもや胸の突起を、いじられた。痛いほどに張りつめている胸の突起は、彼に指で捏《こ》ねられただけで、心地よい痛みを伴う。いっそ声を出して楽になりたいが、そんなことをすればどうなるのか、想像しただけでぞっとしてしまう。

（ラシェル様は、やると言ったら絶対にやる……）

エスティニアがどれだけ嫌がろうが、抵抗しようが、部屋に籠《こ》もって愛されるのは避けられない。足腰が立たない状態にでもされたら、笑い話にもならない。

「できま……せ……」

頭《かぶり》を振れば、ラシェルの指がエスティニアの胸の突起を少し強めにつまんだ。

「できないのか？　ならば、できるように訓練をしなければいけないな。なにも不安に思わなくていい。私がきちんと手ほどきをするから」

嬉々として語るラシェルに、エスティニアは逃げたくなった。しかしながら彼の愛撫《あいぶ》はエスティニアを官能の渦《うず》へ引きずり込み、感度を高めていく。

「……っ」

絶対に喘《あえ》ぎ声を出すまいと必死に口を閉ざしていた。だがラシェルは、エスティニアのそんな様子に痺《しび》れを切らしたのか、手を下腹部へ滑《すべ》らせていく。手がどこへ向かおうとしているのか察したエスティニアは、彼の手を掴《つか》もうとした。だがわずかに遅く、ラシェルの手はエスティニアの下半身へ滑《すべ》り込んだ。股の間を撫《な》でられ、そこで彼が微笑する。

「胸をつまんだりされただけで、股の間を濡《ぬ》らすほどに感じていたのか？」

そこで、エスティニアは足の間が湿っていることを知った。あまりの恥ずかしさに足を閉じようとするも、体勢を崩してテーブルの上へ倒れこんでしまう。

「きゃ……、ご、ごめんなさい、ラシェル様」

すぐに立ち上がろうとしたが、背中を押さえつけられてしまった。

「そのままでいい」

「え？　そのまま……？」

困惑する間《ま》もなくテーブルの上で伏せていると、ラシェルがエスティニアの首筋へ口づけを落とした。それとともに、首の付け根から背骨に沿うように、口づけをゆっくり落としていく。

「滑《なめ》らかな肌だ」

臀部《でんぶ》を撫《な》で上げられた。思考が追いつかないままでいると、ラシェルはエスティニアの臀部《でんぶ》を割り広げる。するとひんやりとした空気が火照《ほて》った秘部へ流れ込み、エスティニアはかすかに身を竦《すく》ませた。

「ラシェル様……？」

背後からラシェルの指が蕩《とろ》けきった割れ目へ触れた。潤《うるお》いに満ちた花弁に触れられただけで、下腹部がきゅんとなってしまう。

「エスティニア。どうか、私のために啼《な》いてほしい」

ラシェルはそう言って、エスティニアの秘部を大胆に愛撫《あいぶ》し始めた。ラシェルは既《すで》にエスティニアの感じる部分を心得ているため、遠慮がない。襞《ひだ》を丁寧にめくりあげ、蜜に濡《ぬ》れた花芽を容赦《ようしゃ》なく指で弄《もてあそ》び始める。

「んぅうっ、や、ぁあぁっん、はっ……んぅ」

びりびりと、まるで雷にでも打たれたかのような刺激が駆け抜けた。めくるめく快楽を体に覚えさせられたエスティニアは、堪《こら》えきれずに喘《あえ》いでしまう。ラシェルはこれに気を良くしたのか、花芽を優しく撫《な》でる。

「もっと聞かせてほしい」

エスティニアは身構えようとしたが、再びラシェルの指が花芽を蹂躙《じゅうりん》した。蜜を潤滑油《じゅんかつゆ》代わりにして、花芽を二本の指で幾度もスライドさせる。これによってビクビクとエスティニアの腰が跳ね上がってしまった。蜜孔からはいやらしく新たな淫水が溢《あふ》れ、エスティニアの秘部を濡《ぬ》らしていく。

「んぅう、や、やめ、ラシェルさま……っ、ゆるし……っ」

涙ながらに懇願《こんがん》したが、ラシェルから返事はなかった。背中へ舌を這《は》わされ、舐《な》め上げられる。

その間も花芽はラシェルの手によっていたぶられ、エスティニアは思考すらままならない。

「エスティニア、達したら楽になる。素直に快感を堪能《たんのう》するといい」

逃げ場を求めて、エスティニアはテーブルの上へ手を這《は》わせた。だが逃げ場などあるはずもなく、意識が掻き乱される。体が溶かされてしまうのではないかと思うほどに熱く、許容量を超えた悦楽に耐え切れなくなった秘部は限界まで高まっていく。

「っあぁ……！」

強烈な波が押し寄せたかのように、一気に達してしまった。強張《こわば》っていた体は弛緩《しかん》し、エスティニアはテーブルの上でぐったりとしてしまう。秘部はヒクヒクと痙攣《けいれん》しており、蜜孔からはとろりと糸を引いて蜜が落ちる。

「とても気持ちよさそうな顔をしていたな」

エスティニアの背中へ、いくつもの口づけが落とされた。鬱血《うっけつ》の花びらが散らされていく。

「そ、そうですか？」

彼に痴態《ちたい》を見られるのは、恥ずかしすぎた。彼に感じさせられているときは無我夢中で、自分がどのような姿をさらしているのか想像すらしたくない。

「あやうく理性を失いそうになった」

まだ完全に呼吸が落ち着いていないというのに、ラシェルはエスティニアの蜜口を撫《な》で始めた。

エスティニアがもう少し休ませてほしいとお願いする前に、彼は指先をほんの少し入れる。

「ラシェル様、なにを……」

「行為に及ぶのは久しぶりだから、念入りにほぐしておかないといけないだろう？　柔らかくしておけば、挿入もしやすくなる」

後ろからラシェルの指が二本、慎重に入れられた。柔らかな蜜壁は彼の指によって、ほぐすように指圧される。

「ん……、ぅ、ラシェルさま、この体勢は恥ずかしいです」

彼に臀部《でんぶ》を見せる姿勢であり、ランプの明かりで秘部が照らされているのだ。彼の眼下にさらされていると想像しただけで、エスティニアはたまらなくなった。

「このほうが、君も気分が高揚するだろう。……ほら、膣内《なか》がまた潤《うるお》ってきた」

「い、言わないで……っ」

感じるほどに蜜壁はラシェルの指を締めつけた。その度に指で蜜壁をほぐされ、エスティニアは腰が痺《しび》れるほどの悦予《えつよ》を感じさせられたのだ。

（ラシェル様の指が入って、私の体を滅茶苦茶《めちゃくちゃ》にする……）

彼は規則正しく指を出し入れしていたかと思えば、小刻みに振動を与え翻弄《ほんろう》してきた。エスティニアは抗《あらが》うことができず、むしろより一層の快楽を求めて腰を動かしてしまう。

「ここがいいのか？」

ラシェルに尋ねられ、エスティニアは顔から火が出そうになった。あまりの心地よさについ夢中になり、彼の愛撫《あいぶ》に集中してしまう。

「ち、ちが……」

真逆のことをつい答えたが、ラシェルはにこりと微笑んだ。

「違わないだろう？」

ぐちゅぐちゅとわざと音をたてるように、膣内《なか》を掻き混ぜられた。エスティニアが気持ちいいと思った部分を、執拗《しつよう》に攻められ続ける。

「や……、ラシェル様、そこは、だめ……っ、いやっ」

何度も指で淫《みだ》らに摩《さす》られ、蜜壁が蠕動《ぜんどう》していた。嘘のように全身に力が入らず、ただ快楽を享受《きょうじゅ》するだけになってしまう。彼の指の動きはとても技巧に富んでおり、エスティニアを酔わせた。指の動きだけで感度を高められ、エスティニアはよくわからないままに果ててしまう。しかしながらそれだけでは彼は満足せず、エスティニアの蜜壁を何度も圧迫して快楽に苛《さいな》む。

（苦しい……）

指では届かない最奥が、ジンジンと疼《うず》いていた。早く彼に突かれたいと思ってしまうほど、蜜壁が物足りなさを訴《うった》えている。エスティニアはさらなる刺激を欲し、身をよじってしまった。

「どうかしたのか？　エスティニア。先ほどから不満そうな顔をしているな」

「んっ、そ、そんなこと、は……」

「言い忘れていたんだが、今日は君が欲しいとおねだりをするまで待つことにした」

「……欲しい？　私が、ラシェル様に、なにかをおねだり、するのですか？」

エスティニアは意味がわからず問い返すと、ラシェルは温和な声で答えた。

「あぁ。私のモノで貫《つらぬ》かれたいのかどうか、わからないからな。もしも私が欲しくないのであれば、今夜は指だけで終わりにしようか。私としても、愛しい君に無理強《むりじ》いはしたくない」

残酷な発言をされてしまった。つまり彼は、エスティニアに入れてほしいと言わせるつもりなのだ。ここでエスティニアは、現在の状況を振り返った。エスティニアの体力はほぼ限界に近いというのに、ラシェルは万全の状態だ。さらにここから行為を続けられれば、エスティニアは行為の最中に動けなくなる可能性がある。しかしながら、彼のモノを欲しいと口にするのは、とても恥ずかしいことだった。

「そんな……、だめ……っ」

「なにがダメなんだ？　言ってくれないとわからない」

彼は絶対にわかっているというのに、敢《あ》えて質問しているのだ。だがエスティニアは正確に答えられない。

「だから……、あの……」

「エスティニア。私は君が望むことなら応《こた》えてやりたい。なにをしてほしい？」

「っあ、ふ……っ、ラシェル様の、して、ください……」

口に出すことがどうしてもできず、適当に言葉を濁《にご》してしまった。ラシェルは不満げにエスティニアの肩へ軽く噛《か》みつく。その甘い痛みに、エスティニアは体を震わせて耐える。

「だから、なにをしてほしいんだ？」

ぐっと蜜壁を圧迫され、エスティニアの目に涙が浮かんだ。先ほどからラシェルは、エスティニアが達しないようにわざと焦らしていた。あまりにも酷《ひど》い責め苦に、エスティニアは腰を引いてしまう。

「い、いじわる、しないで……。はやく、入れてくださ、んぅ……っく」

「そんなに入れてほしいのか?」

エスティニアは二度頷《うなず》いた。

「ラシエ、ルさまに、……っ、早く中を突いて、ほしいです」

息を切らせながら、訴《うった》えた。ラシェルに散々焦らされたせいで、エスティニアの奥の疼《うず》きは耐えがたいものになっている。

「いつにも増して積極的だな。そんなにも入れられたいとは……」

エスティニアの欲求を高めた張本人が、本気で驚いているような声を発した。エスティニアは苦しまぎれに振り返ってむっとするが、ラシェルはそれを微笑んでかわす。そして膣内《なか》から指を引き抜いた。彼の指がなくなったことに喪失感を覚えるが、それも一瞬だった。なぜなら、ラシェルがエスティニアの花弁を割って、自《みずか》らの膨張《ぼうちょう》した雄芯をあてがったからだ。彼の質感を肉体に覚えこまされているエスティニアは、ごくりと唾を呑んでしまった。奥の疼《うず》きは増すばかりであり、早く貫《つらぬ》いてほしいと体が求めるのがわかる。ラシェルの大きな塊《かたまり》がずぶずぶと入ってきた瞬間、エスティニアは壮絶な淫楽に陶然《とうぜん》となった。

(ラシェルさまが、入ってくる……っ)

大きな肉の塊《かたまり》で蜜壁が埋め尽くされていく喜びに、体が戦慄《わなな》いた。ラシェルの雄芯はいつもよりも熱く感じ、エスティニアの狭隘《きょうあい》な秘部を突き進んでいく。彼に体を開かれるのは久方ぶりで、そのせいか感覚が研ぎ澄まされていた。彼の雄芯が奥へ到達するとともに、エスティニアは背中をかすかにしならせて悶《もだ》える。

「っ、ぅあ……ん、や……は……」

「奥へ当たっただけで、そんなにもよがるとは……。仕方がないな」

ラシェルはエスティニアの腰を掴《つか》むと、抽挿《ちゅうそう》を開始した。エスティニアの蜜道を深く抉《えぐ》り、ゆったりとした動作で出し入れをする。エスティニアの体は快楽の虜《とりこ》になり、無意識のうちに腰を持ち上げて、より一層の悦楽に浸る。

(奥、気持ちいい……)

彼の太くて逞《たくま》しい杭《くい》が、エスティニアの柔らかな媚壁を幾度も突き立てた。とろとろになっている蜜路のせいで、室内にぐちゅぐちゅと淫猥《いんわい》な音が響く。エスティニアはますます感度が鋭敏になり、生理的な涙がこぼれた。

「あん……、は……っ、く、やぁ……あんぅ」

腰をきつく掴《つか》んだ状態で、ラシェルはさらに加速してエスティニアの体を穿《うが》った。彼の猛《たけ》った大きな幹をねじ込まれ、エスティニアは酩酊《めいてい》したようにくらくらしてしまう。口をついて出るのは甘い声ばかりで、激しく押し寄せてくる快楽の波に耐え忍ぶ。

「これが欲しかったのだろう？　存分に心行くまで味わうといい」

剛直《ごうちょく》が綺麗なピンク色をした媚肉を打ちつけた。深く突き刺されたエスティニアは、ぎゅっと膣内が締まるのがわかってしまう。

(頭の中が、白くなる……っ)

逞《たくま》しい雄芯に何度も奥を叩かれたエスティニアは、快楽の絶頂を迎えた。だがラシェルは休むことなく、エスティニアの体を貪《むさぼ》るように抽挿《ちゅうそう》を繰り返している。

「や、ん……っ、らしぇる、さま……っ」

動くことのできないエスティニアは、ラシェルを止めようとした。だが彼はエスティニアの腰を掴《つか》んだまま動きを緩《ゆる》めない。

「君はすぐに達してしまうな……。そんなことでは、この後もたないぞ」

この後とはどういう意味か、今は考えられなかった。ラシェルによって体を揺すられ、蜜孔はひくひくと痙攣《けいれん》している。声を出す元気すらないというのに、まるで暴力のような淫楽を与えられてしまう。

(うぅ……、ラシェル様、いつにも増して激しい……)

交接の体勢も関係しているのか、いつもとは違う動作だった。これまで体感したことのない快楽に、エスティニアは戸惑ってしまう。だが自《みずか》らの体は正直であり、ラシェルの男芯へ絡《から》みつこうとするかのように、うねっていた。

「あぁん、は……っ、うぅ、んあ……」

込み上げてくる焦燥感に、エスティニアは眩暈《めまい》を覚えた。どれほどの時間が経過しているのかもわからなくなっており、その間ずっと彼に啼《な》かされ続けている。だがラシェルの絶頂が近いことは、気配でわかった。エスティニアの体内に挿入されている彼の杭《くい》は強度を増しており、熱を帯びている。

「エスティニア……ッ」

ぐっと腰を引き寄せられた刹那《せつな》、ラシェルの雄芯が爆《は》ぜた。白濁の液がエスティニアの奥で放出され、ビクンビクンと脈打つ。

「う……ぁああっ」

エスティニアは彼の精が浴びせられるのがわかり、達してしまった。彼の精を残らず搾《しぼ》り取ろうとするかのように、媚壁が痙攣《けいれん》する。そうしてそれが治まってくると、エスティニアはぐったりとテーブルの上へ倒れこんだ。

（ふらふらする……。もう動けない……）

目を閉じれば眠ってしまう自信があった。ラシェルはエスティニアの体から自身の幹を抜くと、息をつく。そのまま、エスティニアの体を抱き起した。

「エスティニア、寝台に移動しよう。テーブルの上ではゆっくり休めないだろう？」

「は、はい……」

彼に体を支えられ、エスティニアは寝台まで移動した。青いシーツの上へ横になると、ラシェルがエスティニアの唇へ口づけする。

「エスティニア。先ほどの約束だが」

「約束？」

「君が声を聞かせてくれたら、三日間部屋に籠《こ》もって愛するという話を、さっきしていただろう？」

確かにしたが、エスティニアは実行されるわけにはいかないと首を振った。

「いえ、今ので充分に満足させていただきました」

「遠慮することはない。私は君にきちんとご褒美をあげたいんだ」

「遠慮なんて……」

「あと、朝まで君を寝かせるつもりはない。だから、今夜は一晩中私のために声を奏でてほしい」

エスティニアは青ざめた。そんなことをすれば、声が枯れて出なくなってしまう。

「無理です。絶対に、無理です」

「無理ではない。君はできる子だ」

「できません……っ！」

エスティニアは泣きそうな顔で必死に首を振った。だがラシェルは穏やかに微笑む。

「ならば、私が証明しよう。君はやればできる努力家だと」

どう足掻《あが》こうとも、彼がこれから朝までエスティニアを解放する気がないのは明白だった。

「ラシェル様、お願いです。私、ラシェル様ほど体力がないんです」

「不安がらなくていい。この私が大切な君に無理をさせるわけがないだろう？　心配せずとも、君の疲弊が色濃くなった場合は、必ず中止する」

なぜかはわからないが、彼にその気がまったくないように見えてしまった。疑いたくはないが、エスティニアは嫌な予感がして冷や汗をかく。

「約束、ですよ……？」

「あぁ、わかっているとも。では続きをしようか、私の可愛い小夜啼鳥《ナイチンゲール》」

この後エスティニアは、夜が明けるまで啼《な》かされることになった。

エピローグ

——翌年。

黄色のエニシダの花が満開になる季節がやってきた。今日は、エスティニアがラシェルと結婚式を挙げる日だ。清々《すがすが》しいほどの晴天で、雲一つ見当たらない。

グランエルド家のエスティニアとエルデワース国の第二王子であるラシェルの婚約が発表されたのは、舞踏会が終わって間《ま》もなくのことだった。ホルス国王にとても喜ばれ、国民からも祝福された。王家の伝統に沿って粛々《しゅくしゅく》と準備が進められ、ようやく婚儀の日にこぎつけることができた。

困窮《こんきゅう》していたグランエルド領はというと、危殆《きたい》に瀕《ひん》していたのがまるで嘘のように、緑豊かな土地となった。これは、若くして領主となったルイードの手腕によるところが大きく、気候にあまり影響されない強い農作物の導入を進めたことで、安定して一定量の収穫が見込めるようになったのだ。ルイードは幼い頃より領主になるための教育をされていたが、元々あった領主としての才覚が遺憾《いかん》なく発揮された形だった。エスティニアは、弟を一人置いて家を出ることをためらっていたのだが、立派に領主の仕事をこなす姿を見て憂《うれ》いはなくなった。

式の支度を終えたエスティニアは、獅子《しし》の噴水がある東の中庭に立っていた。王宮内はどこも慌ただしかったが、花々に囲まれた噴水のそばは静かだった。

(ラシェル様にここで待っていてほしいって言われたけれど、どうしたんだろう……)

エスティニアの滑《なめ》らかな銀髪は、真珠やダイヤ、そしてレースで作られたラリエットで編みこみ、結《ゆ》い上げられていた。エスティニアはおかしな部分はないか、念入りに確認する。着用しているドレスは弟のルイードが用意してくれたもので、とても気に入っていた。胸元の中央にはラシェルからもらった大切な銀のブローチがあり、太陽に照らされて光り輝いている。エスティニアがブローチが歪《ゆが》んでいないか見ていると、後ろにいるマリーが不満そうにした。

「遅いですね、ラシェル殿下。花嫁を待たせるなんて……」

「ラシェル様は、お忙しいから……」

重いドレスの裾《すそ》を引きずって汚さないように、マリーが持ってくれていた。ラシェルとの結婚が決まった際も、マリーは我がことのように喜んでくれたのだ。エスティニアが結婚した後は、マリーも家に戻って見合いをすることが決まっている。今後は親友として付き合っていこうとお互いに約束をしており、エスティニアはとても喜んだ。マリーと話をしていると、石畳を歩いてくる足音がした。振り返るとそこには、アランの姿があった。

「申し訳ありません、エスティニア様。ラシェル殿下はもう五分ほど、お時間がかかるとのことです」

「支度に時間がかかっているの？」

「いえ、先ほど南方の城で暮らしている兄殿下がご到着し、ラシェル様と話をしているのです」

ラシェルにあまり体が丈夫ではない兄がいると聞いていたが、実際に会ったことはまだなかった。

「私も挨拶《あいさつ》へ行ったほうがいいわよね？」

「いいえ、ラシェル様が後程紹介をするとおっしゃっていたので、そのままこちらでお待ちください」

エスティニアは了承した。

「アランも今日は色々と大変だと思うけれど、どうかよろしくお願いするわね」

そう伝えると、アランは軽く微笑んだ。彼が笑うことは滅多《めった》にないため、とても珍しいことだった。

「ご結婚、おめでとうございます、エスティニア様。微力ながら、精一杯お手伝いさせていただきます」

「アランがいてくれると、とても頼もしいわ。お仕事を教わったときも、説明が上手だったし」

彼の助言や教え方が丁寧だったおかげで、エスティニアは仕事を早く覚えることができたのだ。

「いいえ、偏《ひとえ》にエスティニア様の努力の賜物《たまもの》です。私はなにもしていません」

「謙虚なのね。……そうだ。私がラシェル様にお仕えする前、色々なアドバイスをくれたでしょう？　よければ、アランが知っていることをもっと教えてほしいの」

寝起きが悪いことなど、アランから事前に教えてもらっていたのだ。アランはラシェルに仕えて長い上に、彼が最も信頼を置いている人物でもある。

「……そうですね。ラシェル殿下はご自分にとって都合の悪いことは一切聞こえない、便利な耳を持っておられます。こちらがご要望をお伝えしても無視されるときがあるので、どうかお気をつけください」

「わ、わかったわ」

「あとこれは私の独り言ですが……、エスティニア様がラシェル殿下に仕えるようになって間《ま》もない頃、衣装部屋にある儀礼用の深紅《しんく》の外套《マント》を探すようにお願いしたのは、わざとです」

どういう意味だろう、とエスティニアは首を傾《かし》げた。

「わざと、とは?」

「あの部屋にはラシェル殿下が仮面舞踏会で着用した衣服があります。ラシェル様は、仮面舞踏会の夜に会ったのはご自分だと気付かせるべく、あえてエスティニア様に探させたのです」

エスティニアはその時のことをよく覚えていた。衣装部屋にあった彼の衣服を見て、仮面舞踏会の夜に一緒だった相手ではないかとずっと疑っていたからだ。

「で、でも、ラシェル様はご自分からなにも言ってくれなかったわ。ブローチのことだって……」

「割と、臆病なところがあるのです。ラシェル殿下はエスティニア様に、一方的に惚れこんで想いを寄せられていましたが、エスティニア様もそうであるとは限らない。仮面舞踏会の夜に会った人物のことなど忘れている可能性もあります。だから、ずっと言い出せなかったのです」

「忘れるなんて、ありえないわ。ブローチを預かっていたし……」

「そのブローチですが、エスティニア様が持ち歩いていることを知ったときは、とても喜んでおられました。自分のことを忘れていなかった、と。……あぁ、少し口が滑《すべ》りすぎましたね」

普段よりも饒舌《じょうぜつ》なアランに、ラシェルが結婚することをとても嬉しく思っているのだとわかった。そんな彼の様子を見て、エスティニアは胸の奥が温かくなる。

「待たせてしまい、すまなかった」

その声とともに颯爽《さっそう》と現れたのは、淡い銀色の、婚礼用の正装を纏《まと》ったラシェルだった。青いビロードの外套《マント》を羽織《はお》っており、綾織りの上衣には絹糸で精緻《せいち》なエニシダと鹿《しか》の刺繍《ししゅう》がされている。

「ラシェル様……」

エスティニアはラシェルの姿に、改めて見惚《みと》れてしまった。同時に、彼が自《みずか》らの夫になるなど夢ではないかと疑ってしまう。そうしてしばし沈黙していると、アランが控《ひか》えめに発言した。

「式まで時間が限られていますので、話が終わりましたら回廊まで戻ってきてください。私とマリーはそこで待機しています」

ラシェルはアランへと顔を向けた。

「ありがとう、アラン」

ラシェルとマリーは回廊のほうへ向かって歩いて行った。エスティニアはラシェルと二人きりになる。

「お兄様とのお話は、もういいのですか？」

「あぁ。また後で君にも会ってもらいたい。明るくて気さくな人だから、すぐに親しくなれると思う。……それはそうと、今日の君は一段と美しいな。このまま誰の目にも触れさせず、私が独り占めしたいほどだ」

真顔で告げられて、エスティニアは顔が真っ赤になってしまった。

「ラシェル様ったら……。それを言うなら、ラシェル様のほうがとても素敵です。あまりに綺麗なお姿なので、直視するのが難しいです」

ラシェルは笑うと、エスティニアの顔を両手で包み込んで持ち上げた。彼と目線が合ったエスティニアは、余計に顔を赤くしてしまう。

「エスティニア。実は式の前に、君に話しておきたいことがあってここへ呼んだ」

いつになく真剣な様子に、エスティニアも神妙な顔で頷《うなず》いた。

「はい、なんでしょうか、ラシェル様」

「私の妻になると決心してくれて、ありがとう。私を選んでくれたことを、心から感謝している。君と結婚ができるなど、まるで夢のようだ」

エスティニアは眉を寄せた。

「それは私の言葉です。私などよりもラシェル様に相応《ふさわ》しい女性は、たくさんいるのに……」

ラシェルは首を振った。

「私は、君だから好きになったんだ。これからも君の夫に相応《ふさわ》しい人物になるよう、私は努力を惜しまないと約束をする。だから、どうか私だけを愛してそばにいてほしい」

エスティニアの目に涙が浮かんだ。まだ式を行《おこな》う前だというのに、感極まってしまったのだ。

「はい。ラシェル様。あなたのおそばに、ずっといさせてください。あなたのことだけを、ずっと愛しています」

化粧が崩れるので必死に涙を堪《こら》えると、声がくぐもってしまった。ラシェルはエスティニアの言葉を受けて、幸せそうにする。

「私も愛している、エスティニア」

互いに顔を寄せて、口づけを交わした。唇が触れ合うだけで、十分に心が満たされていく。そしてどちらからともなく、一緒に手を繋いだ。

「ラシェル様。式が始まるまであまり時間がないのはわかっていますが、もう少しだけこうしていてもいいですか？」

「奇遇だな。私ももう少しだけ二人きりでいたいと思っていたところだ」

初めて出会ったあの夜のように、二人は噴水へ一緒に並んで腰かけた。


——この後《のち》、エスティニアは銀髪に銀の瞳を持つ容貌《ようぼう》から、敬意と親愛を込めて『銀のエスティニア』と呼ばれるようになる。エルデワース国史には、銀を発見して国に大きく貢献したことや、民《たみ》を思いやる慈愛《じあい》の王妃として名を遺《のこ》すことになるが、それはまだまだ先の話だ。

父の決めた相手と婚約した王女レイハーネ。その矢先、侍女を盗賊にさらわれてしまった。彼女を追って他国の宮殿にやってきたレイハーネは、奴隷《どれい》のふりをして潜《もぐ》り込む。すると、強面《こわもて》な王子ラティーフに気に入られてしまい——
婚約者がいる身なのに、甘く淫らに愛されて!?
砂漠の国を舞台にしたドキドキ蜜愛ファンタジー！

定価：本体1200円+税　　Illustration：北沢きょう

甘く淫らな恋物語
Noche
ノーチェ
ノーチェ文庫創刊!!
2016年
8月下旬刊行予定
シンデレラ・マリアージュ
偽りの結婚がもたらした、淫らな夜――
佐倉紫
Illustration: 北沢きょう
男装して騎士団に潜入!
ところがそこで……
間違えた出会い
A WRONG ENCOUNTER
文月蓮
Illustration: コトハ
定価：各640円+税

神矢千璃（かみや せんり）
兵庫県在住。1月7日生まれ。2013年よりwebにて小説を公開。『シークレット・ガーデン ～黒狼侯爵の甘い罠～』にて出版デビューに至る。

イラスト：里雪

執《しゅう》愛《あい》王《おう》子《じ》の専《せん》属《ぞく》使《し》用《よう》人《にん》

神矢千璃（かみや せんり）

2016年 8月 31日初版発行

編集－見原汐音・宮田可南子
編集長－塙綾子
発行者－梶本雄介
発行所－株式会社アルファポリス
〒150-6005 東京都渋谷区恵比寿4-20-3 恵比寿ｶﾞｰﾃﾞﾝﾌﾟﾚｲｽﾀﾜｰ5F
TEL 03-6277-1601（営業） 03-6277-1602（編集）
URL http://www.alphapolis.co.jp/
発売元－株式会社星雲社
〒112-0005 東京都文京区水道1-3-30
TEL 03-3868-3275
装丁・本文イラスト－里雪
装丁デザイン－ansyyqdesign
印刷－図書印刷株式会社

価格はカバーに表示されてあります。
落丁乱丁の場合はアルファポリスまでご連絡ください。
送料は小社負担でお取り替えします。

ISBN978-4-434-22345-7 C0093